夏を取り戻す

岡崎琢磨

団地に住む小学生が失踪しては数日で戻ってくる出来事が立て続けに発生している。ついては事件解明に力を借りたい。そんな匿名の情報提供を受けたゴシップ誌『月刊ウラガワ』の新人編集者・猿渡は、フリー記者の佐々木とともに現場となった城野原団地での取材を開始した。状況から家出かいたずらであることは明らかだったが、猿渡らが失踪方法を調査する最中に、別の子供が教師に見張られた授業中の学校から忽然と姿を消してしまう。彼らはどのように失踪しているのか、そしてその目的とは——。子供たちの切実なる闘いを描いた傑作ミステリ。

夏を取り戻す

岡崎琢磨

創元推理文庫

TAKE BACK THAT SUMMER

by

Takuma Okazaki

2018

目次

夏を取り戻す

プロローグ

＊

吹き抜ける風の蒸し暑さが、夏がまだ終わっていないことを物語っている。

一九九六年八月三十日金曜日、時刻は夜の七時過ぎ、すでに陽は沈んであたりは薄暗い。アスファルトの路上には昼間の熱気が残り、側溝《そっこう》のコンクリートの割れ目に生えた草の陰ではコオロギが鳴いている。

五人の小学四年生が、街灯に照らされた夜道を歩いている。彼らは学習塾から帰るところだった。

「暗くなるの、早くなったよなあ」

里崎健《さとざきけん》が、夜空を見上げてつぶやいた。小柄でやせっぽちだが、声は壁に跳ね返る硬球のようにはきはきしている。

「健、おまえ夜が怖くなったんだろ。〈学校の怪談2〉見たから」

ポケットに手を入れて恰好をつけながら、斎藤隼人《さいとうはやと》がからかう。

健が隼人の肩を軽く殴る。「うるせえ」

「あっ後ろ、テケテケだ！」

「やめろよお」

じゃれ合う二人の男子を見て、中井美咲《なかいみさき》と福永智子《ふくながともこ》が笑う。智子が言った。

「健、映画観たんだ。うらやましいな」

「智子はまだ観てないんだっけ」

「ママが忙しいから、連れてってくれないんだもん」

「おれは兄貴と行ったよ。なんだ、智子も観たかったなら、一緒に行けばよかったな」

目を逸らす健を、隼人はにやにやしながらながめる。智子を好きなことがバレていないと思っているのは健本人だけだ。

「でも、もう映画館に行く時間はないかなあ」

最後尾の石野慎司《いしのしんじ》が、さも残念そうにぼやいた。彼は五人の中で一番背が高いが、それと反比例するように、五人の中で一番気が小さい。

健が言う。「夏休み、まだ二日あるぜ」

「わかってるけどさあ。うちはお兄ちゃんも連れてってくれそうにないし。夏休み、もう終わったようなもんだよ」

「なんか、あんまり夏休みって感じがしなかったよね。週に三日も塾に行かされてたんだもん」

美咲が嘆いた。健がしきりにうなずく。

「もっと思いっきり遊びたかったよなあ。ポケモンも結局、まだクリアできてないし」

「聞いた？　飯塚《いいづか》くん、もうポケモンずかん完成させたらしいよ」

「マジかよ！　あいつ、赤も緑も持ってるって自慢してたもんなあ」

「お小遣い、ひと月に一万円ももらってるんだってね。家も大きいし、飯塚くんの部屋は離れみたいになってるから、親に隠れてゲームし放題なんだって」

「くそ、傘外《さんがい》のやつらはいいよなあ。受験しないからって、のんきに遊び回っててさ」

自分たちの置かれた境遇が、何だか急に不幸なものに思えてきて、彼らはいっせいにため息をついた。

住んでいる団地の入り口にある踏切に差しかかったとき、先頭を歩く隼人が突然、立ち止まった。後ろに続く四人も、ぶつかりそうになりながら足を止める。

「どうしたの、隼人くん」美咲が訊ねる。

「おれたちの夏休み、取り戻したくないか」

隼人の言葉に、残る四人は目を見交わした。

「取り戻すって……どういう意味？」

「こんなつまんない夏休みのまま終わって、おまえら本当にいいのかよ。楽しい夏休みを味わいたくないか」

「そりゃ、去年みたいに遊びたかったけど。取り戻すったって、どうやって」

慎司が不思議そうな表情を浮かべる。

隼人はポケットに突っ込んでいた両手を出し、広げてみせた。

「事件を起こすんだよ」

「事件？」

「そう。この辺に住んでる人がみんな、気になって仕方がなくなるような事件をさ。〈金田一少年の事件簿〉や〈銀狼《ぎんろう》怪奇ファイル〉、〈名探偵コナン〉に出てくるような」

「まさか、人を殺すの」

青ざめた慎司の頭を、健が叩いた。

「そんなわけねえだろ」

「だって……」

「事件を起こして、そのままいなくなるんだよ。この前の智子みたいに」

「あれは、ただの家出だけど」

隼人の言葉に、智子がちょっと恥ずかしそうな表情を浮かべる。

「そしたらいなくなったやつは、そのあいだ好きなだけ遊べる。しかも、それだけじゃない」

「ただの遊びじゃないってこと？」

「そう。おれ最近、気づいたことがあってさ。ていうか、教えてもらったんだけど」

何を、という慎司の質問を隼人は受け流して、

「おれたちが同じクラスの傘外のやつらから、何て言われてるか知ってるだろ。好き勝手に噂されて、悔しくないか」

ほかの四人はしょげたような顔になった。

「おれの考えでは、うまく事件を起こすことができたら、そんな噂もやめさせられるはずなんだ。夏休みを取り戻せるうえに、傘外のやつらを黙らせることもできたら、最高だと思わないか」

「それが本当にできるならすごくいいけど、もっと詳しく説明してくれないとわからないよ」

智子はあくまでも冷静だった。じれったそうに、隼人は言う。

「今日はもう遅いから、明日ちゃんと話す。でも、協力する気のないやつには教えない」

「おれ、やるよ」

健が最初に目を輝かせた。次いで、智子が参加を表明する。

「あたしもやる。あんたたちだけじゃ頼りないし。それに、何だかおもしろそうだしね」

「……智子ちゃんがやるなら、わたしもやろっかな」

美咲が小さく手を挙げたのを見て、隼人はガッツポーズを作った。

「よっしゃ！　で、あとは——」

一同の視線が、慎司に注がれる。

「ぼ、ぼくはやめとこっかな……」

いまにも逃げ出さんばかりの慎司の肩を、健がつかんだ。

「ここまで聞いておいてそれはないだろ、慎司」

「だって、銀狼も金田一少年もすっごく怖いから……ぼく、あんな目に遭いたくないよ」

助けを求めるように、慎司はほかの児童の顔を順に見た。しかし、彼の味方はいなかった。

「どうしてもやりたくないって言うんなら仕方ない。最初は、慎司がめちゃくちゃ怖い目に遭う事件を……」

隼人が脅《おど》すように言ったところで、ついに慎司が折れた。

「わ、わかったよ！　ぼくもやる」

歓声が上がった。おしくらまんじゅうでもするみたいに、体をぶつけ合って喜ぶ。

「じゃあ、作戦会議は明日のお昼に集まってやることにしよう。おまえらをびっくりさせるような話が、ほかにもあるんだ」

「何、話って」智子が身を乗り出す。

「それは明日のお楽しみだよ。いいか、このことは絶対ほかの誰にも教えるなよ」

めいめいがうなずくのを待って、隼人はこぶしを振り上げた。

「やってやるぞ。おれたちの手で、楽しい夏休みを取り戻すんだ」

おー！　というかけ声が、夜の町にこだました。

第一章　失踪する子供たち

城野原《きのはら》小学校四年一組の児童Kが四日ぶりに自宅へ帰ってきたとき、城野原団地の人々は安堵に包まれると同時に、それと等しいくらいのとまどいをも覚えたという。

そもそもの発端は、アトランタオリンピックの興奮も冷めやらぬ一九九六年八月二十一日(水)、城野原団地に住む小学四年生の女児Tが突如、いなくなったことだった。Tは月、水、金の週に三日、私立中学の受験対策をおこなう学習塾にかよっており、塾のある日はいつも夜の七時過ぎに帰宅していた。したがってこの日、Tが塾での授業を終えたのち失踪したことに、Tの母親は気づくのが遅れ、警察への通報は夜の十時を回ったころにようやくなされた。

Tの母親から通報を受けた警察の動きは緩慢だった。というのも、Tは自室に、自発的に家出したと読める書き置きを残していたからである。文面は次のようなものだった。

言われたとおり出ていきます。さがさないでください。

前日二十日の晩、Tは母親と口喧嘩をしていた。Tは中学受験に向けた勉強漬けの日々にかねてから不平をこぼしており、そのことで母親と衝突することも少なくなかった。この日も母子《おやこ》のあいだで「こんな家、出ていってやる」「勝手にしなさい」といった、売り言葉に買い言葉の応酬があったことを母親が認めている。書き置きは、それを受けてのものと思われた。

家出少女の捜索となると、警察は消極的になる。彼らを当てにできないと知ったTの母親は、親戚やTの友人宅に電話をかけるなどして娘の行方を捜したものの、丸一日が経過してもTの居所はつかめなかった。

Tは失踪から二日後、二十三日（金）の夜に自宅へと帰ってきた。衰弱した様子は一切なく、服装はいなくなった日と同じだったが、髪や体は清潔だった。

母親からの度重なる追及にもかかわらず、Tは失踪中の居所について頑として口を割らなかった。ただ一度だけ、繰り返される質問に辟易したのか、Tは母親の前で「知らない人にさらわれた」と発言している。しかしそのときのTの態度がいかにも投げやりだったため、母親は本気にしなかったという。

不明な点は残ったものの、Tが無事に帰ってきたこと、また単なる家出と見られたことから、騒ぎは落着したかと思われた。ところがTの帰宅からちょうど十日後、事態は思いがけない展開を見せた――今度はTのクラスメイト、Kが失踪したのである。

九月二日（月）は、二学期始業式の日だった。城野原小学校では、式は午前中に執《と》りおこなわれ、昼には放課となった。その後、Kが一度帰宅したことは、彼のランドセルが自室に残されていたことから明らかだった。

KはTと同じ学習塾にかよっていたが、この日、授業の開始時刻になっても、Kは教室に姿を見せなかった。塾講師が児童たちに確認すると、Tが「Kは『今日は塾に行けないかもしれない』と話していた」と口にした。講師はKの自宅に電話をかけたものの応答はなく、留守番電話にKが来ていない旨のメッセージを残すにとどまった。最終的にTの証言や、連絡なしに塾を休む児童は夏休みを中心にめずらしくなかったことなどに鑑《かんが》み、講師は緊急事態ではないと判断して、その後は通常どおり授業をおこなっている。

Kの失踪が発覚したのは、午後六時半ごろ帰宅したKの父親が、留守番電話の録音を聞いてKの部屋に入った瞬間だった。父親は机の上に、次のような犯行声明文が置かれているのを見た。

Tは真実を知った
悪いやつらにだまされていることに
彼女は気づいていなかったのだ
次はKを連れていくことにする
かいとうダビデスターライト✡

（筆者注：犯行声明文中のアルファベットはともに失踪した児童の実名。以下同）

犯行声明文はB4サイズの白い画用紙に、クーピーペンシルを使って縦書きで記されていた。

筆跡は子供のものだった。また、《かいとうダビデスターライト》なる署名のあとに、ダビデの星と呼ばれる六芒星《ろくぼうせい》が描かれていた。

誘拐というよりは明らかに子供のいたずらに見えたことから、Kの父親は、息子は犯罪に巻き込まれたのではなくタチの悪い遊びを始めたのだ、と考えた。ただちに息子の捜索を開始したKの父親から連絡を受けたKの友人の保護者などの団地住民は、立て続けの失踪に驚きつつも、Tが無事に帰ってきていること、また犯行声明文が子供じみていたことから大きく動揺することはなかった。警察の反応も同様に鈍かった。一夜明け、さらにTの失踪期間と同じ二日間が過ぎても、Kの行方は杳《よう》として知れなかった。

父親の必死の捜索により、Kは失踪当日、団地内にある酒店の店主に団地を出ていく姿を目撃されていることが明らかになった。よって父親は団地の外を重点的に捜したものの、有力な情報は得られず、Kを見つけるには至らなかった。

K失踪の報は、すぐさま団地全体に行き渡った。初めはさほど心配していなかった団地の住民たちも、日が経つにつれ最悪の事態を想定せずにいられなくなっていった。そんな折、九月六日(金)の夜七時半ごろ、丸四日というときを経て、Kが自宅へ帰ってきたのである。

Tの倍の期間、姿を消していたKも、Tと変わらず元気で体も清潔だった。父親や担任教師らがKから失踪中の話を聞くにあたって、焦点となったのは《どこにいたのか》ということだったが、これに対してKは「怪盗のアジトにいた。どこにあるかはわからない」の一点張りを貫いている。

Kはいかにして、父親やその他の住民の捜索をくぐり抜けたのか？

【『月刊ウラガワ』一九九六年十二月号「城野原団地・児童連続失踪の真相」より】

1

「あなたには、明日からしばらく、この人の取材に同行してもらいたいの」

仁科《にしな》土岐子《ときこ》は言い、隣に立つ男の肩を叩く。はあ、と間抜けな声が僕の口をついて出た。

都内某所に建ち並ぶ古びた雑居ビルの一室に、月刊ウラガワ編集部はある。その、観葉植物ひとつない殺風景なオフィスにて、新入社員の僕はやり手と評判の編集長、仁科のデスクの前に立っていた。外で昼食をとって戻ってきたところで、彼女に呼びつけられたからだ――猿渡《さるわたり》くん、ちょっと来て。頼みたい仕事があるの。

「この人は、佐々木大悟《ささきだいご》」仁科はもう一度、隣の男の肩を叩いた。「フリーの記者で、うちでは五年以上前から、主に三面記事的な読者の関心を呼ぶ事件について書いてもらってる」

「よ、よろしくお願いします」

僕は頭を下げた。佐々木は鳩が歩くときのような仕草で、首から上を突き出す。会釈を返したらしい。

四十代前半といったところか。たっぷりとした長髪や口ひげははっきり言って清潔感がなく、フリーランスだからこそできる恰好だな、と思う。生地の硬そうなカーキの半袖シャツに、ジーパンは年季が入っているのか、ひざのあたりが擦り切れている。背は高めだが体の線は細く、あまり健康そうには見えない。

こういう人が、ウラガワの記事を書いているのか。社外の記者とまともに話すのが初めてだった僕は、ついまじまじと見入ってしまった。

月刊ウラガワは政治からオカルトまで、世間に溢《あふ》れるさまざまな噂を取り上げる、どちらかと言えば軟派なゴシップ誌だ。男性読者を中心に、派手に売れることはないが少なからぬファンがついており、一九八八年の創刊から八年が経過した現在でも安定した発行部数を誇っている。版元は泣く子も黙る大手出版社だが、本社ビルにこうしたいかがわしい雑誌の編集部があっては何かと不都合らしく、ウラガワ編集部は本社から電車で五駅も離れた雑居ビルに追いやられ、粛《しゅく》々《しゅく》と雑誌を作り続けている。

そんなウラガワ編集部につい先月、僕はみずからの意思で飛び込んだ。というのも僕は、ウラガワの愛読者だったのである。最近では今年の初めに退陣した内閣にまつわる黒い噂や、某駅構内で発生した未解決の傷害致死事件の犯人像を取材した記事などが深く印象に残っている。それで、編集部員募集の広告が掲載されているのを見て、思いきって応募したのだ。

前職は新卒で就職した金融機関だったが、バブル景気の復活をいまだに信じているような職場の空気に、二年勤めてもいまひとつなじめずやめてしまった。その後、数ヶ月の無職期間を経て、応募したウラガワ編集部の採用試験では編集長の仁科直々《じきじき》の面接を受けた。この手の月刊誌の編集長に女性が就いたというのは前例がなく、名物編集長として広く知られた彼女に直接会えるということで、僕は大変に緊張していたのだが、彼女からはその場で採用が言い渡された。理由は以下のとおりであった。

「あなた、うちの雑誌が好きそうだものねえ。おもちゃを前にした子供のような目をしてる」

というわけで、僕は晴れてウラガワ編集部の駆け出し編集者となったのだった。

「いよいよ取材に行けるんですね」

高揚を抑えきれない。このひと月ほど、コピーや資料集めなど初歩の初歩とも言うべき地味な仕事ばかりやらされて、正直ちょっと退屈していたのだ。

「でも、そんな経験豊富な記者さんに、僕が同行する目的は何でしょうか」

訊ねると、仁科は右手の人差し指を立てた。

「ひとつは、あなたに取材のノウハウを身に付けてもらいたいから。いざ取材ということになったとき、まったくの初心者ではどうしていいかわからないでしょ」

ウラガワの編集者は上がってきた原稿をチェックするだけでなく、ときにはみずから取材に赴《おもむ》くこともある、と採用の時点で説明されていた。僕としては望むところだったが、確かに取材の経験はないから、学ぶ機会をもらえるのはありがたい。

「もうひとつは、いわゆるお目付け役ね」

その言葉に、佐々木は嫌そうな顔をした。

「お目付け役、ですか」

「そもそも今回、佐々木くんが調べたがっているのは、読者からのファックスなのだけれど」

ウラガワは誌面で取り上げる噂を広く募《つの》るべく、巻末に情報提供を呼びかけるページを設けている。電話、ファックス、郵便いずれも受け付けており、ネタが誌面に採用された場合、情報提供者には些少《さしょう》ながら謝礼が贈られることとなっていた。

「それがどうも、ただの子供の家出としか思えなくてねえ。記事になりそうもないのよ」

「どんな情報なんですか」

仁科があごをしゃくったのを見て、佐々木が一枚のペラ紙を僕によこしてきた。そこにはワープロの印字で、次のように記されていた。


S県城野原市城野原団地にて、小学生の連続失踪事件が発生中。

八月二十一日に小四女児が失踪、二日後に無事帰宅。

九月二日に同じクラスの男児失踪。現在も行方わからず。

地域住民心配するも、警察はまともに取り合わず。ついては貴誌の力をお借りしたく、ご連絡差し上げた次第。


目を通したあとで、僕は何となく紙を裏返した。ファックス用紙なので、もちろんそこには何も記されていない。

「匿名《とくめい》の情報提供なのよ。今日、うちに送られてきたの」

仁科が赤い縁の眼鏡に触れながら言った。

「謝礼目的ではない、ということでしょうか」

「純粋に心配しているだけ、と受け取れなくもないわね」

「これを、佐々木さんが調べたがっておられるんですね」

仁科はオフィスの隅にある、段ボールの箱に目をやった。

「情報提供があの箱にまとめられているのは、猿渡くんも知ってるわよね」

「はい。僕も電話を受けたときは、あの箱にメモを入れてます」

「余裕があるときには、私もあの箱を見てネタを選《え》り分けたりしているんだけどね。さっき佐々木くんが編集部に来て、箱の中身を勝手にあさっちゃったの」

「ネタに困ってたんですよ。いいじゃないですか、俺が見たって」

佐々木は首の後ろを揉《も》む。仁科と同年代に見えるが、立場上の問題だろう、彼は丁寧語を使っていた。

「見るのはいいけど、ネタはしっかり選んでもらわないと困るわ」

仁科は嘆息《たんそく》する。僕は再びファックス用紙に見入った。

「編集長には、そんなにつまらないネタに見えるんですか」

「だってそれ、ひとりめの家出が成功したから、別の子も真似したとしか思えないでしょう。同じ考えだからこそ、警察だって動いていないじゃない」

「編集長様はそうおっしゃるが、俺はいい記事が書ける予感がビンビンしてるんですよ。こういうときの自分の嗅覚を、俺は信用してるんで」

佐々木も譲らない。仁科は唇をとがらす。

「まあ、これまでのあなたの働きぶりは私も評価しているけれど、私の顔もちょっとは立ててもらいたいものね。離婚して新聞記者もやめて、破れかぶれになっていたあなたを拾ってあげたのは私でしょう」

佐々木は舌打ちをし、こんなところで昔の恩を持ち出すなよ、と聞こえよがしにつぶやいた。とにかく、と言って仁科は両手を打ち鳴らす。

「佐々木くんが何か企んでないとも言いきれないし、経費だってかかる。だから猿渡くんには勉強がてら、この人がまじめに取材してるかどうか見張っててもらいます」

「佐々木さんは、それに同意していらっしゃるんですか」

「条件付きでゴーサインが出たんだ。したがうしかないだろう」

佐々木は肩をすくめた。

「じゃ、よろしく。——ところで猿渡くん、あなたPHSか携帯電話は？」

「いまの収入じゃ持てないです。ポケベルもありません」

「薄給で悪かったわね。佐々木くんは？」

「右に同じく」

仁科は額に指を当て、やれやれという顔をした。

「いい加減に持ちなさいって、前から言ってるでしょう。困るのはあなたじゃなくて、連絡取れないこっちなのよ」

「考えておきますよ」

いかにも気のない返事だった。

「ま、いいわ。ともあれ、やるからには取材、がんばってちょうだい。子供たちから話を聞きたければ、この週末も無駄にしないことね」

「あの、編集長。ひとつ質問が」

「何？ 猿渡くん」

「週末の取材にも同行するとなると、休日出勤にあたると思うのですが、そういった場合の手当なんかは……」

「新人が、一丁前に権利ばかり主張してんじゃないわよ」

一刀両断された。まあ、取材は楽しみなのだし、そのくらいはやむを得ないのかもしれない。などと思っていたら、

「落胆するな、新人。俺だって本当はサルの面倒なんか見たかねえんだ」

いきなり暴言を浴びせられて面食らった。さ、サル？

佐々木は悪びれる風もなく続ける。

「まだ人間になりきれていない、サルってこった。だが、こうなった以上は仕方ない。よろしく頼むぞ、サル」

手を差し出されたけれど、素直ににぎる気になれない。顔を真っ赤にしていたら、あなた本当にサルみたいねと、仁科に笑われてしまった。

2

翌七日土曜日、僕は佐々木とともに、事件現場の城野原団地へ向かった。

本当は、朝のうちに出発する予定だった。ところが、家を出るころになって佐々木から電話がかかってきた。

「すまん……もう二時間、遅らせてもらえないか」

「え、どうしてです?」

「あとで話す」

一方的に切られた二時間後、待ち合わせた駅に現れた佐々木の顔を見て、僕は何があったのかを悟った。

「飲みすぎですか」

佐々木は見るからにぐったりしていた。

「四十を過ぎてから、てきめんに酒の抜けが悪くなってなあ」

出会って丸一日さえ経たないうちに、佐々木に対する僕の評価は確定した——この人、ダメ人間だ。サルとどっちがマシだかわからない。

「どうせ、サルもゆうべは花金でしこたま飲んだんだろう。それで平気な面《つら》してられるのも、若いうちだけだぞ」

「あいにく僕は一滴も飲めない体質でして。ウイスキーボンボンで気持ち悪くなるし、二口のビールで救急車の世話になったこともあります」

「……野生のサルでも、酒を造って飲むと聞くけどな」

知ったことか。

同伴者が口を開くのもつらそうなので、僕は一時間ほど電車に揺られるあいだ、城野原団地について付け焼き刃で仕入れた情報をおさらいしておくことにした。

城野原団地はいまから二十年前、日本住宅公団によってS県城野原市に建設された公営住宅だ。都内主要地から電車で片道一時間程度という、まずまずのアクセスのよさからベッドタウンとしても需要があり、五百戸近い部屋はほぼ満室の状態だという。十年ほど前には希望者を入居させる順番や家賃の面で単親家庭を優遇する制度を導入し、その取り組みが注目されているそうだ。

城野原団地の最寄り、城野原駅に到着したころには正午を回っていた。改札を出ると、小ぢんまりとしたロータリーが広がっている。ファミリーレストランなどの飲食店や美容院が目につくが、建物の背は総じて低く、コンビニエンスストアの類《たぐい》も見当たらない。栄えた町というよりは、これから栄える町、という印象を受けた。

まぶしそうにロータリーを見回して、佐々木が言った。

「ちょっと、そこのパン屋に寄っていいか。朝から何も腹に入れてなかったら、かえって気分悪くなっちまった」

「かまいませんよ」

外はまだ夏の暑さだ。僕も佐々木に続いてパン屋に入ると、中は冷房が利いていて涼しかった。

佐々木がパンを選んで会計を済ますのを待つ。レジに立つ店員は佐々木より少し若いくらいの女性で、茶色に染めた髪を後ろでひとくくりにしていた。

パン屋を出る。サンドイッチをほおばりながら、迷いのない足取りで歩き始めた佐々木について いった。

気持ちのいい青空が広がっている。車線のない道の両脇には民家やアパートが建ち並ぶばかりで、景色にはこれといって特徴もなく、何度か角を曲がったらもう道順を憶えられないだろうな、と思う。

それでも佐々木はすたすた歩いていく。その顔色が徐々によくなってきたので、話しかけてみた。

「そんなになるまで飲んで、奥さんは何も言わないんですか」

「俺は独身だよ。バツイチってやつだ。昨日、編集長も言ってたろ」

「ああ、そういや離婚がどうのって。何で別れちゃったんですか」

佐々木はめずらしいものでも見るみたいに、僕の顔を見つめてきた。

「おまえ、人の暗部に平気で踏み込んでくるのな。天然ボケか？」

返す言葉もない。

「す、すみませんでした」

「いいけどよ。そのくらいで腹立てるほど、こっちも器《うつわ》小さくないし」

それから彼は、フリン、とつぶやいた。それが何かの擬音めいていて、僕は訊き返した。

「何ですって？」

「だから不倫だよ、フ、リ、ン。それで、嫁さんが娘連れて出ていっちまったの」

――この人、やっぱりダメ人間じゃないか。

「サルはどうなんだ。結婚はまだだよな。というか、おまえいくつだ」

「二十五歳で独身です」

「どうせ彼女もいないんだろう。ポケベルすら持ってないくらいだしな」

「決めつけないでくださいよ。……まあ、いませんけど」

佐々木がひゃっひゃと笑う。笑顔で好感度が下がる人もめずらしいな、と思った。

やがて十分ほど歩いたところで、目指す城野原団地が眼前に現れた。

規則正しく並んだ直方体の建物が、こちらの歩調に合わせて徐々に迫ってくる。住居棟の壁はクリーム色で統一され、ところどころ絵の具を垂らしたみたいに植物の緑が散見される。地面が赤茶けて見えるのは、歩道に敷き詰められたタイルの色のようだ。

思い返せば僕は、これまでの人生において団地というものを身近に感じたことがなかった。実際に来てみると、それ自体が独立したひとつの町みたいだな、という印象を受けた。

団地の入り口には幅の広い踏切があった。近づいたところで警告音が鳴り出したので、僕らは電車を一本見送った。

佐々木に続いて踏切を渡り、城野原団地に足を踏み入れる。生き残りがまだいるらしく、アブラゼミの鳴き声がにわかにうるさくなった。

土曜の昼の団地には、のどかな空気が満ちていた。入ってすぐ脇の小さな公園では帽子をかぶった幼い子供が甲高《かんだか》い声を上げて走り回り、その傍らではベビーカーに手をかけた主婦たちが、木陰に寄り集まっておしゃべりに花を咲かせている。住居棟は間近で見ると味気ないものの均整が取れていて、そこここに植わった樹木や生け垣は青い葉を茂らせていた。

この《町》は、どこか懐かしい――不思議と僕は、そんな感想を抱いた。

「で、何から始めましょうか」

意気揚々と問うと、佐々木は逆に問い返してきた。

「何から始めるのがいいか、自分で考えてみろ」

「え。えっと、とにかく取材に応じてくれる人を探す……いや、その前に、この団地のことを知ってからでないと、話を聞いてもよくわからないかもしれません。まずは、敷地の中を見て回るというのはどうでしょう」

佐々木はふふんと笑った。

「ま、悪くないんじゃないか。百聞は一見に如《し》かずというしな」

というわけで僕らは手始めに、城野原団地の内部をうろついてみることにした。先ほど渡ってきた踏切のところまで戻り、線路に沿って歩き出す。

十万平方メートルを超える広大な敷地の外周を、時計と同じ向きに回った。ときおりすれ違う人の視線を感じるのは、よそ者であることがひと目でわかるからだろう。団地も一種の共同体である以上、住民たちは排他的になりがちなのかもしれない。

周囲に目を配りながらゆっくり歩いたため、一周するのに一時間かかった。その結果、僕は城野原団地のある地理的な特徴を把握した。

「この団地、こんなに広いのに、出入り口が二ヶ所しかないんですね」

地図を広げながら言う僕に、佐々木が教えてくれる。

「このあたりは中洲で、もともと使い勝手のいい土地ではなかったようだ。だから、これだけ大きな団地を作ることができたんだろうな」

城野原団地は西側を頂点とした、細長い二等辺三角形のような形をしている。団地の南側の境界を、北西から南東に向かって流れるのが傘川《かさがわ》という名前の二級河川であり、西側の頂点で枝分かれし、北東に向かって流れているのが傘川疎水である。そして東側には僕らが乗ってきた私鉄の線路が南北方向に走っているので、城野原団地は三方を川と線路に囲まれた特殊な立地となっているのだ。

だから必然的に、団地の出入り口は限られる。ひとつは僕たちが通ってきた、東側の境界の真ん中あたりで私鉄の線路を渡る踏切だ。そしてもうひとつが団地の北部、傘川疎水にかかる短い橋である。

「南側を流れる傘川は幅が広く、橋をかけることができなかったらしい。それで、より小さい疎水のほうに橋をかけ、出入り口としたんだとか」

「へえ……でも、何だか不便ですね」

「よそ者からはそう見えるよな。住めば何とも思わなくなるんだろうが」

地理的な特徴のほかにも、いろいろなことがわかった。全部で三十ある住居棟はすべて四階建てで、一号棟から順に数字が割り振られている。棟と棟は密接しておらず、あいだに駐車場が設けられているものの、車は少なく空きが目立つ。敷地内には酒店や銀行といった施設がいくつかある、などなど。

それらを頭に叩き込んだところで、

「いよいよ聞き込みですね。誰から当たりましょうか」

「誰がいいと思う？」

また質問で返された。こちらを試しているようでもあり、単に主体性がないようでもある。

「ベストは小学生ですよね。特に、最初に失踪した女児や、失踪中の男児の友達からは話を聞きたい」

「そうだな。しかし、まだ失踪した児童の名前すらわかっちゃいない。事件について、もっとよく知る必要がある」

「ならむしろ、事情を把握している大人を探したほうが早いでしょうか……うーん、ファックスを送ってくれた情報提供者から話が聞けたらなぁ」

「正体を突き止められると思うのか」

「無理ですよねえ。でも、ウラガワが動き出したと知ったら、名乗り出るなんてことも……」

「ない、ない。あきらめるんだな」

一蹴《いっしゅう》される。もっとも、僕もそれが正しいと思う。

「じっとしてても仕方ないですね。とりあえず、誰かしらに声をかけてみましょう」

折しもカラーバットを持った男子小学生が通りかかったので、呼び止めてみた。四年生なら好都合だったのだが、ひとつ下の三年生だった。

「この団地に住む、四年生の子がいなくなったのを知ってるかな」

怖がらせないよう、穏やかな口調で問う。男の子はこくんとうなずいた。

「何て名前の子がいなくなったのか、教えてくれる?」

今度は答えをもらえなかった。

「おじさん、誰」

「おじさん、って……僕のこと?」

まだ二十五の僕をつかまえて《おじさん》とは!

「あのね、僕たちは月刊ウラガワっていう雑誌を作ってるんだ。それで、この団地の子供がいなくなった事件のことを調べてるんだよ」

すると男の子は、こめかみに垂れてきた汗をTシャツの袖《そで》で拭ってから、先の質問に答えてくれた。

「いなくなったのはねえ、最初はトモコちゃんで、次がケンくん」

「トモコちゃんにケンくんだね。苗字はわかるかな」

「えっと……わかんない！」

元気よく言われ、笑ってしまう。同じ団地の住人とはいえ、ほかの学年の子に対する興味なんて薄くて当然かもしれない。一応、二人の失踪児童の部屋番号も訊ねてみたものの、やはり知らないとのことだった。

「ありがとう。引き止めてごめんね」

解放すると、男の子はどこかへ駆けていった。

「空振りに近い感じでしたね。せいぜいバットにかすったくらいの」

男の子のカラーバットを思い浮かべながら、僕は言う。

「焦るなよ。実際に失踪事件は起きていて、ほかの子にも噂が広まってるんだ。この調子なら、詳細をすぐ突き止められるさ」

佐々木の言葉に、それもそうかと勇気づけられた。

それから僕らは道行く主婦やおばあさん、制服を着た中学生など、何人かに声をかけてみた。すげなくあしらわれることもあったが、多くは相手になってくれ、連続失踪に対する住民たちの関心の高さがうかがえた。そうして二時間ほどが経過したころには、僕らは失踪についての基本的な知識をあらかた入手していた。

「初めに失踪したのは、城野原小学校四年一組の女児、福永智子ちゃん。自宅は二十五号棟の二〇二号室。前日に母親と口喧嘩をしていたうえ、自室に書き置きがあったことから、単なる家出と思われた。二人めに失踪したのが、里崎健くん。智子ちゃんと同じ四年一組の男児で、自宅は五号棟四〇二号室。こちらには《かいとうダビデスターライト》を名乗る者からの犯行声明文が残されていた……」

ノートを見ながら、僕は情報を整理する。

「ダビデスターライトって、何だか凝ったネーミングですね。子供っぽくないというか」

「その代わり、怪盗というあたりがいかにも子供じみているがな」

「それにしても、みんな協力的で、すぐ情報が集まりましたね。取材って意外と簡単かも。僕、ひょっとして記者に向いてるのかな」

得意になる僕に、佐々木が白い目を向けてきた。

「……とにかく、失踪児童の自宅もわかったことだし、行ってみるか」

「ですね。健くんの自宅は五号棟だから、こっちかな……」

歩き出そうとした、そのときである。

「あの」

後ろから声をかけられ、僕と佐々木は同時に振り返った。

若い女性が立っていた。

くっきりとした顔立ちだ。薄く化粧をしていて、髪型はボーイッシュなショートカットだった。赤白のボーダーのサマーセーターに、白のゆったりとしたズボン——最近ではパンツと呼ぶのか——をはいている。

「月刊ウラガワの記者さんっていうのは、お二人のことですか。匿名の情報提供を受けて、連続失踪について調べに来てるっていう」

「そうだけど、なぜそれを……」

当惑しつつ、僕は答える。もしかして、もう噂になっているのか。情報の回るスピードがおそろしく速い。団地という共同体に入り込んでいる現実を、あらためて実感した。

女性は僕らの全身に目を走らせると、思いがけないことを言った。

「健くんなら、帰ってきましたよ」

「え」

「失踪していた子供です。昨日の夜、無事に帰ってきました」

ぽかんとしてしまう。

「あれ、そうなの。てっきり、まだ見つかっていないのかと」

しかし思い返せば、先ほどまでの取材で話した人たちからは、総じて心配という感情が抜けていた。向こうも子供が戻ってきたのを僕らが知っている前提で、話をしてくれていたのかもしれない。

「そんな大事なことを聞き逃すなんて……」

「な。取材、簡単じゃないだろ」

ぐうの音《ね》も出ない。佐々木さんだって聞き逃したじゃないか、とは思うけれど。

「そういうわけだから、いまさら調べることなんて何もないと思います」

おや、と思った。

敵意と呼ぶのは大げさだが、女性からは僕らに対する反感のようなものが漂っている。まるで、いますぐここから帰ってほしいとでも言わんばかりの。

「失踪中のことも、何もかもが明らかになったのか。失踪しているあいだ、どこにいたのか、とか」

佐々木が問う。

「まだ、はっきりしてないことはありますけど——」

「なら、そいつを突き止めるまでは、取材をやめるわけにはいかないな。俺たちは別に、失踪した子の行方を追いに来たんじゃない」

すると、女性はいきなりきびすを返した。

「ついてきて。手伝ってあげる」

僕は佐々木と目を見合わせた。彼女はなぜ、僕らに話しかけてきたのか。なぜ、反撥《はんぱつ》しながら取材に協力しようとするのか。そもそもこの人、何者？

僕らが動こうとしないのに気づいて、女性はこちらに向き直り、初めて笑顔を見せた。

「警戒しないでください。わたし、ただの大学生で、この団地の住民。それと——」

次の一言で、僕はあきらめたはずの期待が叶えられたことを知って驚いたのだった。

「そちらの雑誌に情報提供したの、わたしだから」

3

女性は名を安田《やすだ》広子《ひろこ》といった。S県にある公立大学の二年生だそうだ。今年二十歳《はたち》になったばかりだというから、現役で合格した口だろう。

「どうして匿名で情報提供したの。謝礼を受け取れなくなるのに」

この問いにはあっけらかんとして、

「名前、書くの忘れちゃった」

あれだけしっかりした文章だったのに、肝心なところが抜けている。

「だって、まさか採用されると思ってなかったから」

「そもそも、なぜ情報提供を?」

「子供が相次いで失踪したことで、何だか団地全体が落ち着かなくなってて。そのときはまだ健くんも帰ってきてなかったし、次はうちの子の番じゃないかって、おびえてる家庭もけっこうあったんです。そういうの、よくない感じがするから、解決してくれそうな人を頼ろうと思って」

「力になれるといいけど。よろしくね、安田さん」

「こちらこそよろしくお願いします。そちらのお名前は？」

「僕が猿渡守《まもる》で、こっちが佐々木大悟さん」

隣を見ると、佐々木はふてくされたような顔をしていた。案に相違して情報提供者が見つかったので、きまりが悪いのかもしれない。

「それで、どこまで調べたんですか」

「安田さんが来るまでに、何人かつかまえて話を聞いたんだけど……」

僕は、現時点で把握していることを広子に伝えた。彼女はあごに手を当てる。

「基本情報は把握したって感じですね。でも、まだまだ重要事項にはたどり着いてない」

「たとえば？」

「智子ちゃんの失踪が、家出のようだったことは聞いたでしょう。実は、彼女が身を潜めていたんじゃないかと疑われている場所があるんです」

「えっ。それは、どこなの」

「里崎健くんの自宅です」

二人めに失踪した男児の名前である。

「というのも、健くんはお父さんと高校生のお兄ちゃんと、三人で暮らしてるんですけど、問題の二日間、お父さんは出張でずっと家にいなかったんです。お兄ちゃんはというと、父親の留守をいいことに友達の家に泊まっていて、家にはほとんど戻らなかったそうです。つまり二日間、健くんの家は彼の思いのままだったことになります」

「友達をかくまうこともできた、ってわけか」

それらの事実が福永智子の母親の知るところとなったのは、娘が戻ったあとだった。智子の母親は当然、娘の友達に心当たりを訊ねるなどしただろう。しかし、さすがによそのうちに踏み込んで捜すことまではできなかったに違いない。

「健くんと智子ちゃんの仲がいいこともまた、団地住民にとっては周知の事実でした。だから健くんの家に隠れていたのだろうと、あとでみんな気づいた。たとえ智子ちゃんが『知らない人にさらわれた』なんて言っても、相手にしなかったわけです。ところが——」

今度はその、隠れ家を提供したと思われた里崎健が失踪した。

「言うまでもなく、健くんが失踪していた丸四日間、彼の家にはお父さんやお兄ちゃんがいました。智子ちゃんちにもお母さんがいたし、ほかに健くんと仲のいい子を当たっても、四日どころか一日だって隠れ続けることのできそうな家は見つからなかったんです」

「なるほど。それで、単純な家出ではなさそうだということになったんだね」

「はい。智子ちゃんが本当に健くんの家にいたのかも、怪しくなってきました。彼らしか知らない隠れ家が、団地の外のどこかにあるんじゃないかって」

「——団地の外のどこか?」

佐々木が鋭く訊き返す。

「なぜ、隠れ家が団地の外だと言いきれる」

「ああ、それは……健くんは団地から出ていったきり、戻らなかったことがはっきりしているから。それを説明するために、ここまでついてきてもらったんです」

そこで、広子は立ち止まった。

目の前には、短いが幅の広い橋があった。渡った先は団地の外だ。たった二つしかない出入り口のうちのひとつである。

「失踪した日の午後四時ごろ、健くんはこの橋を渡って外に行く姿を目撃されています。それ以後、彼のお父さんが犯行声明文を見つけて健くんを捜し始めるまで、健くんがこの橋やあっちの踏切を渡って団地に戻ってきていないことは確実なんです」

「どうして戻ってこなかったとわかるの。この橋や踏切に、防犯カメラでもあるとか？」

「カメラはないけど、人目がありました。まずは踏切ですが、すぐ近くに公園があります」

団地に来てすぐ、幼い子供が走り回っているのを見かけた。

「その日、公園で遊んでいた十人近い子供たちがそろって、健くんは踏切を渡っていないと証言したんです」

団地の住民は、ただでさえ人の出入りに敏感な様子だった。あの公園に子供が十人もいたのなら、全員が踏切を渡って戻ってくる健を見逃したとは思えない。

「健くんが団地を出ていってから失踪が発覚するまでのあいだ、その子たちはずっと公園にいたの？」

「そうです。その日、健くんのお父さんが帰宅して犯行声明文を発見したのが午後六時半ごろでした。それからまず団地の二つの出入り口へ向かって、近くにいた人に健くんを見なかったか訊いて回ったそうです。そのときに、公園で遊んでいた子供たちにも話を聞いた、と。のちの調べで、健くんが団地を出ていった時間から子供たちが公園にいたことは確認できました」

そのとおりなら、確かに健が踏切を渡って戻ってくることはなかったと言える。

「踏切を通過していないのなら、団地に戻るにはこっちの橋を渡るしかありません。そして、健くんが最後に目撃されたのもこの橋だったんです」

広子は橋にまっすぐ手を向けたのち、その手を水平に百八十度移動させて、反対側を指した。

「目撃者は、そこにある酒店の店主のおばあちゃんでした」

住居棟から少し離れてぽつんと建つ、平屋の建物があった。壁からキノコのように生えた正方形の小さな看板に、熊田《くまだ》酒店と記されている。先ほど、団地を一周した際にも見かけた酒店だ。

「二日、健くんはこの熊田酒店で買い物をしました。そして店を出た後、午後四時ごろに橋を渡って団地を出ていくところを、熊田のおばあちゃんが見ていたんです」

広子は再び、橋の方角に手を向けた。

「いつもレジの前に座っているおばあちゃんから、正面にあるあの橋は丸見えなんです。そのおばあちゃんが、夜七時にお店を閉めるまでのあいだ、健くんがこの橋を渡って団地に戻ってくることはなかったと断言しています。その時間帯、お客さんはひとりも来なかったんだとか」

つまり里崎健は四時ごろ城野原団地を出ていき、失踪が発覚する六時半まで団地内に戻ることはなかった。これが、何を意味するか。

「隠れ家は、団地の外にあることになるね」

広子はわが意を得たりという顔をした。

「捜索の過程でこれらの情報をつかんだ健くんのお父さんも、同じ結論に行き着いたんです」

よって健の父親は、団地の外の捜索に力を入れた。とはいえ団地の外という手がかりだけでは、範囲は無限に広がっているも同然だ。結局、ゆうべ健が戻ってくるまで、彼を見つけることはできなかった。

「団地の外に住む友達の家に隠れていた、なんてことは考えられないのかな。智子ちゃんのときにもそう目《もく》されたように、親の出張なんかで子供しかいない家に隠れていたとしたら、見つからなくても無理はないと思うけど」

二度とも同様の手口が使われたのではないか、と疑うのは自然なはずだ。だが、広子は否定した。

「健くんが団地の外の子……城野原では昔から、傘川と疎水にはさまれた三角形の中洲を傘に見立てて、その外側のエリアのことは傘外って呼ばれてるんですけど、その傘外の子の家にかくまわれてたってのはありえない」

「どうして？」

「説明が難しいんだけど……とにかく、それはないんです」

引っかかる。しかし話を聞かせてもらえない以上、地元の人間の判断を尊重するしかなかった。

「とはいえ、傘外のどこにそんな都合のいい隠れ家があるかと訊かれると、思いつかないんです。スーパーの立体駐車場とか、公園のトイレとか、いろいろ考えてはみたんですけど。失踪した子供たちが帰ってきたときの様子を聞くと、どれも違うなという気がするし」

「健くんが、橋も踏切も渡らずに団地へ戻った可能性はないの。ちゃんとした出入り口は二ヶ所しかなくても、子供たちがその気になれば通れるところはほかにもあるでしょう」

「それはどうだろう。難しいんじゃないかなあ」

さして悩む風もなく広子が答えたことを、僕は意外に思った。これだけ広大な団地なら、抜け道のひとつやふたつはありそうなものだ。

「まず、傘川は幅が広いうえに団地よりもずっと低い位置を流れているから、泳いで渡るというのは現実的じゃありません。次に線路だけど、全体を高いフェンスで仕切られているし、あのあたりは見晴らしもいいので、踏切以外の場所から渡ろうとすると住民の目に留まってしまうかと。踏切のそばの住居棟は全室東向き、つまり窓が線路のほうを向いているんです」

団地内を歩き回ったときに見かけたフェンスの高さは、二メートルを優に超えていた。あれを子供が乗り越えるのはひと苦労だろうし、時間もそこそこかかるに違いない。人目を忍んで、というのは現実的ではなさそうだ。

「最後に疎水ですが、流れが速くて危険ですし、こちらも高低差があります。疎水をじゃぶじゃぶ渡ったところで、底から三メートルほどもあるコンクリートの壁を登らないと、団地には入れないんです。加えて、あの橋は二つしかない出入り口のうちのひとつですから、頻繁に人が通ります。そこから見渡せる疎水を、子供が渡っていたとしたら……」

「目立って仕方なかったはずだ、ということだね」

想像以上に、城野原団地は外界から隔絶されているようだ。だからこそ大きな団地を作ることができたのではないかという佐々木の見解は、間違っていないように感じた。

「となると、やっぱり失踪が発覚した時点で、健くんは団地の外にいたのか……」

「団地の人はみんなそう考えてます。ただ」

続く発言を、ためらうような間があった。

「ひとつだけ、それに反する証言があるんです」

「健くんが団地の中にいたと主張している人がいる、ってこと?」

「はい。でも、信憑性《しんぴょうせい》があるかは疑問ですが……」

証言者の人となりを聞いて、その意味がわかった。

「大黒《おおぐろ》さんっていう、団地に長く住んでるおじいちゃんなんですけど……このごろ、ちょっとボケちゃってて。自分の孫を、息子の名前で呼んだりするんです」

御年九十を超えているそうだ。ボケていても不思議ではない、と思う。

「その大黒さんが二日の四時過ぎ、団地内を散歩していて、健くんを見かけたって言ってるんですよ。正確には、熊田酒店のほうに向かっている途中で、青っぽい服を着た健くんとすれ違ったって。何だか様子がおかしかった、とも言ってるみたいです」

「健くんは四時ごろまで酒店にいて、そのまま団地を出ていくところを見られているのだから、四時過ぎに健くんが団地内にいたのだとしたら、一度団地を出たあとということになるね……でも、そこまで詳しく証言しているのなら、信じてもいいんじゃないのかな」

「それが、ですね。健くんのその日の服装、全然青くなかったんですよ」

がくっときた。「なら、ただの見間違いじゃないか」

「身内の区別もつかないくらいですからね。この話も、誰も信用してなくて」

「ちょっといいか」

佐々木が口をはさんだ。振り返ると、彼はいつの間にかタバコを吸っていた。あの柄はマイルドセブンだろう。自分は吸わなくても、よく見かけるからわかる。

「何でしょう」

「里崎健の父親はその日、六時半ごろに帰宅したんだったな。いつもその時間に帰ってくるのか」

なぜいきなりそんな質問が出るのか、僕にはわからなかった。

「だいたいそのくらいだろうと……健くんのお父さんは公務員で、定時退勤のことが多いんだとか」

「もうひとつ。踏切のそばの公園に、子供たちがいたんだったな。それは、たまたまだったのか。それとも、いつものことなのか」

「いまはまだ、日も長いですからね。晴れてさえいれば、あの公園ではたいてい誰かが暗くなるまで遊んでますよ」

「佐々木さん、何か気になることでも？」

佐々木は煙を吐き出す。

「少し、状況ができすぎてる気がしてな」

「できすぎてる、と言うと」

「父親の帰りが、もっと遅かったとしたらどうなる？　あるいは、公園に子供たちがいなかったとしたら？　里崎健が団地に戻ってきた可能性は、排除されなかったはずだ」

失踪の発覚が遅れていたら、踏切や橋に人目のない時間帯が生まれ、その隙に健が団地に戻ることもできたのだ。公園に子供たちがいなかった場合については、言うまでもない。

「ところがそうはならなかった。おそらく酒店の店主が橋を見張っていたのも、いつものことだったんだろう。それらを利用して、団地に戻ってこなかったとしか考えられない状況を、里崎健はあえて作り出したんじゃないか。俺にはそんな風に見えるんだよ」

「つまり……何が言いたいんです？」

佐々木は指でタバコを弾《はじ》いて、灰を足元に落とした。

「失踪した児童は、自分は団地に戻っていない、と思わせたかったんじゃないか——その先は、言わなくてもわかるだろう」

すなわち、団地に戻っていないと思わせたかった。なぜか。団地の中を、捜されたくなかったから——失踪児童は団地の中にいた。

佐々木はタバコを地面に放ると、スニーカーの底で踏み潰した。

「俺は、その大黒ってじいさんの証言を信じるよ。里崎健は、団地の中にいたんだ」

「でも、佐々木さん。だとするとその、できすぎた状況が障害になりますよ。健くんはどうやって団地に戻ってきたっていうんですか」

「まずはその点について、目撃者の話を聞こうじゃないか」

佐々木が歩き出したので、僕と広子はあとに続いた。

この場合の目撃者というのが、誰を指すのかは明白だ。熊田酒店の、《日曜定休》と記されたガラスのドアを開ける。

店内は、外から見るよりも広く感じられた。駄菓子やパンだけでなく、カップ麺、タバコ、ペットボトル飲料なんかもそろっており、ちょっとした買い物をするには充分だ。もちろん奥には酒瓶も並んでいる。

店主の熊田は、聞いていたとおり七十歳くらいの女性だった。いらっしゃい、という声には張りがあり、座っていても背筋がしゃんと伸びている。この人の証言なら信用できそうだ。

「すみません、ちょっとお話を……」

言いかけた僕を押しのけて、佐々木がレジに商品のライターを置いた。ソフトパックのタバコを同時に注文し、小銭で支払う。買い物をしてから話を聞けという、これも教えのひとつなのだろう。

ライターをポケットに入れたところで、佐々木は切り出した。

「失踪した児童のことで、いくつかお訊ねしたいのですが」

熊田は、露骨に迷惑そうな顔をした。

「いろんな人から同じこと何回も訊かれて、いい加減うんざりしてるんだよ。無事に帰ってきたんだからもういいじゃないか」

「そこを何とか。私、こういう者です」

佐々木は月刊ウラガワ記者と明記された名刺を差し出した。熊田は眼鏡をずらして名刺をよく見ている。何とか、追い返されずに済みそうだ。

「二日の夕方、里崎健はこちらのお店に来たそうですね。正確には何時ごろでしたか」

「四時前だったね。だいたいいつもそんなもんだよ。あの子らは週に三回、月曜と水曜と金曜は五時から七時まで塾に行くんだけど、その前にここに寄ってくれるからね」

「よく憶えてるんですね」

「この団地の子はみんな、私にとって孫みたいなもんだよ」

ぶっきらぼうだが、その口調には慈《いつく》しみが込められていた。このおばあさんは子供たちから慕われているだろうな、と思う。

「四年生でもう、塾にかよってるんですね。まじめだなあ」

感想を述べた僕のほうに、熊田が顔を向けた。

「私立の中学を受験するんだろ。ここの子供はみんなそうだよ」

みんなというのは、団地の小学生は基本的に私立中学を目指すという意味か。教育熱心な家庭が多いらしい。

佐々木にあごをしゃくられたので、続く質問を僕が引き受けた。

「当日の、健くんの恰好を憶えていますか」

「それも何度も確認されたよ。白いTシャツに黄色い半ズボン、頭には巨人軍の野球帽だ。生《き》成《な》りの大きな手提《てさ》げカバンを持って、白い運動靴をはいていたね」

広子の言ったとおり、青い服などではなかった。これだけはっきり答えられるのは、何度も訊かれるうちに記憶が確かになったからだろう。

「お店に来たとき、健くんはひとりでしたか」

「ひとりだったね。でも、あとから智子ちゃんと美咲ちゃんが来て、三人で話してるのを見たよ」

「美咲ちゃん？」

その名前は初耳だ。広子が補足してくれた。

「中井美咲ちゃん。いなくなった健くんや智子ちゃんとクラスメイトで、同じ塾にもかよってる」

失踪直前の健に会ったのは、熊田だけではなかったのだ。重要な情報かもしれない。

「健くんは、どのくらいこのお店にいましたか」

「十五分くらいだったかねえ。智子ちゃんたちと話して、それから買い物を済ませて、ひとりで店を出ていったよ」

「同じ塾にかよっているのに、その女の子たちとは別行動だったんですね」

「だって健くんはあの日、はなから失踪する気だったんだろ。いつもなら、塾へも一緒に行ったんだろうけどさ」

「いつもは塾へ一緒に行く仲なんですか」

「だと思いますよ」再び広子が補足する。「あの子たち、よく一緒にいるところを見かける。小学四年生って、ぎりぎり思春期に入っていないのかもね。男女関係なく、ひとまとめに仲がいいって感じ」

「にもかかわらず二日、健くんはひとりで店を出ていった。そしてあの橋を渡っていったんですよね」

「そうだよ。私、昔から目だけはいいんだ。橋の向こうでだんだん小さくなって、見えなくなるまでしっかり見てたよ。それから七時に店を閉めるまで、健くんは戻ってこなかった。間違いないね」

断言するからには、途中で席を外したということもあるまい。

「塾はどこにあるんですか」

「駅前だね。歩いて十分くらいかかるよ」

「駅に近いのは、あの橋ではなく踏切のほうですよね」

現に僕らが駅から歩いて到着したのは踏切だった。

「そうだねえ。遠回りになるから、あの橋を渡って駅に向かう人は少ないね。でも健くんは塾には行かなかったそうだから、どこか別の場所に向かったんだろ。智子ちゃんと美咲ちゃんはあの日、店を出たあとは橋を渡らずに住居棟のほうへ戻っていったよ」

その二人は駅前の塾に行ったのだから、踏切に向かうのが自然だったというわけだ。

「二人の女子は、健くんが一緒に塾へ行こうとしないことを、おかしいと思わなかったんだろうか……」

「智子ちゃんはその日、健くんから『塾には行けないかもしれない』と言われていたそうです」

広子が新たな情報を提示する。

「塾の先生に、そのとおり述べています。ここで会ったときに聞いたんだとか。だから健くんがひとりでお店を出ていくことに、女の子たちは疑問を持たなかった」

「塾に行くつもりはなかったけど、このお店には寄ったのか……健くんはその日、何を買っていったんですか」

熊田は思い出そうというそぶりすら見せなかった。

「よく憶えてないんだ。てことは、これといって特徴のないものさ。パンとかお菓子とか飲み物とか、ね」

「ふむ。で、買い物を終えてすぐにお店を出ていったわけですね」

すると熊田は、僕の肩越しに後ろをのぞき込むような動作をする。

「その前に、トイレに行ったねえ」

「トイレ?」

「そこにあるだろ」

振り返り、熊田が指差した、店の入り口の脇にある木のドアに目をやる。《御手洗》と書かれたプレートが貼ってあった。

「買い物を済ませた健くんが入っていって、五分くらい中にいたかねえ。トイレから出てきたあとは、そのまま店を出て、あの橋を渡っていったんだよ」

「トイレを出てからお店を出るまでに、女の子たちと言葉を交わしたりは？」

「はて、どうだったか……ああ、そうだ」熊田は両手を打ち合わせる。「健くんがトイレにいるあいだに、美咲ちゃんも買い物を済ませてトイレに入ったんだ。だから健くんが出てきたときには、智子ちゃんしかいなくてね。トイレの前に立つ智子ちゃんに、手を振るくらいはしたかねえ。健くんが橋を渡り終えたころ、美咲ちゃんもトイレから出てきて、智子ちゃんと二人で店を出ていったよ」

話を聞いただけだと引っかかる点がある。僕はトイレへ向かい、ドアを開けた。

正面に、陶製の手洗い場がある。左隣に男子用の小便器、その奥に個室がひとつあった。個室はタイル張りの床に和式便器が設置され、そこに換気扇があるのみで、トイレの中に窓はない。

「男女共用で、二人同時に使用できるわけか……まあ、女の子は気まずいだろうけど」

「高学年にもなると、女の子はあんまり使いたがらないねえ。男の子が入ってるかもしれないと思うみたいで」

気持ちはわからなくもない。飲食店などでもこれと似たトイレは少なくないが、大人よりはむしろ多感な子供のほうが、こういうのは嫌がりそうだ。広子も言うように、健や美咲はまだそこまで微妙な年ごろではないのだろう。

「ほかに、印象に残っていることはありますか」

「特にないねえ」

「佐々木さん、何か気になることは」

水を向けると、佐々木がついと進み出た。

「店を出て橋を渡っていくあいだ、里崎健は一度でも後ろを振り返りましたか」

この質問は予想外だったらしく、熊田は答えに数秒を要した。

「そうだねえ……振り返らなかった気がするよ。見えなくなるまで、ずっとこちらに背中を向けていたと思うね」

佐々木は特に目につく反応をすることもなく、質問を終えた。

店主に丁重に礼を述べ、僕らは熊田酒店を出た。佐々木が店を振り返って言う。

「なぜ里崎健は失踪直前に、この店に寄ったんだろうな」

「買い物をしたかったから、じゃないんですか」

「取り立てて意味のない買い物を、ただしたかったというだけか?」

そう言われても、子供がお菓子や飲み物を買うことに、いちいち理由なんてないのではと思える。

佐々木は鼻から息を吐き出して、くるりと後ろを向いた。

「まあいいさ。次はどうする」

僕は住居棟を仰《あお》ぎ見る。

「できることなら、失踪した子供たちと直接会って話したいですけど……」

広子はこれに渋い顔をした。

「わたし、同じ団地住民のよしみってことで、失踪した子たちやその友達とは仲がいいから、彼らの自宅に案内することくらいはできるけど……今日、小学校は半ドンでしょう。午後はどこかへ遊びに行っててつかまらない気がする」

昨年度から、全国の多くの学校で第二土曜に加えて第四土曜が休みになった。第二、第四と月に二回も土曜に休めるなんて、最近の子供はずいぶん甘やかされているものだ。とはいえ今日は第一土曜なので、広子の言うとおり小学校は午前中のみの授業のはずである。

それでも広子は一応、子供たちの自宅に連れていってくれた。里崎宅のある五号棟四〇二号室、福永宅のある二十五号棟二〇二号室を訪れる。だが、いずれも留守だった。

佐々木が中井美咲にも会っておきたいと主張したので、僕らは続けて三十号棟三〇四号室にあるという中井宅へ向かった。ここでは、チャイムに反応があった。

「はい……あら、広子ちゃん」

玄関を開けたのは、素朴な顔立ちの女性だった。

「おばさん、美咲ちゃんいますか」

「美咲はお友達と遊びにいったわ。どこに行ったのかは知らないけど……そちらの方はどなた？」

「雑誌記者です。この団地で発生している、児童の連続失踪について調べています」

佐々木が身分を明かす。

「あら、そうでしたの。記者さんが調べるほどの騒ぎになってるんですねえ」

美咲の母親は頬に手を当てた。

「失踪した二人の児童はいずれも娘さんのお友達とのことですが、お母さまは今回の失踪についてどうお考えですか」

「そうねえ。やっぱり他人事《ひとごと》とは思えません。子供たちは遊びのつもりなのかもしれないけど、親御さんがたいそう心配なさっているのを見ましたから」

「娘さんのことも、ご心配ではないかとお察ししますが……つまり、次はうちの番かもしれない、と」

この言葉に、美咲の母親は苦々しい表情を浮かべた。

「うちは娘との関係も良好ですし、それはないと思ってますけど……心配だからって、監禁するわけにもいきませんしねえ。学校にも、塾にも行かなければなりませんし」

「娘さんではないとしても、失踪はまだ続くと思われますか」

「どうかしら。その可能性は高くない気がしますわ。子供たちは案外、飽きっぽいから」

予想というより、願望が多分に含まれた口調だった。

三十号棟を出たところで、僕は言った。

「安田さんの予感が当たったね。子供たちには会えずじまい、か」

気づけば陽は傾き、夕暮れが迫っていた。佐々木が断りなくタバコに火をつける。

「いいんじゃないか。目撃者の証言は取れたし、取材の方針も悪くない。それに、協力者も見つかったことだしな」

情報提供者と呼ぶのではなく、あくまでも協力者とするあたり、広子が名乗り出たのがよほど悔しかったのだろうな。そう思いつつ佐々木を見た瞬間、僕は背筋に冷たいものを感じた。

彼が広子に向けた眼差しは、まるで突き刺さりそうなほどとがって見えた。

時間にして、一秒にも満たなかったかもしれない。佐々木はすぐに広子から、自身の吐く煙へと視線を移した。

「今日はこのくらいにして、また明日、出直すか」

「助けが必要なときは呼び出してください。わたしの大学、九月いっぱいは夏休みだから」

広子は自宅の部屋番号——七号棟一〇三号室だそうだ——と電話番号を告げた。メモを取りつつ、僕は訊ねる。

「ポケベルや携帯電話は持ってないの。きみくらいの歳の子はみんな持ってるもんだと思ってたけど」

広子は顔の前で手を振った。

「ああ、だめだめ。わたし、機械弱くて。使いこなせる気がしないから、持たないようにしてるんです。そういうわけだから、用があるときは家のほうによろしく」

じゃあねと告げて、広子が去っていく。僕は佐々木に向き直った。

「明日こそ、子供たちをつかまえないとですね」

「午前中が勝負だな。サル、寝坊するなよ」

今日、時間を遅らせたのはあんただろう。そう思いながらも僕は、寝坊しませんと誓って初日の取材を終えた、のだが——。

4

「……寝坊するなよ、が聞いて呆れますね」

僕が言うと、佐々木は青ざめた顔をうつむかせた。

「だから、悪かったって言ってるじゃないか」

九月八日日曜日、僕らが城野原団地に到着したとき、時刻は午後一時を回っていた。

朝のうちには出発する予定だったのだ。だから家を出ようとした瞬間に自宅の電話が鳴るのを聞いたとき、僕はデジャヴかな、と思った。果たして電話の主は佐々木で、用件は「二日酔いで動けないから集合を遅らせてほしい」というものだった。

「飲まない、という選択肢はないんですか」

団地を歩きながらちくりと刺す。佐々木は「ない」と、なぜか強く断言した。

「飲まなきゃやってられない人間の繊細な心なんて、サルにはわかりゃしないさ」

「わかりたくもありませんけど……若いころから、そんな風だったんですか」

「離婚してから酒量が増えたんだよ。それで仕事が面倒になって、新聞記者もやめた」

どこまでもダメ人間である。

いかに佐々木の体調が悪かろうが、いたわってやる義理はない。さっそく取材を始めるにあたって、僕らはまず広子の自宅を訪ねた。

七号棟一〇三号室のチャイムを鳴らすと、広子本人が出てきた。ベージュのジャンパースカートに白のTシャツといういで立ちの彼女は、僕らを見て眉間にしわを寄せる。

「いま来たところなの？　仕事にしちゃ遅くない？」

「言っとくけど、僕のせいじゃないからね」

反論のしようもないからか、佐々木はむすっとしている。

広子は今日も取材に付き合ってくれることになった。子供たちと面識のある彼女がいてくれるのは心強い。見知らぬ大人二人で子供を囲めば、どうしたって怖がらせてしまうだろうから。

昨日も訪れた五号棟に向かう。四〇二号室、里崎宅のチャイムを鳴らそうとすると、見計らったかのようなタイミングで玄関のドアが開いた。

「あれ、隼人くん」

ドアを開けた男の子を見て、広子が言った。男の子はノブに手をかけたまま、呆然としている。

「広子ちゃん……何しに来たの」

一重まぶたと薄い唇が、意志の強さを感じさせる少年だ。髪は男子小学生にしては長く、着ているポロシャツやハーフパンツもどことなく垢抜けていた。手首にはリストバンドをつけている。

「あのね、わたしたち、健くんに話を聞かせてもらいに来たの。この人たちは雑誌の記者さんで、智子ちゃんや健くんの失踪を聞きつけて取材しに来たんだよ。——佐々木さん、猿渡さん、この子は斎藤隼人くんです。失踪した二人のクラスメイトで、塾にも一緒にかよっているお友達」

「初めまして、隼人くん」

僕はひざを曲げて手を差し出す。しかし、隼人はそれを無視して広子と話し続けた。

「広子ちゃん、健と話がしたいの？」

「うん。わたしがっていうか、この記者さんたちが、ね。健くん、いる？」

隼人は後ろを振り返り、どことなくじれったそうな様子で言った。

「いるけど、話すことはできないと思う。あいつ、いま熱出してるから」

「健くん、体調悪いの？　おととい帰ってきたときは、元気そうにしてたって聞いたけど」

「親とか先生とかからいろいろ訊かれるうちに、熱が上がってきちゃったんだって」

先んじてそう言われると、こちらとしては引き下がるしかなくなってしまう。

「おれたち、健のお見舞いに来たんだよ」

「おれたちってことは、隼人くんひとりじゃないのね」

その台詞《せりふ》に招かれたかのように、奥から二人の女の子が姿を現した。広子がそちらを見て、佐々木の腕を小刻みに三度叩く。

「前にいるのが智子ちゃんですよ。後ろのほうが、美咲ちゃん」

あらためて、僕は二人の女の子をながめた。

小四にしてはすらりと背が高く、長い髪をツインテールにしていても大人びて見えるのが、最初に失踪した福永智子だそうだ。その顔を見たとき、僕は彼女が誰かに似ているような気がした。最近人気の女性芸能人を何人か思い浮かべてみたものの、しっくりこない。

智子とは対照的に、中井美咲はショートカットで背も小さめ、目がくりくりしていて幼い感じがする。デニム生地のチューリップハットと水色のワンピースは、いかにも少女らしかった。

健には会えないとしても、無駄足にはならなかったようだ。僕はできる限り柔らかな笑みを、智子に向けた。

「猿渡といいます。よかったら、話を聞かせてもらえないかな」

智子は明らかにこちらを警戒していた。美咲が不安そうに智子の手を取る。

男二人なら逃げられたかもしれない。幸い、広子が「わたしもついててあげるから」と言い添えたことにより、智子はからくも同意してくれた。

「わかった。でも、このあと行くところあるから、ちょっとだけ」

黒い靴をはいて歩き出した智子に、真新しい白のスニーカーをつっかけて美咲が寄り添う。そのあとに隼人が、そして僕ら三人が続く。子供たちが何度か目配せをしているように見えたのが、何となく気にかかった。

五号棟を出てその裏手、ベランダが見える側に回ると、駐車場の脇に木製のベンチがあった。真ん中に智子が、両脇に美咲と広子が座り、僕はその正面にしゃがみ込む。隼人は近くで所在なげに、スニーカーの爪先で地面を蹴っていた。佐々木はベンチから二、三メートルの距離を取り、タバコを吸い始める。

「まず、智子ちゃんはどうして失踪したのかな。書き置きによれば、家を出るところまでは自分の意思だったみたいだけど」

母親との口喧嘩に関しては、こちらからは触れないでおく。智子はつまらなそうに言った。

「何となくっていうか……どこかへ行ってしまいたくなったから」

「そのあとは、知らない人にさらわれたんだよね。知らない人ってどんなやつ？」

「黒いマント姿で、頭が星みたいな形してた」

想像して噴き出しそうになったが、智子は至ってまじめなのである。

健の失踪時に残されていた犯行声明文には、《かいとうダビデスターライト》なる署名があったという。頭が星というくらいだから、それを意識しての外見だろう。智子の家出を健が一方的に真似たのではなく、二人のあいだに意思の疎通があることは確からしい。

「それで、きみはその怪盗のところにいたのかい」

「そう。でも、それがどこにあるのかはわからない。道を歩いてるときにいきなりさらわれて、気がついたら怪盗のアジトにいた」

「二日間、そこで何をしてたの」

「自分のゲームボーイを持ってたから、ポケモンをやったり……」

ゲームボーイ専用ソフト〈ポケットモンスター赤・緑〉が、今年二月の発売後、子供たちのあいだで大ブームとなっていることは、僕も聞き知っていた。モンスターを集めて友達と交換したり、戦わせたりするシステムが好評を博しているそうだ。七月にはゲームボーイの廉価版のゲームボーイポケットが発売になり、ソフトと合わせて一万円強で購入できるようになったことが、人気にさらなる拍車をかけているという。

「それだけ？　退屈しなかった？」

「あたしは二日だけだから。ごはんも用意されてたしね」

彼女はツインテールの先を顔の前に持ってきて、指でもてあそんだ。

怪盗だなんてバカげた嘘だ。それは言うまでもないし、智子は嘘だと見抜かれていることをきっと承知している。そのうえで、あくまでも怪盗のアジトにいたという主張を貫いているのだ。

かえって手ごわいかもしれない、と思った。リアリティのある嘘をつこうとすれば、子供の浅知恵では早々に瓦解してしまうだろう。だがこの場合、子供たちは初めから明らかな嘘をついているので、整合性を考える必要はなく、何と答えようが問題にならない。こちら側が、それは嘘だと指摘してみたところで無意味だ。下手に隠そうとするより、よほどうまいやり方だと感じた。

初めから計算ずくだったのだろうか。それとも、智子が思いつきで「さらわれた」と口にしたのを受けて、健もそれにならったのだろうか。智子の書き置きには怪盗が登場していないことを踏まえると、後者じゃないかという気がした。

続けて、健が失踪したときのことに話を移す。

「……失踪直前の健くんに、きみは熊田酒店で会ったんだってね」

「うん。美咲も一緒だった」

「健くんがお店を出て、塾のある駅のほうに向かわず橋を渡っていったとき、おかしいとは思わなかった？」

「別に。塾には行けないかもって聞いてたから」

「そうだったね。理由は訊かなかったのかな」

智子はつかの間、考えるようなそぶりを示した。

「訊かなかった。『行けないかも』って言われたから、『ふうん』って。それだけ」

先の怪盗に関する話を聞く限り、健と智子は協力関係にある疑いが強い。ならばこれらの問答は、あまり意味をなさないかもしれない。客観的事実について訊くべきだ。僕は質問の方向を改めた。

「あの日、健くんが熊田酒店で何を買ってたか憶えてない？　四日ぶんの食料をまとめ買いしてた、とか」

「普通の買い物だったよ。ね、美咲」

「うん。いっぱい買ったりとかはしてなかった」

「そうか……やっぱり、健くんが熊田酒店を訪れたことに特別な意味はなかったのかなあ」

半ば独《ひと》り言《ごと》めかしてつぶやいたところで、別の声が飛んできた。

「習慣だよ、ただの」

いつの間にか、斎藤隼人がベンチのすぐ後ろに立っていた。

「おれたち塾に行く前によく、熊田酒店でお菓子を買うんだよ。授業が夜の七時まであって、途中でお腹空《す》いちゃうから。あの日も健はたぶん、同じように食べ物を買ったんだ」

「だけど、健くんは塾には行かないつもりだったんだよね」

「だから、習慣だって言ったんだよ。いつもやってることだから、あんまり深く考えないで買い物したんだと思うよ」

それなりに説得力があり、かつ否定しようのない意見だった。健が熊田酒店に寄った理由など、やはり重要ではないように思えてくる。

ふと佐々木を見ると、彼はおもしろいものを見つけたとでも言いたげな視線を、隼人に送っていた。それで察しがついた。智子と健のあいだにあると見られる協力関係が、隼人にも及んでいるのではないかと勘繰《かんぐ》っているのだ。

つついてみれば、はっきりするかもしれない。僕は隼人との会話を続けようと試みる。

「隼人くん、だったね。きみは、智子ちゃんや健くんの失踪について、どう思って——」

だが、そのときだ。

頭上から、カランカランと音がした。アルマイトの食器を硬い床に落としたかのような、派手な音だ。反射的に、音がしたほう——ベンチの背後、五号棟の上方を振り仰ぐ。

最上階、四階のベランダに男の子がいた。ベランダは上部に手すりのついた漆喰《しっくい》塗りの壁で囲われていて、手すり壁の陰になっている部分は外からは見えない。よって男の子の姿は肩から上が見えた程度だったが、薄手の柄物のパジャマを着ており、バランスを崩して手すりをつかんだような体勢を取っていた。

何が起きたのか、想像するのは難しくなかった。男の子はベランダから下をのぞきたかったが、身長が足りなかったので何か、たとえば金属製のバケツのようなものを踏み台にしていたのだ。それが、踏み外したかどうかして転がり、さっきの音を立ててしまった。

男の子はベランダでしばし右往左往すると、慌てたように室内へ消えた。

男の子がいたのが、何号室のベランダかは一目瞭然だ。最上階の、端から二番め——すなわち、僕らがさっき訪ねた四〇二号室である。

「サル。見たよな」

佐々木が唇からタバコを離した。

「見ました。広子ちゃん、いまのが里崎健くんだよね」

そうです、と広子が首肯《しゅこう》する。

「どのくらいの背丈に見えた？　髪型はどうだ。俺の視力じゃよく見えなくてなあ」

佐々木が目を細める。僕は下の階のベランダを見て、高さを目測しながら答えた。

「小柄でした。百三十センチ前後といったところでしょう。髪は、小学生男子としては普通かやや長めでしたね。女の子ならショートカットと呼べる長さですけど」

「ふん。思ったとおりだな」

佐々木が口の端を上げる。

「思ったとおりって佐々木さん、何か考えてることがあるんですか――」

僕の質問をさえぎるように、智子がいきなりベンチから立ち上がった。

「ねえ、そろそろ行っていい？」

なぜか、広子に許可を求めている。広子は困惑気味に、

「わたしに訊かれても……」

「あたしたち、このあとほかの子と遊ぶ約束してるんだよね」

美咲と隼人が、さりげなく智子の両脇を固めた。

このまま逃がしてしまうのは惜しかった。だが、無理やり引き止めたところで大した話も引き出せないだろう。

「わかった。もう、行っていいよ」

僕は言う。佐々木も異議を唱えなかった。

子供たちの背中を見送っていると、

「――なあ」

ふいに、佐々木が彼らを呼び止めた。

三人そろって振り返る。佐々木は、そのうちのひとりに向かって言った。

「その帽子、似合ってるな」

「あ、ありがとうございます」

美咲がチューリップハットのつばに触れる。

続いた台詞は、僕にはまるで意味がわからなかった。

「よっぽど気に入ってるんだな――もう、被る必要もないだろうに」

九月を迎えたとはいえ、まだ真夏の暑さである。陽射しも強い。子供が帽子を被っていても、おかしいと感じる気候ではないのだが。

三人は何も言わずに立ち去っていった。少しして、佐々木がくっくと笑い出した。ベンチに座ったままの広子がぎょっとしたように言う。

「どうかしたの」

「いやあ。しょうがねえやつらだな、と思ってな」

そう言われても、何が何だかである。

「佐々木さん、何かわかったんですか。さっきから発言に含みが多いようですけど」

佐々木は首の後ろを揉みながら、

「勇み足《いさあし》になるのは気に食わないから、確信が得られるまでは話さない。だが、そうだな――

じいさん、案外耄碌《もうろく》してないと思うぜ」

僕らが城野原にやってきてから、話題に出た《じいさん》はひとりしかいない。

「じゃあ、大黒のおじいさんが見かけたのは、やっぱり健くんだったってことですか。だとしたら、彼はどうやって団地に戻ったんです?」

「それをいまから確かめに行く……と言いたいところだが、今日は無理だな。明日になれば全部、話してやるよ」

それから佐々木はもう一度、楽しそうに笑った。

「最初は正直、子供たちの失踪なんてどうでもいいと思っていたが――」

あれ、と思う。今回の連続失踪を調べたい、と編集長に強く訴えたのは、佐々木ではないか。それが、どうでもいいとはどういうことか。

けれどもそんな違和感は、続く台詞の威勢のよさにかき消されてしまった。

「この件、思いのほかおもしろい記事になるぞ!」

＊

九月八日日曜日、時刻は昼の三時を少し過ぎている。五人の子供たちが、美咲の自室に集まっていた。

「この絵、意外といい感じだな」

隼人が画用紙を持った両腕を伸ばしながら言った。

「そんなもの描くなんて、健も失踪中はよっぽど暇だったのね」

智子が画用紙を見つめて笑う。上部には《夏休みをとりもどせ!大作戦》の文字が大きく躍り、その下には健のデザインによる《かいとうダビデスターライト》のイラストが描かれていた。

鉛筆で描かれ、クーピーで色が塗られている。顔の部分は三角形を二つ逆向きに重ね合わせた、ダビデの星と呼ばれる六芒星だ。体はタキシードに黒のマント、これはアニメ〈美少女戦士セーラームーン〉に出てくるタキシード仮面を参考にしたのだという。手袋をした手からは六芒星の形をした光線が、まるでこんぺいとうを投げるように放たれ、顔から伸びた吹き出しには「スターアタック!」という台詞が記されていた。

「それにしても、あの記者さんから怪盗のこと訊かれたときはびっくりしたな。どんなやつだったのかって」

智子の言葉に、慎司がおびえるように反応した。「大丈夫だった?」

「健の絵を見てたおかげで、答えられたよ」

「せっかくトリックが成功したんだから、そういうところはちゃんとしないとね」

「こんなにうまくいくとはね。あたしたちの考えたトリック」

「わたし、すっごくドキドキした!」美咲が智子に身をすり寄せた。「だけど上手にできたよ。全然バレなかった」

「みんなして傘外を捜し始めたときは、ケッサクだったよな。隠れ家どこだーって。健もすっかり安心してたよ」

「健くん、うらやましいなあ。ずっとポケモンやってたから、ずかんもかなり埋まったんだって」

「でもあいつ、熱出しちゃうとはな。普通に元気そうだったけど、興奮しすぎだっつうの」

「気持ちわかるよ。あたしも興奮してる」

ひとしきり、子供たちは作戦の成功を喜び合った。城野原の住民たちをうまく騙せたことは、彼らにとって大きな自信となった。

「わたしたち全員が協力すれば、もっとすごいことでもできそうだね」

美咲が言う。隼人は歯を見せて笑った。

「そうさ。夏休みを取り戻せるだけじゃない。きっと、傘外のやつらもおれたちのことを悪く言わなくなる」

「さっきは、いきなりチャンスが来たのかと思ったけどね」

智子が言うと、隼人は水を差されたみたいな顔になった。

「結局、あの記者にいろいろ訊かれただけで終わったな。まあ、どっちみち健には会わせてもらえなかっただろうから、どうしようもなかったけど」

「健、ベランダにいたね。あんなところまで声が届くわけないのに」

「そう言うなよ。あいつなりにがんばってんだと思うよ」

「……記者さん、わたしたちのトリックに気づいてそうだったよね」

美咲が頭の上の帽子に手をやる。隼人は唇を噛《か》んだ。

「最後のあの言葉、わかってるぞって感じだったな。隠れ家が傘外にはないことも、もう見抜いてるのかも」

「そんなあ。隠れ家のこと知られたら、作戦は失敗だよ」

「弱気になるなよ、慎司。次はもっとすごいトリック仕掛けて、隠れ家どころじゃない状況にしてやろうぜ」

「でも、もっとすごいトリックなんて考えつくかな」

美咲が不安をのぞかせたところで、慎司がおずおずと手を挙げた。

「それなんだけど。実はぼく、思いついたことがあって……」

子供たちは額を突き合わせる。慎司が話を終えたとき、沸き立つように称賛の声が上がった。

「すごいよ、慎司くん！」

「やるじゃん。最初は作戦に加わるのすら嫌がってたのに」

「えへへ。ぼくんちに、たまたまヒントがあったものだからさ」

慎司は得意げにしている。

「それにぼく、すごくやる気になったんだよ。傘外のみんながぼくらを悪者みたいに言ってるのは間違いなんだって、証明したいんだ」

「噂が広まったら怒られちゃうから？　慎司くん、怒られるのすごく嫌そうだもんね」

「怒られるのは、誰だって嫌だと思うけど……」

「無駄話してる場合じゃないぞ」

隼人が立ち上がった。

「急いで準備しよう。帰らなきゃいけない時間になる前に」

「明日を逃すと、さっき聞いたトリックは使えなくなるからな」

ほかの児童もいっせいに立つ。号砲のように、隼人は告げた。

「明日が勝負だ——行くぞ！」

5

人間は反省する動物である。

二日連続で予定に反し、昼からの取材となったことを受け、僕も佐々木も反省した。前の晩にはお酒を飲まない方向に、ではない。僕はそう主張したのだが、佐々木が取り合わなかった。

そうではなく、初めから午後スタートにしたのである。考えてみればこれまでの二日間、夜になるまでみっちり取材したあげく時間が足りなくなるようなこともなかったので、強《し》いて朝から動かなくてもよいのではという結論に達した。まして週末は過ぎ、これからは平日の取材になる。子供たちは小学校に行き、大人は仕事や家事で忙しく、どうせ午前中から昼にかけては話を聞ける相手も少ないだろう。

というわけで九日月曜日の午後三時に、僕は城野原駅で佐々木と合流した。相変わらず真夏のような気候だ。残暑はなかなか手を緩《ゆる》めてくれない。

団地に向かって歩きながら、僕は佐々木に言った。

「ゆうべ、考えてみたんです。どうしたら、いったん橋を渡った健くんがその後、団地に戻ることができたのか」

佐々木は横目で僕を見てきた。ずいぶん醒《さ》めた目つきである。

「聞いてくれって言うんだな。時間の無駄だと思うぞ」

「手厳しいなあ。まだ何も言ってないのに」

「ところが俺はすでに、おまえの考えがただの猿知恵だと知っているのさ」

よくわからないが、そこまで言われると意地になる。僕は昨夜、熟考の末に得たひらめきを語り始めた。

「橋にせよ踏切にせよ、団地に入ってくるのは歩行者だけじゃありません。団地内に駐車場があることからもわかるとおり、車も出入りします」

団地の駐車場を思い浮かべる。車は戸数に比して少なかったが、もちろん皆無ではなかった。

「健くんは、車で戻ってきたんですよ。座席で身を低くするとか、トランクに潜むとかすれば、酒店の店主や公園で遊んでいる子供たちには見つからなかったはずです」

これなら団地に戻るのに障害はなくなる。子供たちがやっていることだという前提が、車の可能性を見えなくしていたのだ。

「つまり、失踪児童には大人の協力者がいた、と?」

「はい。その人の自宅こそ、健くんが四日間を過ごした隠れ家だったというわけです」

僕は自信満々で言う。だが、

「ありえないな」

佐々木に一刀両断された。

「だとしたら、大黒のじいさんが里崎健を目撃したのはどういうわけだ?」

「それは、車を降りた健くんが、協力者の自宅へ向かうところだったんじゃ……」

「違うな。じいさんは、酒店のほうに向かう途中で健とすれ違っているんだぞ」

はっとした。駐車場が、住居棟のあいだにあったのを思い出したからだ。駐車場で車を降りたのなら、健が大黒とすれ違うはずがない。

「小学生を丸四日も自宅にかくまっていたとしたら、それは立派な未成年者誘拐だ。これから犯罪をおこなうつもりなら、誰にも見られないようやるのが筋ってもんだろう。中途半端なところで車から降ろして歩かせたりせず、駐車場まで乗せてさっさと部屋へ上げたはずだ」

「確かに……じゃあ、かくまったんじゃなくて、車に乗せるところだけ協力したのでは」

「同じことだよ。せっかく車を使えるのなら、隠れ家のすぐそばまで行ったに決まってる。誰かに目撃されたら、出入り口にある人の目をかいくぐってまで団地に戻った意味がなくなるからな。じいさんに見られたのはあくまでも不可抗力で、子供たちが車を使えなかったことの証《あかし》だよ」

反論は考えつかなかった。

「……車を使ったという説は取り下げます」

「だから言ったろ。時間の無駄だって」

「佐々木さんがもったいぶるからですよ。いい加減、考えを聞かせてくれたっていいじゃないですか」

「慌てなさんな。先に話を聞かなきゃならん相手がいる」

踏切を渡って城野原団地に入ると、佐々木はそのまま橋のたもとまで進み、迷わず熊田酒店に入っていった。

「あんたたち、また来たのかい」

レジの前に腰かけた熊田の、歓迎の言葉がそれだった。

「本当は昨日来たかったんですが、日曜定休とのことだったので」

佐々木がタバコを買う。おとといとは違う銘柄、キャスターのボックスだ。節操がないな、と思う。

「今日は、広子ちゃんは一緒じゃないんだね」

「日当が払えるわけじゃありませんからね。できるだけ、手をわずらわせたくはない」

そして佐々木はトイレの前へ行き、ドアを開けた。

「おととい、里崎健はトイレから出てきたあと、橋を渡っていなくなるまで一度も振り返らなかったとおっしゃいましたね」

「少なくとも、振り返るところを見た憶えはないね」

「では、中井美咲はどうでしたか」

美咲？　なぜそこで、美咲の話になるのか。

これまで訊かれたのが健のことばかりだったからだろう、熊田もとまどっている。

「美咲ちゃんかい……さあ、どうだったかね。あんまり憶えてないねえ」

「よく思い出してください。あの日、二人の女の子は店を出たあと橋を渡らず、住居棟のほうへ戻っていったそうですね。その姿が見えなくなるまでに、一度でも中井美咲の顔を見ましたか」

「と言われてもねえ。見なかったような気もするけど」

「見たくても、見えなかったんじゃないですか。彼女がチューリップハットを被っていたから」

——その帽子、似合ってるな。

昨日、別れ際に佐々木が美咲にかけた言葉を思い出す。あの時点で、美咲が九月二日も同じ帽子を被っていた、とにらんでいたのだろうか。

熊田がパンと手を打った。

「そうそう。美咲ちゃんはつばの広い帽子を被ってたから、顔が見えにくかったんだ。トイレを出たあとは、たぶん一度も見てないね」

「ではそのまま、当日の中井美咲の服装を思い浮かべてください。彼女は水色のワンピースを着て、白いスニーカーをはき、薄い色の手提げカバンを持っていたのではないですか」

佐々木がいきなり超能力者のようなことを言い出した。水色のワンピースと白のスニーカーはまさしく昨日の恰好だが、どうしてカバンまで特定できるのか。

熊田はあっけに取られながらも答えた。

「……水色のワンピースだったのは間違いないよ。カバンも生成りみたいな色してたかねえ。靴までは思い出せないね」

「充分です、ありがとうございます。これで、確信が持てました」

佐々木は満足げに笑った。

「どうして美咲ちゃんの服装がわかるんです。そもそも、この件と何の関係が？」

「ちっとは頭を使えよ、サル。じいさんは、里崎健が何色の服を着ていたと言っていた？」

「えっと、青っぽい服——まさか、水色のワンピース？」

「そういうことだ。昨日、あの服を着ていたのが中井美咲の運の尽きだったな」

「じゃあ、おじいさんが健くんだと思ったのは、本当は美咲ちゃんだったんですか」

なぜ、そんな見間違いが起こるのか。僕はますます混乱してしまう。

「昨日、中井美咲がはいてた靴、おまえも見ただろう」

「白のスニーカーですよね」

「それも、いかにも真新しい感じの、な。ところで里崎健は失踪当日、どんな靴をはいていた？」

「白い運動靴です。熊田さんが、そう証言されてました」

運動靴もスニーカーも同じものだ。健と美咲は、よく似た靴をはいていたと言える。

「靴だけじゃない。カバンも、どちらも生成りの手提げだったらしい。では、彼らの背恰好についてはどうだ。サル、中井美咲を見てどう思った」

「背は小さめだな、と。そうだ、健くんも小柄でしたよね」

「小学四年生の平均身長は、百三十センチ台後半から百四十センチといったところで、男子と女子の差はほとんどない。同じく小柄だという印象を持ったのなら、二人の身長は大差なかったはずだ。加えて、どちらかが太っているということもない。きわめつけは、髪型だ」

「健くんが、女子ならショートカットといえるくらいの長さ……美咲ちゃんは、まさしくショートカットでした！」

佐々木は再び満足そうに笑う。

「要するに、里崎健と中井美咲は、顔と性別以外はよく似た二人なんだ。そんな二人が、同じような靴をはいて、同じようなカバンを持ち、わざわざ同じタイミングでトイレに入った。そして、出てきたあとは顔も見せずに去っていった。さて、何が起きた？」

ここまで丁寧に説明されたら、サルでもわかる。

「二人はトイレの中で入れ替わった――橋を渡って団地を出ていったのは、健くんじゃなくて美咲ちゃんだったんだ！」

それから佐々木が説明した、子供たちが用いたと思われるトリックは次のようなものだった。

まず男の子と女の子の服、それぞれ同じものを二セット用意する。健は男の子の服を着てカバンに女の子の服を詰め、美咲は女の子の服を着て男の子の服をカバンに詰める。おそらくは帽子も二セット用意したが、靴やカバンは似たようなものでごまかした。美咲のスニーカーが真新しかったのは、このために新調したからだと思われる。

健、美咲、それに智子の三人は熊田酒店で落ち合い、買い物をして店主の熊田に存在を印象づける。それからまず健がトイレに入り、カバンの中の女の子の服に着替えた。この時点で健は、美咲と同じ恰好になったわけだ。その後、頃合いを見て美咲もトイレに入ると、カバンに詰めた男の子の服に着替える。このとき健に着替えを見られないよう、美咲は個室を使ったのだろう。こうして、二人は見た目を入れ替えた。

先にトイレを出たのは、健に扮した美咲だ。彼女は野球帽を深く被り、熊田に顔を見られないよう注意しつつ、店を出て橋を渡った。熊田が見届けてくれるよう、わざとゆっくり歩くなどしたかもしれない。それからどこか適当な場所、駅のトイレなどで元の服に着替え直し、塾へ向かった。

一方、健は美咲のふりをして智子とともに酒店を出ると、住居棟のほうへ戻った。団地内には健の顔を知る人もいただろうが、そこはチューリップハットで顔を隠すとか、智子の陰に隠れるとかしながら乗り切った。元より女装をしているので、そう簡単に健だと認識されはしなかっただろう。

ところがこのとき、すれ違った大黒だけは、ワンピースの子が健であることを見抜いてしまった。健が塾に行く智子と別れ、ひとりで歩いている最中に、なにかの拍子で顔を見られてしまったのかもしれない。女の子の服を着ているから女の子だという先入観の植えつけは、老人には通用しなかったのだろう。ただし、老人の認識は「何だか様子がおかしかった」と感じる程度にとどまった。

大黒に気づかれるという失敗こそあったものの、これで健が団地の外に出ていったように見せかけつつ、実際には中にいるという状況を作り出すことができた。

「はあー……あの子たち、そんなことやってたのかい」

熊田が眉間にしわを寄せて驚く。僕は子供たちのアイデアに感心しながら言った。

「さっき、佐々木さんが時間の無駄だと断じた理由がわかりましたよ」

「おまえ、『いったん橋を渡った健くんが』って言ってたからな」

「健くんが団地を出て戻らなかったように見える状況は、子供たちによって作り出されたものだった。実際には、健くんはそもそも団地を出ていなかったんですね」

「そういうことだ。すると、次の事実が明らかになる——隠れ家は、団地内にある」

隠れ家が団地の中にあると知られた場合、しらみ潰しに捜されればいずれ見つかってしまう。反対に、隠れ家が団地の外にあると誤認させることができれば、捜索範囲はうんと広がるうえに、実際の隠れ家は盲点と化すので、いつまでも見つからない。だから、子供たちはこの入れ替わりを決行したのだ。

この状況が成立するには、熊田の証言など幸運も多分に味方したと言える。これについて佐々木は、彼らは失踪児童が団地内にいる可能性をそこまで厳密に排除するつもりはなかったのでは、という見解を示した。彼らにとっては、団地の外で失踪したという印象を持たせることが重要だったのだ。だとしたら今回、父親の捜索によって健が確実に団地の外にいると見なされたのは、望外の結果だったのかもしれない。

「公園にいた子供たちに訊けば、得られるかもな。里崎健だけでなく中井美咲もその日、踏切を通っていないという証言を」

佐々木はそれが、自分の推理が正しいことの証拠になると言う。このトリックが使われたのなら、美咲が団地を出ていくところを見られていないにもかかわらず塾にいるという、おかしな状況が成立したことは確かだ。健が踏切を通過していないことをはっきり証言した子供たちなら、美咲の姿も見ていないと言いきれるに違いない。

「まったく、イマドキの子供はとんでもないな」

佐々木は苦笑する。

「イマドキの子は賢い、という意味ですか」

「ちょっと違う。おまえもその歳なら、ドラマや漫画やアニメなんかでミステリーに親しんでるだろう」

「ええ。金田一少年は好きですよ」

「あの手の作品でさんざんトリックがどうのと盛り上がってたら、子供たちだって自分でも考えて、いいのが浮かんだらやってみたくもなるだろうよ」

健や美咲の気持ちがわかる、と言うには僕も歳を取りすぎたかもしれないが、小学生時分の記憶はまだ残っている。オリジナルのトリックを実行するなど、十五年前の自分ならいかにもやりたがりそうだ。

「子供たち、手ごわいですね」

「だから、おもしろい記事になると言っただろう」

同感だ。小学生がトリックを弄《ろう》して失踪するなど、前代未聞ではないか。

「とはいえ隠れ家の場所が判明していない以上、ほっといたらまた何をしでかすかわからない。子供たちが予想外の事故や犯罪に巻き込まれでもしたら、寝覚めが悪いからな。ここは大人の知恵を使って、この失踪ごっこの全貌を暴かせてもらうよ」

佐々木の言葉に、僕も気を引き締める。

「次は団地内の捜索ですね。早いとこ隠れ家を見つけましょう」

「ああ。だがその前に、会っておかないとならない子がいるな」

「誰ですか？」

「中井美咲だよ。トリックに関与した件について、彼女がどのように釈明するか見ものだな」

なるほど。確かに美咲は目下、キーパーソンだ。

「そうと決まれば、美咲ちゃんに会いに行きますか。もう四時も過ぎたから、そろそろ放課後になるころかと」

熊田に礼を述べ、僕らが酒店を出ていこうとした、そのときである。

白い《日曜定休》の文字が、目の前で勢いよく動いた。ガラスのドアが、外から開けられたのだ。

「熊田さん！」

女性が髪を振り乱し、酒店に駆け込んでくる。その顔に見覚えがあった。

「おや。どうしたの、中井さん」

熊田はびっくりしている。女性は二日前にも会って話をした、中井美咲の母親だった。走ってきたのか、母親が息を弾《はず》ませて問う。

「うちの美咲、見てませんか」

「今日はまだ見てないけど……何かあったのかい」

美咲の母親は取り乱した様子で、ある事実を告げた。それにより僕らは、この連続失踪が新たな局面を迎えたことを知ったのである。

「さっき、小学校から連絡があって――美咲が、授業中の教室から消えてしまったっていうんです！」

第二章　光の密室

城野原小学校四年一組の女子児童、Mが姿を消した状況は、きわめて奇妙なものだった。

九月九日月曜日、六時間めの授業がおこなわれていたときのことだ。四年一組の授業は道徳で、この日は二学期の開始当初から予告されていたとおり、二十分間の短編映画を観ることになっていた。

視聴環境の都合から、児童たちは四年一組の教室ではなく、校舎の一階にある視聴覚室で授業を受けた。いわゆる移動教室であり、座る席は自由とされていた。十五時の授業開始直後には担任教師が点呼を取っており、その時点までMは間違いなく視聴覚室にいた。

視聴覚室の広さはほかの教室とほぼ同じで、机や椅子といった備品も、四年生の教室で使用されているものと変わりない。前方に天井から引き下ろす形の大きな白いスクリーンがあり、そこに映写機で映像を投影する仕組みになっている。視聴覚室のすべての窓——廊下側にはなく、屋外に面した側にのみある——にはガラスの代わりにアルミパネルがはめられ、光を通さない。むろん、廊下側にある引き戸にものぞき窓はない。

担任教師は授業開始から十分ほど経ったころ、すなわち十五時十分あたりには、照明を消して映画の上映を開始している。この時点で視聴覚室における光源は映像の明かりのみとなり、室内を見渡せる状態ではなくなっていた。二十分間、担任は視聴覚室の前方、スクリーン脇の椅子に座って児童たちとともに映画を観ていた。ときおり室内を見回すなどしていたものの、異変には気がつかなかったという。

映画が終わったところで、担任が部屋の照明をつけると、

「先生、Mさんがいません」

ひとりの児童が発言した。担任は先ほどまでMがいたはずの窓際、最後列の座席に近づいた。机の上には、画用紙を用いた犯行声明文が置かれていた。

Kも真実を知った
かわいそうな子どもたちに
わたしが本当のことを教えてあげたのだ
次はMを連れていくことにする

かいとうダビデスターライト✡

担任教師はただちに視聴覚室内を捜索したが、Mの姿はどこにもなかった。この間、引き戸や窓はすべて閉め切られていたので、Mが混乱に乗じて室外に脱出した可能性はない。Mが、映画の上映中にいなくなったことは確実だった。

ところが、そう考えるにはひとつ大きな問題があった——視聴覚室が真っ暗だった、という点だ。

視聴覚室にある、小学四年生が通り抜けられるような脱出経路は、屋外に面したアルミパネルの窓と、廊下側前方、後方の二ヶ所にある引き戸のみである。だが、いずれも上映中に開けられた場合、映像とは異なる光が室内に射し込むことになり、はっきり目立ったはずなのだ。そのようなことは絶対になかった、と担任教師は断言している——視聴覚室から、窓や引き戸が開けられたなら光で気づいたに違いない、と。しかし現実に、真っ暗な視聴覚室から、Mは忽然《こつぜん》と姿を消してしまっている。

この、あまりに不可解な状況はその後の対応を遅らせた。担任が視聴覚室をひととおり捜索し、最終的にMの保護者へ連絡したのは、Mの失踪発覚から二十分後のことだった。

当日は一、二年生の授業が五時間めまでで終わり、十五時前には放課となっていたため、その時点で校舎のまわりには多くの児童の姿があった。したがって視聴覚室を何らかの方法で脱出したMが、それらの児童にまぎれて小学校を出ていき、誰にも怪しまれることなく隠れ家に身を潜めるのは容易だったと思われる。なおKのときと同様に犯行声明文が残されていたことから、警察はいたずらの可能性が高いと判断、Mの失踪に関してただちに大きな動きを見せることはなかった。

さて——光に鎖《とざ》され密室状態となった視聴覚室から、Mはいかにして抜け出したのか？

【『月刊ウラガワ』一九九六年十二月号「城野原団地・児童連続失踪の真相」より】

1

「……佐々木さん、まずいですって」

あたりを見回しながら、僕は小声で言う。佐々木はというと、いままさに腰までの高さの窓枠を乗り越え、校舎への侵入を果たそうとしているところだった。

九月十日火曜日、僕らは城野原小学校の敷地内にいた。時刻は午後五時前で、すでに放課後だ。校舎の裏手には敷地の境界を示すようにあすなろの木が立ち並び、その外側を静かに流れているのは、一キロメートルほど離れた城野原団地から続く傘川である。そんな、人目につきにくい植木と校舎の狭間《はざま》で、僕は小屋に獣を放たれた鶏《にわとり》のようにあたふたしていた。

昨日、中井美咲失踪の報を受け、城野原小学校区全体がある種のパニックに陥った。子供たちの隠れ家がおそらく団地内にあることは、佐々木と僕と熊田のほかには、せいぜい広子が知るのみなので、城野原の住民たちはこぞって団地の外を捜し始めた。近所でお祭りでもあるかのような、と言ったら大げさだが、町じゅうで多くの人がうろうろしている光景はよそ者の僕が見ても異様だった。

そんな中で僕と佐々木は、昨日から今日の昼にかけ、手あたりしだい人をつかまえて美咲の消失の状況を探った。ごく短いあいだに広まったらしい噂にはしばしば尾ひれがついていたが——美咲が宙に浮かんで消えたとか、目がくらむほどの光に包まれて弾けたとか——、ともかく集まった情報を整理して、一部始終を把握した。

前回の入れ替わりに引き続き、美咲の失踪にも何らかのトリックが使われたらしい、ということには察しがついた。ただ、両者のあいだには決定的な違いがある。美咲の失踪においてはトリックが使われたことが隠されていない、という点だ。僕にはそれが、子供の遊びとしての純度がより高まっていることの証に感じられた。となるとこちらは迎え撃つしかない。今回はどんな手を用いたのやら、僕の好奇心はひどく騒いでいる。町の大人も子供も、多かれ少なかれきっと同じ気分なのだろう。

というわけで、佐々木が「現場検証が必要だ」と言い出したときも、僕は反対しなかった。トリックが実行された現場を、この目で見たかったからだ。しかしまさかこんな犯罪じみた、というかもろに法に触れる手段に打って出るとは思わなかった。

僕はもちろん正攻法で、すなわち学校の許可を取ってから見せてもらうつもりだったのだ。ところが佐々木は校門を抜けると、来客用玄関とおぼしき校舎の入り口の前を素通りした。

「ちょっと、どこへ行くんです」

「視聴覚室に決まってんだろ」

「……許可をもらわなくていいんですか。見つかったら通報されちゃいますよ」

するとと佐々木は呆れ返った様子で、

「あのな、サル。頼み込んだところで許可なんてもらえるわけがないだろう。つまみ出されて、視聴覚室には近づくことすらできなくなるのがオチだ。それなら見つかる前に、さっさと調べてしまったほうがいい」

年季が入って古ぼけた、二階建ての校舎の外壁に沿って、佐々木はずんずん歩いていく。ときどきすれ違う、ランドセルを背負った子供たちの、奇異なものを見る目にいたたまれない心地がする。騒がれずに済んでいるのがせめてもの救いだな、と思い始めたところで、佐々木が足を止めた。

「見ろ、アルミパネルの窓だ。この部屋が視聴覚室で間違いない」

指差した先に目をやると、確かにそこだけ窓が銀一色である。このあたりは陽が当たらず湿った感じがするから、校舎の北側にあたるのだろう。視聴覚室は角部屋で、隣の教室は普通のガラス窓だった。

「窓、閉まってますね。これじゃ中には入れないな」

僕は常識的な判断を口にする。

「ふむ。どうしたもんかな。揺すったりしたら開かないだろうか……」

その直後、思いがけないことが起こった。

視聴覚室の、角から一番遠い窓が、いきなり開いたのだ。中から顔をのぞかせたのは、低学年と見られる子供だった。全部で四人いる。

「ここから出たら、逃げられるかなー！」

「やってみようよ！」

子供たちは口々にそんなことを言い合い、窓枠を乗り越えて外に飛び出してきた。上履きのまま、どこかへ走っていく。

佐々木は笑って、

「俺たちと同じように、中井美咲が消えた現場を検証していたようだ。この小学校では、名探偵ごっこが流行《はや》り始めているのかもしれないな」

——そしていま、子供たちが開け放していった窓から、佐々木はこれ幸いとばかりに侵入を試みているのだ。窓の外に薄汚れたスニーカーを脱ぎ捨て、窓枠に手をかけて右足を持ち上げる。思ったよりも体が重かったのか、一度では成功しなかった。二度めでようやく右足がサッシに乗り、そのまま窓枠にまたがると、僕が引き止めるのもかまわず侵入を果たしてしまった。

「なるほど、こいつは暗いな……」

佐々木が室内をうろつき始めたので、僕は開いた窓から中をのぞき込んだ。板張りの床といい、正面の壁にかかった時計といい、木製の座面と金属のパイプをくっつけた懐かしい椅子といい、窓がアルミパネルであること以外はごく普通の教室に見えた。黒板の手前には映像を映す白い幕を収納しているのであろう、細長い箱のようなものが吊り下がっている。廊下に通じる引き戸は前方と後方に二ヶ所、これらにものぞき窓はない。

いま視聴覚室の照明は消えているので、僕がのぞいている窓から中に射し込む光が唯一の明かりであり、部屋の中は薄暗い。視聴覚室の床の高さは僕が立っている地面とさほど変わらないようで、窓枠の下辺の高さは室内にいる佐々木の腰あたりだった。ただ窓は大きく、上辺は身長百七十センチの僕が手を伸ばしてやっと届くくらいだ。これだけ大きければ当然、小学四年生の女児など余裕で通り抜けられる。

佐々木は黒板の脇に椅子を運んでそこに座った。

「サル。窓を開け閉《た》てしろ」

言われるがまま、窓を閉めたり開けたりする。窓がサッシを滑《すべ》る小気味いい音がする。三度繰り返したところで、佐々木がもういい、とストップをかけてきた。

「話に聞いたとおりだな。視覚に問題のない人間であれば、窓が開いたことに気がつかないとは思えない」

そのあと佐々木は鍵を開けてほかの窓や引き戸も開閉したが、印象は変わらなかった。

「映画の上映中、この部屋はまぎれもなく《光の密室》だったわけだ」

光の密室——光が出口をふさいでいるのだから、その表現はしっくりくる。

「先生が居眠りしていた、というのは考えられませんかね」

僕は思いつきを口にしてみたが、

「例の犯行声明文が残されていたんだから、中井美咲があらかじめ失踪するつもりだったことは疑う余地もない。先生が偶然、居眠りしてくれることを期待していたと、本気で思うのか?」

文句なく受け入れられる、美しい反論だった。

「光の問題はいったん脇に置くとして、音についてはどうだろう。サル、次は窓を静かに開けてみろ。子供が通り抜けられるぎりぎりの幅まで、な」

佐々木が黒板の横に戻ったので、僕は窓を一度閉めてから、そっと開けた。

「どうですか」

「ずいぶん滑りのいい窓だな。ゆっくり開けば、注意していない限り音は聞こえそうにない。ましてて、映画が流れていたのでは――」

「窓の音では開閉に気づけないってことですね。外の音なんかはどうですか」

「すぐ外が道路ならともかく、川だからなあ。しかもだいぶ下のほうを流れているから、水の音なんてまったく聞こえない。救急車やヘリコプターでも通らない限り、窓が開いたのを音で察知するのは難しいだろうな。おまけに昨日、ここら一帯は無風だったときている」

となると、クリアすべき障害は光に絞られたことになる。

あらためて、僕は視聴覚室の周囲に目をやった。小学校の敷地内ではあるが、このあたりは人影もなくひっそりしている。川に隔てられ、植木に隠されているので、仮にこの窓から少女が脱出したとしても人目にはつかなかっただろう。

しかし、昨日は今日と同じく快晴だった。少女はどうやって、この光の問題を克服したのか。

佐々木が引き戸のそばにあるスイッチを入れた。蛍光灯が何度か点滅し、点灯する。明かりが廊下に洩《も》れることはないとはいえ、どんどん大胆になってきた。

「……あ」

僕がこぼしたつぶやきに、佐々木がこちらを振り返った。

「どうした。サル」

「あの、もしかして僕――」

だが、僕の発言はそこでさえぎられた。佐々木の脇にある引き戸がいきなり、ガラガラと音を立てて開いたのだ。

「――誰？」

現れた女性が顔を引きつらせるのを見て、僕は頭を抱えたくなった。とうとう見つかった。佐々木を置いて逃げ出したいが、すんでのところでこらえる。

女性は見たところ三十代半ば、肩のあたりまで伸びた黒髪を後ろでひとくくりにしている。ブラウスにチノパンという生真面目《きまじめ》な印象を与える服装だ。眼鏡の奥から佐々木へ注がれる視線は、恐怖と警戒がむき出しになっていた。

「そこで何をやってるんですか。警察呼びますよ」

「まあまあ、落ち着いてください。別に怪しい者じゃない」

それから佐々木は女性をうながし、一緒に廊下へ出て引き戸を閉めた。やきもきしながら次の展開を待っていると、やがて視聴覚室に戻ってきた女性は困惑していることがありありとうかがえるものの、もはや佐々木を追い出そうとはしていなかった。

「サル。こちらは失踪した中井美咲の担任の、芝池純子《しばいけじゅんこ》先生だ」

佐々木に紹介され、芝池が一揖《いちゆう》する。僕も驚きながら頭を下げた。まさか、いきなり担任教師に遭遇するとは。

「大丈夫なんですか」

僕は佐々木を手招きし、小声で問う。佐々木は引き戸の近くで立ち止まったままの芝池に目をやりながら、

「雑誌の取材で来ていると話して、犯罪目的じゃないことを理解してもらった」

「だとしても、自由に調べていいなんて言うわけが……」

「あとは四年一組の児童の父親だってことを説明して、だな」

「不法侵入者を親に持つということにされた子供がかわいそうです」

「最後に、『授業中に児童を逃がしてしまうという失態について、こちらはいかようにも書くことができますが』と伝えたら、今回だけは黙認する、と」

「脅迫じゃないですか！」

佐々木は親指を立ててみせた。

「取材っていうのは、こうやってやるもんだぞ」

参考にならないし、したくない。しかし、ともかくつまみ出されずに済んだ。

「ところで、芝池先生はどうしてここに？　われわれが視聴覚室を調べていることは、校舎の中からはわからなかったはずですが」

佐々木が訊ねると、芝池は眼鏡のつるに手を当てた。

「上履きで外を歩いている子供たちを見つけたので、注意したんです。そうしたら、視聴覚室から出てきた、と言うので」

さっきの子供たちだろう。それで芝池は、窓が開けっぱなしになっているのではないかと思い、様子を見に来たわけだ。

「ちょうどよかった。実は、先生にお訊ねしたいことがありまして」

図々しいことを言う佐々木に、もちろん芝池はいい顔をしない。

「職員会議が始まるので……いなくなった中井さんのことで、対策を協議しないといけないんです」

「失踪児童はもう三人めですからね。しかも今回は授業中の失踪ときている」

「子供たちは遊びのつもりなのかもしれませんが、こちらは捜さなければならないし、通常の授業もなおざりにはできない。本当に、困っています」

芝池は嘆息する。

「われわれは先生の味方ですよ。子供たちの企みを暴き、隠れ家を突き止めようとしているんですから。少しでいいのでお時間をいただけませんか」

意外にも、今日の佐々木はずいぶん積極的だ。入れ替わりトリックを見抜いた直後に別のトリックが立ちはだかったことで、やる気に火がついたのだろうか。

芝池は壁の時計を見やり、いくらか逡巡《しゅんじゅん》してから言った。

「……少しだけなら」

ありがとうございます、と佐々木が言って、質問を開始する。

「六時間めの始めに視聴覚室に入ったとき、どこかおかしな点はありましたか」

思い出そうとするように、芝池は室内を見回した。

「特には気づきませんでした。昨日も暑かったので、視聴覚室に入ったときにはすべての窓が開いていたんです。室内は明るかったので、変なものがあれば見落としはしなかったはずです」

「視聴覚室に入ったのち、先生はどうされましたか」

「児童たちに窓を閉めさせてから、点呼を取りました。その際、中井さんがいるのをこの目で見ました。窓際の、一番後ろの席でした」

ちょうど、僕がのぞき込んでいる窓の前にある席のようだ。椅子が半ばこちらを向くように、机に対して斜めに置かれている。

「われわれは里崎健の失踪の際、中井美咲と里崎健が互いの変装をし合うことで、目撃者をあざむいたと考えています」

さらなる情報を引き出すためか、佐々木は手の内を明かす。熊田酒店で用いられた入れ替わりのトリックを説明すると、芝池は信じられないという表情を浮かべた。

「昨日、先生がここで点呼を取ったとき、返事をしたのは間違いなく中井美咲本人でしたか。変装した別の誰かだった、ということは――」

「まさか。ありえませんよ」

「しかし、たとえば帽子なんかを被っていたとしたら……」

「教室の中で、帽子を被っていられるとでも？　そんなことがあれば、真っ先に私が取るよう指示していたでしょう。付け加えるなら、中井さんは眼鏡をかけていませんし、マスクもしていませんでした」

いくら何でも、素顔をさらけ出した状態の児童を、担任教師が別の子と見間違えたとは思えない。その仮説は無理筋だ、と僕は思ったが、佐々木はなおも質問を加える。

「点呼を取ったとき、四年一組の児童は全員そろっていたんですか」

「はい。ただし、登校していた子は、ですが」

「つまり、欠席者がいたんですね」

「二名いました。ひとりは飯塚忠《ただし》くん。傘外、つまり城野原団地の外に住んでいる児童で、中井さんとは似ても似つかない外見ですし、二人が親しくしている様子を見かけた憶えもありません。もうひとりは……」

ここで、芝池はいくらか言いにくそうにした。

「里崎健くんです」

僕は城野原団地のベランダに見た、パジャマ姿の健を思い出した。

「彼、学校を休んだんですね。熱が出たらしいことは聞きました」

「今日もまだ、学校には出てきていません。お父さまから、熱が下がらないので休ませる、と連絡がありました。失踪しているあいだの生活が体に障《さわ》ったんじゃないか、と心配しているのですが――」

芝池がいましがた健の名前を言いにくそうにした理由は明白だ。美咲との入れ替わりに一度成功している健が、今回も美咲に変装していたのではないかと指摘されるのを嫌ったのだ。

だが、芝池の反論は力強かった。

「繰り返しますが、私は中井さんの顔をちゃんと見て点呼を取りました。あれは中井さん本人でした。誰かの変装だなんてことは絶対になかった」

健が失踪したときとは状況が違うことは当然、佐々木もわかっている。彼は芝池の主張を受け入れた様子で、続けて別の質問をした。

「では中井美咲が、照明がついたときにはまだ室内のどこかに隠れていて、その後先生が捜索しているあいだにこっそり抜け出した可能性はありませんか」

「視聴覚室を閉めきった状態のまま、私は中井さんを捜したのです。出ていこうものなら、私の目に留まらなかったはずはありません」

となると、やはり美咲は映画の上映中に姿を消したことになる。

「中井美咲が座っていた席には、犯行声明文が残されていたんですよね。その内容を教えていただけますか」

「ええと、確か——」

芝池は記憶を手繰り、教えてくれた。

健も真実を知った
かわいそうな子どもたちに
わたしが本当のことを教えてあげたのだ

次は美咲を連れていくことにする

文面を復唱したあとで、佐々木は言う。

「意味深ですね。真実とは何のことか。先生、何かぴんときますか」

「それが、見当もつかないのです。曖昧《あいまい》な文面なので、いかようにも受け取れますし」

芝池の言うとおりだ。健が失踪したときの犯行声明文もチェックしたほうがよさそうだな、と思う。

佐々木はつかの間考え込んだあとで、次の質問に移った。

「失踪後、中井美咲のランドセルはどうなっていましたか。視聴覚室に持ち込んでいたということはないと思いますが」

「彼女がいなくなったあとも教室に置きっぱなしにしてありました。中井さんのお母さまの話によると、塾にかようのに使う手提げカバンが自室からなくなっているそうです」

芝池は、美咲の失踪が発覚したとき、美咲の母親の緊急連絡先である職場に電話をかけたらしい。その電話を受けた母親が急いで団地に戻り、娘を捜し始めたところで熊田酒店にいる僕らと出会ったわけだ。となると美咲に、いったん自宅に帰ってカバンを持ち出す時間があったかは微妙なところだ。あらかじめどこかに置いておいたカバンを回収して、隠れ家へ向かったのかもしれない。

「靴は？　視聴覚室を抜け出した時点では、上履きをはいていたのでしょう」

「昇降口の靴箱に、上履きが戻されていました。視聴覚室を出て昇降口に寄り、外靴にはき替えたものと思われます」

すでに放課後を迎えていた学年もあったから、自由に動き回れたのだ。靴をはき替える余裕くらいはあっただろう。

佐々木は芝池の回答を吟味したのち、仕切り直すように語り出した。

「すでにお話ししたように、われわれはこのたびの連続失踪を、複数の児童が手を組んで起こしたものと考えています。今回の失踪においても、中井美咲の単独行動ではなく、協力者がいたと見るべきだ。そこでお訊ねしますが、中井美咲が消失した際、福永智子や斎藤隼人はどの席に座っていましたか」

芝池はそれを思い出すのに、さほど苦労しなかったようだ。

「福永さんは中井さんの隣の席。斎藤くんは、中井さんの前の席でした」

予想どおりと言っていいだろう。失踪に協力した疑いが強い児童は、美咲のすぐ近くにいた。

「いま名前を挙げた子のほかに、中井美咲が親しくしている児童はいますか」

「そうですね……石野慎司くんも、そこに加わることが多いようです。ほかの四人と同じく城野原団地に住んでいて、同じ塾にもかよっています。彼は中井さんの斜め前の席にいました」

石野慎司。初めて聞く名前だ。

「とはいえ団地に住んでいる子たちはみんな仲がいいので、誰が中井さんに協力したとしてもおかしくはないと思います」

「団地に住んでいる子たち、と限定されましたね。傘外の子は、中井美咲に協力しそうにありませんか」

芝池は目を伏せた。

「……団地に住んでいる子と傘外の子とのあいだに、溝ができてしまいがちなんです。ことあるごとに張り合ってまして」

「喧嘩でもするんですか」

「そこまでには至りません。深く関わらないと、そもそも喧嘩の種が生まれないんですよ。喧嘩は同じグループの中で生じるケースのほうが多いです」

関わりが薄いことでクラスの安寧《あんねい》が保たれているのであれば、それは皮肉だな、と思う。

「児童どうしが張り合う、と言うと……」

「たとえばテストの点とか、縄跳びを跳んだ回数とか、テレビゲームをクリアする速さとか。何とも子供らしいでしょう」

芝池はふっと微笑んだ。彼女の柔らかい表情を、初めて見た。

「もっとも、直接張り合うのはごく一部の児童だけです。と言うより、団地の子と傘外の子をそれぞれ代表する形で二人の児童が争い、周囲がそれに肩入れして、わがことのように喜んだり悔しがったりしているといった具合で」

「二人の児童、とは？」

「団地側のリーダーが、斎藤隼人くん。傘外のリーダーが、飯塚忠くんです」

その名前は、さっきも耳にした。

「昨日、欠席していたという子ですね」

「はい。めずらしいこともあるものだ、と思いました。飯塚くんは日ごろ健康な子なので」

そして芝池は、団地と傘外それぞれを代表しているという二人の児童に対する評価を語った。

「二人とも、成績はいいし運動もできる。そのうえ顔立ちまでいいときているので、女子からの人気も高いです。斎藤くんが元気いっぱいで情熱的なのに対し、飯塚くんはあの歳にしてはちょっと醒めたところがある。そういうところも好対照で、なおさら互いにライバル心を燃やしてしまうのでしょうね」

多少の気苦労をにじませながらも、芝池はそれが必ずしも悪いことだとは思っていないようだった。小学生なら常套句《じょうとうく》のように《クラス一丸となって》とでも標榜《ひょうぼう》しそうなものだが、実際は一筋縄ではいかない。《クラス二丸》でうまくいっているのなら充分ではないか、と考えているのかもしれなかった。

団地の子と傘外の子のあいだに溝があると聞いて、僕は安田広子の発言を思い出す。

——傘外の子の家にかくまわれてたってのはありえない。

あれはおそらく、この溝があることからくる考えだったのだろう。団地の子の失踪に、対立する傘外の子が手を貸したとは思えない、という意味だったのだ。

「まるで『ウエスト・サイド物語』だな」

佐々木がつぶやくと芝池はむっとして、

「うちの児童たちをあんなチンピラたちと一緒にするのはやめてください」

そのチンピラたちにも同情に値する環境要因があったと記憶しているが、言い返して取材協力者の機嫌を損ねるわけにはいかないので黙っておいた。

芝池は再び壁の時計を見ると、にわかに慌て始めた。

「職員会議の時間です。私、そろそろ行きますね」

「お引き止めしてしまって申し訳ない」

そう言うと佐々木は僕のいる窓のほうまでやってきて、さっさと窓枠を乗り越えてしまった。靴をはく彼に一礼して、芝池が窓を閉める。直後、クレセント錠の閉まる音が聞こえた。

「先生も大変ですね」

「担任する子供が次々いなくなって、藁《わら》にもすがりたい心境だろうな。しかし、おかげで中井美咲の失踪時の状況はおおむね把握できた。──ところで、サル」

「はい」

「おまえ、何か言いかけなかったか。先生が視聴覚室に入ってくる直前に」

そうだった。教師に見つかったという焦りで、大事なことを忘れてしまっていた。

僕はニヤリと笑って言った。

「光の密室からの脱出トリック、わかりましたよ」

2

翌十一日水曜日の午後も、僕と佐々木は城野原小学校へ向かった。

とはいえ、さすがに二日続けて敷地内に無断で侵入するような真似はしない。城野原小学校の校門は校舎と運動場の中間地点にあり、向かって右手には校舎が見え、左手は運動場を一望できる。僕らはその校門のそばに立ち、下校する児童たちに目を向けていた。

顔を上げれば、小学校の裏手にある小山がよく見える。

「〈ドラえもん〉に、あんな山が出てきましたよね」

僕が何の気なしに言うと、佐々木はタバコの煙をくゆらせつつそちらを仰いだ。

「あのアニメと同じように、地域住民からは単に裏山と呼ばれているらしい。地図にも正式名称が載っていないような小山だが、緑が豊かで、子供たちの遊び場になっているそうだ」

初めてこの町に来たときから感じていたことだが、佐々木は城野原について妙に詳しい。取材するにあたって調べたからなのか、それとももともとこの地域に縁でもあるのだろうか。

佐々木の吐く煙が、陽の傾き始めた空に吸い込まれていく。僕はぼやいた。

「こんな風に大のオトナが二人、小学校の校門脇に突っ立ってたら、明らかに不審者ですよ。それでなくても昨日のことがあるのに。追い払われる前に、目当ての子が出てきてくれるといいんですが」

「何をビビってんだよ、サル。小学校の校門の近くにいちゃいけないっていう法律でもあるのか？」

「いや、そんなピンポイントな法律ないと思いますけど……」

「なら、堂々としてりゃいいんだよ」

幸い、教師に見つかって前日の侵入との合わせ技一本で通報されるといった、危惧《きぐ》したような目には遭わずに済んだ。僕らの待ちわびた子供が、ランドセルを背負って校門へと来てくれたからだ。

「智子ちゃん！　それに、隼人くんも」

僕が声をかけると、二人は立ち止まる。隼人が佐々木の足元に目をやり、言った。

「待ち伏せしてたのかよ」

タバコの吸い殻が数本、地面に落ちていた。それで佐々木がしばらくのあいだ、ここに立っていたのを察したらしい。

「噂には聞いてたけど、きみ、本当に賢いんだね」

僕は感心したものの、隼人は褒《ほ》められても別にうれしそうではなかった。

「で、何か用？」

智子にぶっきらぼうに言われても、僕は笑顔を絶やさなかった。

「智子ちゃんに、聞いてもらいたい話があるんだ」

――前日、美咲が用いた脱出トリックを見抜いたと言った僕に、佐々木は内容を聞きただすより先に告げた。

「おまえの推理が正しいかどうかを確かめるには、真相を知る人間に直接ぶつけてみるのがいいだろうな」

「と言うと……美咲ちゃん？」

「それができたら文句はないが、あいにく彼女は失踪中だ。ほかにもトリックを把握していそうな児童はいるだろう。すでに失踪を経験済みで、熊田酒店での入れ替わりに立ち会い、光の密室の中にもいた」

「そうか――智子ちゃんだ！」

というわけで本日、僕らは福永智子を待ち伏せすることに相成ったのだ。

「美咲ちゃん、まだ戻ってこないね」

話を続ける。隼人がランドセルの肩ベルトに手をかけつつ、言葉を返した。

「不思議だよ。真っ暗な視聴覚室から消えちゃうなんて」

白々しく聞こえる。前回会ったときにも疑ったことだが、隼人もまた失踪児童と協力関係にあり、トリックを把握するひとりなのだろう。

「彼女、どこにいると思う？」

「怪盗のアジトだろ。たぶん、すごく遠いところなんじゃないの」

「ところが僕らは、美咲ちゃんは団地の中にいるんじゃないかとにらんでるんだよね」

「おじさん、知らないの。健は団地の外で失踪したんだぜ」

隼人はあからさまに挑発してきた。悲しいことに、またおじさん呼ばわりである。

「健くんが団地を出ていったように見せかけた方法なら、すでに突き止めてあるよ」

僕は佐々木が暴いた入れ替わりのトリックを、二人に説明した。少なくとも智子はトリックを把握しているわけだから、見破られたことを知って顔面蒼白にでもなるかと思ったが、案外落ち着いている。

「この方法なら健くんは、団地の中にいられただろう。もっとも、それには智子ちゃんの協力が必要不可欠だったわけだけどね」

「あたし、そんなの知らない」

智子はいけしゃあしゃあと言い放つ。

「きみが否定したって結論は変わらない。隠れ家が団地内にあるとわかれば、美咲ちゃんが見つかるのも時間の問題だよ」

「そう思うなら、早く捜しに行けば」

この反応は、見つかりはしないと確信しているからか、それとも単なる強がりか。

「で、智子に聞いてもらいたい話って何なの」

さりげなく、隼人が智子の前に出る。なかなか騎士道精神に満ちた男の子だ。

「健くんの失踪のときに入れ替わりがおこなわれたように、美咲ちゃんの失踪にも何らかのトリックが使われたことは間違いない。じゃないと、真っ暗な視聴覚室から抜け出すのは不可能だからね。そこで、僕はひとつトリックを考えてみたんだよ。それをいまから智子ちゃんに聞いてもらおうと思って」

「そんなの聞かせてどうするんだよ」

「そのトリックが本当に使えたかどうか、現場にいた人に判断してほしいんだ。かまわないだろう?」

そして、僕は昨日の思いつきを語り始めた。

「昨日、僕たちも視聴覚室を見てきたんだ。閉めきって部屋の電気を消すと、真っ暗になることがわかった。あれじゃ、窓や引き戸が開いたのに芝池先生が気づかなかった、ということはありえない。じゃあ、電気がついたあとで視聴覚室を抜け出したとしたらどうだろう。これなら窓や引き戸から光が射し込んでも、それだけでは気づかないかもしれない。だけど、室内が真っ暗のときと違って視界が良好なわけだから、やっぱり先生に見つからないはずはない」

「何だよ。結局、電気がついていようが消えていようが、抜け出せなかったってことじゃんか」

隼人が強気に言う。僕は、ちっちっと人差し指を振った。

「電気がついててもだめ、消えててもだめ。それじゃあ脱出なんてできない、と思うよね。でも実は、電気が消えた状態とついた状態とが混じり合う瞬間があったんだ。それは、あの部屋の照明が蛍光灯であることが大いに関係している」

「ケーコートー……」初めて聞いたわけでもあるまいに、隼人は知らない外国語を口にするかのように発音した。「混じり合うって何だ? 意味わかんねえ」

僕は振ったあとの人差し指を、隼人に突きつけた。

「それは、電気をつけた瞬間だ。あの部屋の蛍光灯は、スイッチを入れるとまず何度か点滅し、そのあとで点灯するんだよ。美咲ちゃんは、そのタイミングを狙って視聴覚室を飛び出したんだ」

昨日、佐々木が視聴覚室の照明のスイッチを入れたとき、蛍光灯が点滅した。それを見て、僕はこの方法を思いついたのだ。

「きわめて単純なトリックさ。まず映画の上映中、美咲ちゃんは暗闇の中をこっそり移動して、視聴覚室の後方にある引き戸のそばで待機する。映画が終わると、芝池先生は席を立って移動し、照明のスイッチを入れる。この瞬間、美咲ちゃんは引き戸を開けたんだ。そこから入る光は蛍光灯の点滅にまぎれ、先生には感じ取れなかった。美咲ちゃんは廊下へ出ると素早く引き戸を閉め、先生が彼女を捜しているあいだに逃げたってわけだ」

美咲の失踪発覚後、室内の捜索が済むまで引き戸を一度も開けなかったことは芝池が断言している。それは取りも直さず、美咲に廊下を伝って逃げる猶予《ゆうよ》があったことを表している。彼女はそのまま昇降口で外靴にはき替え、悠々と学校をあとにしたのだ。

「この方法なら、美咲ちゃんは視聴覚室を抜け出せたはずだよ」

僕は勝利宣言のつもりで言った。ところが期待に反し、隼人も智子もけろっとしている。あれ、と不思議に思い始めたところで、隼人が口を開いた。

「そんなの、バレるに決まっててんじゃん」

「どうして。照明の点滅中に起こったことなら、目に留まらないと思うんだけど」

「おじさん、視聴覚室に行ったんだろ。入り口のドア、開けてみなかったのかよ」

「引き戸のことかい。自分では開けてないけど、開くところは見たよ」

「じゃあ、わかるだろ。あれ、開けるときにガラガラって音が鳴るんだぜ」

「それは知ってるけど、音は映画がかき消してくれる……あっ」

僕はようやく、自分の見落としに気がついた。

「先生が電気をつけたときには、映画は終わってた。視聴覚室の中、しんとしてたよ。電気が点滅したとか関係なく、ドアを開けたらその音が先生に聞こえなかったはずないよ。窓も同じで、勢いよく開けば音がする」

隼人の反論は、四年生とは思えないほど理路整然としていた。

助けを求めるように、僕は佐々木のほうを見る。彼は苦笑していた。

「ま、そんなことだろうと思ったよ」

「ええっ……ぶつけてみようって言ったの、佐々木さんじゃないですか」

「ああ。これで、子供たちも油断するだろうからな」

選手交代と言わんばかりに僕の肩を軽く叩くと、佐々木は子供たちの前に進み出た。

「こいつの話は間違いだった。中井美咲の用いた消失トリックがそんな、ひとりでできるようなものだったとは、俺は思っちゃいない。きっと誰かの協力が必要だったはずだ。きみたちのような誰かの、な」

隼人は上目遣いになった。

「おじさんは、怪盗なんていないと思ってるんだね」

「あるいは失踪した子自身や、その協力者こそが怪盗なのだと考えている、と言い換えてもいい」

「でもさ、それなら失踪を続けている理由は何だと思ってるの」

佐々木はこともなげに言いきった。

「そういう遊びだからだろう。熊田酒店での入れ替わりといい、視聴覚室からの脱出といい、みんなをからかってやろうという、いかにも子供じみた遊び心を感じる。要するに、これは小学生の稚気《ちき》に過ぎないんだ」

「チキ、って何」

「くだらないいたずら、という意味だ」

そう告げる佐々木のほうこそ、小学生をからかうかのような半笑いだ。冷笑的、と言ってもいい。

「いまのところ、成功していると言えるんじゃないか。おとといもいなくなった中井美咲を捜して、少なからぬ人が団地の外をうろついてたよ。彼女の母親なんかすっかり青ざめて、ありゃあ気の毒だったな」

その事実を子供たちは歓迎するのか、それとも少しは良心がとがめているのか。

「だけどなあ、たぶんきみたちが想像する以上に、大人はみんな忙しいんだ。中井美咲が無事に帰ってきさえすれば、きみたちの起こした騒ぎなんてまたたく間に忘れられちまうさ。気にかけるのは、俺たちみたいなもの好きだけだ。だから、せめて俺たちが付き合ってやるよ。中井美咲の脱出トリックも隠れ家の場所も解き明かして、こんな遊びを終わらせてやる」

隼人が無言で佐々木をにらむ。見つめ返す佐々木は、やはり冷笑的だった。

そのまま時間は、二十秒ほど流れただろうか。校門の奥から、だしぬけに声が飛んできた。

「何やってんだよ、斎藤」

現れた少年を見て、隼人は白けた様子を見せた。

「何だ、飯塚か」

その名前には聞き覚えがあった。僕は初対面の少年に話しかける。

「きみが、飯塚忠くんかな」

少年は、利発そうな切れ長の目をこちらに向けてきた。

「そうですけど。誰、おじさん」

この町の子供たちは、どうしても僕をおじさんということにしたいらしい。

秀《ひい》でた額にさらさらの髪の毛、表情はどこか醒めていて子供らしくない。襟《えり》のあるチェックのシャツは、大人が着ていても恥ずかしくないような、洗練されたデザインだ。ブランド品かもしれない。

「この人たち、雑誌記者らしいぜ。失踪のこと調べに来てるんだって」

隼人の説明を、忠はつまらなそうに聞いた。

「ふうん。おまえら団地のやつらがグルになってしょうもないことやるから、目をつけられるんだよ」

「決めつけるなよ。グルになんかなってねえし」

隼人が言い返す。

「嘘つけよ。あんなことに時間使うんだったら、そのぶん受験勉強でもしたら」

「そんなこと言って、本当は何が起きてるのか、気になって仕方ないんじゃねえの」

「別に。どうでもいいね」

二人の言い争いを、僕はちょっぴりはらはらしながら聞く。芝池の話のとおり、彼らは犬猿の仲のようだ。

「忠くん、体調はもういいんだね。月曜日には、学校を休んでいたそうだけど」

「はい。もう大丈夫です」

忠は恥ずかしそうに答えた。

小学生、それも男の子にとっては、学校を休むのは弱みを見せることという感覚があるのかもしれない。気持ちはわからないでもなかった。

「きみは傘外に住んでるんだったね。美咲ちゃんがいなくなって、傘外の子たちの反応はどうなの」

「団地のやつらがまた変なこと始めたぞって言い合ってます」

「変なこと、ってどういう意味だよ」

隼人が割って入ってくる。忠はうるさそうに顔をしかめた。

「もう三人めだろ。それに怪盗だなんて、どう見たっておふざけじゃんか」

口喧嘩する子供たちはもう、僕や佐々木など目に入らないようだった。そろそろ引き上げたほうがいいのかもしれないな、と思い始めたところで、また別の子が校門の向こうから走ってきた。

「隼人！　智子ちゃん！　大丈夫？」

四年生にしては背が高く、百五十センチはあるだろう。が、うらなりのひょうたんとでも形容したくなる気の弱そうな顔立ちが、せっかくの体の大きさを感じさせない。面長《おもなが》で色白、髪はスポーツ刈りだ。

「何でもねえよ、慎司」

隼人は強がってみせる。慎司という名前も昨日、芝池の口から聞いていた。すかさず僕は、彼に笑いかける。

「初めまして、石野慎司くん。僕は、きみたち四年一組の子供が相次いで失踪している件について調べていて――」

慎司がいきなり「ひい」と悲鳴を上げた。

「ご、ごめんなさい。ぼく、悪いことなんて何も……」

「えっと、どうして謝るんだい」

隼人が呆れたように、

「怖がらなくて大丈夫だって。この人たち、おれらを叱りに来たわけじゃないから」

「でも……」

「叱られる心当たりがあるのかな。ひょっとして、美咲ちゃんの居場所を知ってるとか」

ここぞとばかりに踏み込んでみる。慎司は両手で口元を押さえて、

「し、知りません。知ってたとしても、絶対教えませません」

「おい！」

隼人にひじで小突かれ、慎司があたふたする。だめな悪党の掛け合いみたいで、噴き出してしまった。どうやら石野慎司も協力者と見て間違いなさそうだ。

「もう行くぞ。──おじさん、おれたち帰るよ。今日はこれから塾なんだ」

そう言えば、熊田酒店のおばあさんが言っていた。月曜と水曜と金曜、彼らは駅前の塾にかよっているのだと。

「気をつけて帰るんだよ」

そう言って送り出すと、隼人と智子と慎司の三人はこちらに背を向けて帰り始めた。黒のランドセルがふたつと赤のランドセルがひとつ、小刻みに揺れながら遠ざかっていく。

彼らが離れるのを待っていたかのように、忠がふうと息をついた。力が抜けたことを表すような、大人びた仕草だった。

「忠くん。僕たち、連続失踪にまつわる謎をすべて暴いて、このおかしな遊びを終わらせたいんだ。よかったら、協力してくれないかな」

隼人に対するライバル心をくすぐって、四年一組の児童を味方につけられたら——そんな期待から持ちかけたのだが、

「ぼくなんかに頼らなくても、解決できると思いますけど。あいつら、バカだから」

薄い笑みを残し、忠は去っていった。佐々木がボサボサの頭をかく。

「そのバカに、この地域の住民がそろいもそろって翻弄されているんだがな」

「てんで見当違いのトリックを得意になって披露したバカも、ここにいますしね」

ぼくの自虐に、佐々木は笑ってくれた。

「光の密室からの脱出トリックについては、さらなる検討が必要だな。入れ替わりトリックにかかった準備期間などを詳しく知ることができれば、ある程度参考になるかもしれん」

「だけど、そんなの子供たちに訊いたって教えてくれやしませんよ」

それは佐々木も承知しているに違いなかった。彼はくるりと向きを変えると、夕陽を受けて茜色《あかねいろ》に染まる裏山を見やり、ぽつりとつぶやいた。

「——まわりから攻めるか」

3

翌十二日木曜日の夜に、僕らは里崎健の父親を取材できることになった。

「健くんのお父さん、会ってくれるって。わたしも同席します」

昨晩の、安田広子の台詞である。健の父親の話を聞きたいという佐々木の提案を受け、僕から広子に電話で打診してみたところ、広子ははやばやと連絡を取り、承諾を取りつけてくれたのだ。善は急げということで翌日、すなわち今晩会う運びとなった。

約束の午後七時より十分ほど早く、指定されたファミリーレストラン——城野原駅前のロータリーにある、二十四時間営業のお店だ——へ佐々木と行ってみると、広子はすでにボックス席についていた。彼女と会うのは日曜日以来だ。

「安田さん、今日はありがとう」

ソファーに座りながら礼を述べる。広子はテーブルの向かいで、照れ隠しのような笑みを浮かべた。

「ちっとも頼ってくれないから、張り合いないなと思ってたとこ。にしても今日、みんなの都合がよくて助かりました。わたし、夜はバイトしてることが多くて、家に帰るのはいつも遅くなっちゃうから」

「バイトって？」

「イタメシの厨房です。大学の近くにあって、だから電車でかよってるんですけど」

佐々木が灰皿を引き寄せ、タバコを吸い始めた。とりとめのない僕らの会話に、加わろうとはしない。

七時を七分ほど過ぎたところで、スーツ姿の男性がひとり、店に入ってきた。

「あ、来た。おじさん、こっち」

広子が手を振る。男性はハンカチで額を拭きながら、こちらに近づいてきた。

「遅れてすまないね。息子たちの夕飯の支度を済ませてきたものだから」

「いえいえ。こちら、雑誌記者の佐々木さんと猿渡さん」

「初めまして。夜分にすみません」

僕は立ち上がり、里崎と名刺を交換する。公務員と聞いていたとおり、肩書きは市の職員で、名前は里崎正臣《まさおみ》とあった。

「健くん、元気になりましたか。学校を休んでいたと聞きましたが」

「おかげさまで。今日はぴんぴんして学校へ行きましたよ」

「いま、健くんはご自宅に？」

「高校生の兄と一緒に、夕飯を食べているころでしょう。健ももう十歳ですからね。私が出張で家を空けるときにも、しっかり留守番してくれて助かります」

里崎は広子の隣に腰を下ろす。穏やかで誠実そうな男性だ。健とはあまり似ていないようだが、息子のほうはベランダにいるのをひと目見ただけなのではっきりしたことは言えない。ただ、小柄なところは同じだ。

「それにしても、よく会ってくださいましたね」

全員がコーヒーを注文したところで、そう切り出した。里崎は複雑そうな表情を浮かべる。

「……息子のことは、ちゃんと理解している気でいました。でも、いまではちょっとわからなくなりました。片親なりに、愛情込めて育ててきたつもりなのですが」

「失礼ですが、健くんのお母さまは？」

「健を産んで間もなく、よそに男を作って出ていきました」

お恥ずかしい限りです、とこぼす。佐々木が横から言い添えた。

「私も離婚を経験しています。娘はいま、別れた妻が育てていますが」

「そうでしたか……私の場合は、男手ひとつで二人の息子を育て上げる自信がなく、かといって市職員という職業柄、田舎の両親のところへ行くわけにもいかなかったので、職場からそう遠くない城野原団地に越してきたんです。団地なら、何かと助けてくれる人がいそうな気がしましたから」

城野原団地の住民に、団地というコミュニティへの帰属意識があることは、これまでの取材でも肌で感じてきた。古き良き、とでもいうべきご近所付き合いが、城野原団地では自然と保たれているようだ。里崎が期待したとおり、これまで里崎家が困った折に、手を差し伸べてくれた人はいたのだろう。

「おひとりで二人の息子さんを育てていらっしゃるのはご立派です」

またしても、佐々木が言葉をかける。

「私なんか仕事にかまけて家庭を顧みず、家のことは妻にまかせきりでした。正当化するわけじゃないが、世の中にそういう父親はめずらしくもないでしょう。それに比べると、里崎さんは息子さんたちとよい関係を築いておられるのだろうと思いますよ」

「だといいんですけどね……今回の失踪で、自信がなくなりました」

里崎はうなだれ、運ばれてきたコーヒーの、かすかに泡立った水面を見つめる。

「健が帰ってきてからというもの、普通に接することができません。いや、表面上は以前と変わりないはずです。しかしどこかにおびえているような、ぎこちなく取りつくろうような自分がいるんです」

だから取材を受けることにしました、と続けた。

「あの子たちが何を考えてこんなことをやっているのかが明らかになれば、息子の気持ちが理解できて、また元の関係に戻れるんじゃないか。私はそう期待しています。それで、お二人が連続失踪について調べていると聞いて、協力しよう、と。団地住民のあいだでは、さすがに警察も介入するかどうか検討を始めているらしいと噂になっていますが、いまいち期待できないので」

「まかせてください。子供たちの考えはきっと、僕らが聞き出してみせます」

とでも言うしかない。そんな筋合いもないのに、里崎は「よろしくお願いします」と頭を下げた。

「犯行声明文の実物、お持ちいただけましたか」

広子を通じて頼んでおいたのだ。里崎はビジネスバッグを探り、一枚の紙を取り出した。

「これです。息子の字に間違いありません」

受け取って、佐々木とのぞき込む。画用紙に、クーピーで文字が記されていた。一文ごとに色が変えられており、目がチカチカする。

文面は、以下のようなものだった。

智子は真実を知った
悪いやつらにだまされていることに
彼女は気づいていなかったのだ
次は健を連れていくことにする

かいとうダビデスターライト✡

「美咲ちゃんのときに残されていた犯行声明文と、つながっていますね」

僕の言葉に、佐々木はうなずいた。

「子供たちは悪いやつらに騙されており、彼らに真実を教えることが怪盗の目的である。そんな風に読めるな。悪いやつらとは誰を指しているのか、また真実とやらが何を意味しているのかは不明だが」

「私にもさっぱりでして。わざわざ犯行声明文を作るくらいですから、そこに何らかのメッセージが込められているんだろうとは思うのですが」

首をひねる里崎に犯行声明文を返して、僕は質問を続けた。

「先ほど出張という話が出ましたが、先月の福永智子ちゃんの失踪に際しては、里崎さんのご自宅に智子ちゃんがかくまわれていたのではないか、という噂があることをご存じですか」

「ええ」

「智子ちゃんは本当に、お宅に隠れていたと思われますか」

「その可能性はあると思って、家に痕跡みたいなものが残っていないか調べたんですがね。率直に言って、よくわかりませんでした。少なくとも、遺留品などはなかった」

痕跡などがないことをもって、智子は里崎宅にいなかった、と断定することはできない。ひとりの子供が短期間、家にいた気配を消すなど造作もないことだろう。ただ、その後の失踪においてはむろん、里崎宅は隠れ家として使われてはいないはずだ。

「健くんの行方を追って、里崎さんはかなり念入りに捜索したそうですね」

「仕事を休んで捜し回りましたよ。あんな探偵みたいな真似、二度とやりたくありません」

里崎は苦笑を浮かべるが、彼の捜索がなまじ探偵さながらだったからこそ、城野原の住民はいまも子供たちの隠れ家が団地の外にあると信じているのである。

「われわれは、健くんが身を潜めていた場所は団地の中にあると見ています。団地の外にあるという結論は、子供たちによるミスリードではないかと考えているんです」

僕は例の入れ替わりトリックを里崎に説明した。初めは怪訝《けげん》そうに聞いていた彼も、この方法なら健が団地内にいられたことを知り、納得しないわけにはいかなくなったようだった。

「あの子たちが、そこまで手の込んだことを……」

「やったのでしょう。団地内にしか、適当な隠れ家がなかったのであれば」

「にわかに信じられる話ではありませんが……とはいえ私も、傘外をさんざん捜し回ったにもかかわらず、息子を見つけられませんでしたからね。あなたの言うとおりなのかもしれません」

「ちなみに、どういったところを捜されたんですか」

「いろいろです。可能性が高いとにらんでいたところでは、小学校の裏山とか。あそこは大人の目が行き届いていない場所ですから」

昨日、小学校の校門のそばで見上げた裏山を思い出す。

「子供たちは遊び場にしているようですが、大人は立ち入るのも大変でしてね。ずいぶん苦労しましたが、残念ながら健を見つけることはできなかった。いまだから言えることですが、健が帰ってきたときの様子からすると、隠れ家が屋外にあるというのは考えにくいでしょうね」

帰ってきた際の健は清潔だったという。たとえ裏山に丸四日間、身を潜めることのできる場所があったとしても、服や体の汚れは避けられないだろう。

「健くんは、失踪時と同じ恰好で帰ってきたんですよね。そのときの服装をご記憶ですか」

「あのときの服装は、捜索にも必要な情報でしたからね、何度となく思い返しました」

そう前置きして、里崎は失踪時の健の服装を語った。白いTシャツに黄色い半ズボン、巨人軍の野球帽と白いスニーカー、そして生成りの手提げカバン——熊田が言っていたのとまったく同じであった。

「それらの服、いつどこで購入したものか思い出せますか」

「それが、先ほどのお話を聞いて、ぴんときたのですが……」

続く里崎の証言は、決定的だった。

「九月一日日曜日、つまり失踪前日の朝でした。息子が突然、隼人くんたちと洋服を買いに行きたいからお金をくれないか、と言ってきたのです」

入れ替わりの準備のために、そんなことを言い出したとしか思えないタイミングではないか。

「健の服はいつも、私が買ってやっていました。子供だけで服を買いに行きたいなんて言い出したのは、初めてのことだったのです。小遣い以外にお金を渡すことに抵抗がなかったわけではありませんが、翌日から二学期も始まることですし、これも成長の証かと思って五千円札を一枚、渡しました。買ってきた洋服をすべて私に見せる、という条件つきで」

健はその言いつけを守った。

「そのとき見せてもらったTシャツと半ズボンと帽子が、まさしくあの日の服装だったのです。レシートで金額も確かめましたが、三点合計で五千円弱でした」

「では、健くんは次の日、さっそくその服を着て学校に行ったわけですね」

「始業式ですからね。新品の服を下ろすことに、何の疑問も持ちませんでした。自分で買った服を学校のみんなに見せるのがうれしいのだろう、とも思いましたし」

けれどもその服はトリックに用いられ、里崎は以後四日にわたり、息子を捜し回る羽目になった。恩をあだで返されたようなものだ。その事実を、健は認識しているのだろうか。

「健くんが服を買ったお店はどこですか」

「うちの団地から南の方角に一キロメートルほど進んだところに、イエロープラザという名前の、店が集まっているエリアがあるんです。広々とした駐車場のまわりに、ホームセンターやら家電量販店やらがあって。その中にある洋服の店でした」

ファミリー層向けの、比較的安価な衣料品店だそうだ。

「ですが、私はよけいな服を買うお金までは与えていませんし、息子にそんな貯金があったとも思えません。残る洋服は、ほかの誰かが買ったんでしょう」

残る洋服とは健が着替えた女の子の服、および美咲が着ていた服と着替えた服のことだろう。

「ほかの子が持ち寄ったお金で購入したのかな……」

つぶやいた僕に対して、佐々木が言った。

「あるいは、彼らにはほかの資金源があるか、だな。だとしたら視聴覚室からの脱出にも、何らかの道具が用いられた可能性がある」

何らかの道具、か。僕は心に留めようとしたが、

「資金源、ですか……考えにくいような気もしますけど。こう言っては何だが、うちの団地はあまり裕福でない家庭が多いので」

里崎が沈んだ口調で言うので、反応に困ってしまった。公営団地である以上、そういう側面もあるのかもしれない。同じく団地の住民である広子からも、異論は上がらなかった。

「失踪中のこと、健くんはどのように話していますか。隠れ家の場所を匂わすようなことは」

「ありませんね。怪盗のアジトにいたとか、ふざけた答えしか返ってきません」

「何をして過ごしていたんでしょうか」

「主にゲームをしていたようです。私にはよくわからないのですが、高校生の長男によれば、かなり長時間やった形跡がある、と。プレイ時間が記録されているらしいんですが、それがすごく増えていたようで」

ポケモンの話だろう。智子と同じく、健もゲームボーイを携帯して失踪したようだ。

「ゲーム機やゲームソフトは、里崎さんが買い与えたものですよね」

「もちろんです。友達のあいだで流行っているものは、なるべく買ってあげたくて。ただでさえ片親で寂しい思いをさせているかもしれないのに、友達の話にもついていけないとなったらかわいそうですからね」

でも、と言ったあとで里崎は、痰《たん》が絡んだみたいに咳払いをした。

「いまでは、ゲームさえなければ失踪しなかったのかな、とも思っています」

「里崎さんは健くんが、ゲームを好きなだけやるために失踪したとお考えなのですか」

「息子やその友達が、せっかくの夏休みも塾にかよって勉強漬けになっていることに、不満を持っているのは知っていました。その鬱憤《うっぷん》が今回の失踪につながっているのだとしても、私は意外だとは思わない」

「夏休みに遊べなかったぶん、いまになって遊ぼうとしているのだ、と？」

「ええ。そんな理由でこんな騒動を起こしているんだとしたら、情けない限りですが」

言葉とは裏腹に、里崎はそんな子供じみた事情であればどんなにいいか、と願っているように見えた。

「これが携帯ゲーム機じゃなくて据え置きのゲーム機だったら、隠れ家は電気が使えることになるから、場所はかなり絞られたはずなんですが」

「ゲームボーイは乾電池で動きますからね。屋外でだって使える。しかし、先ほどもお話ししたように、帰ってきたときの息子の様子から、隠れ家が屋外にあるとは思えません」

「完全な屋外でなくても……たとえばコンテナとか、あるいは倉庫とか、雨風がしのげる場所が隠れ家の可能性はあると思います。団地の中に、そういった場所はありませんか」

里崎は、同じ団地住民である広子を気にしているそぶりを見せつつ答えた。

「うちの団地、広いですからね。ないこともないとは思います。ただし、息子やほかの子が失踪しているあいだ、誰ひとり捜さなかった場所があるかと問われると首をかしげますが」

その点は彼の言うとおりだろう。いくら団地の外にいると信じられていたといっても、とりあえず団地の中だってひととおり捜されたはずなのだ。団地内に隠れ家があるとすると、それが大きな謎となって立ちはだかる。

このあたりで、聞くべきことはすべて聞き終えた。里崎が到着してから四十分ほどが経過していた。

「お時間をいただき、ありがとうございました」

礼を述べると、里崎は「いえ」と応じたあとで、眉根を揉んだ。

「まったく、立て続けにこんなことが起こって、今年はいったいどうなってるのか……」

「立て続け？」

「ご存じないですか。息子と同じクラスの女の子が、意識不明になってしまって……あっ」

気になる発言は、おかしなところで切られた。

「どうかしましたか」

「……いえ。とにかく、現在も学校に来られない子がいて。詳しいことは、私にはわからないんですけど」

里崎が視線を泳がせているのが大いに引っかかったものの、わからないと言われると追及しようがなかった。

ファミレスを出て、ロータリーで里崎と別れてから、広子に向き直る。

「付き合わせてごめんね。退屈だったんじゃないかな」

「ううん、大丈夫。家にいるほうがよっぽど退屈」

僕は、自分が大学生だった四、五年前を思い浮かべながら訊いた。

「サークルとかには入ってないの」

「入ってるよ。活動は基本的に週末だけなんだ」

「へえ。何のサークル？」

広子は両手を上げてポーズを決めた。

「社交ダンス。わたしは一年生のときからやってるけど、最近じゃバラエティ番組でもやってるから、けっこう流行ってるんだよ。意外だった？」

「そうなんだ。いや、素敵だと思――」

「いま、何て言った？」

突然、佐々木が割り込んできたので、僕は鼻白んだような気分になった。広子が困惑しつつ答える。

「社交ダンス、だけど」

「社交ダンス……そうか、社交か」

繰り返したあとで、佐々木はニヤリと笑う。わけがわからず、僕と広子は目を見合わせた。

*

「あの雑誌記者さんたち、けっこうヤバいんじゃないの」

慎司がうろたえても、隼人はもう彼のことをたしなめたりはしなかった。

「思ったとおり、入れ替わりのトリックは見抜かれてたな。美咲が団地の中にいることもバレてる」

五人の児童が、健の自宅に集まって作戦会議の真っ最中だった。十二日の夕刻、窓から射す光が彼らの髪や肌を明るく照らしている。

「でもさ、まだ隠れ家のことは知られてないし、大丈夫じゃない？」

隼人たちとは対照的に、智子は楽観視していた。

「そうだよ。その記者が考えた視聴覚室からの脱出トリックも、大ハズレだったんだろ。余裕だよ、余裕」

　智子に同調する健を、隼人はにらみつけた。

「おまえはあの場にいなかったから、そんなことが言えるんだよ。慎司なんて美咲の居場所を訊かれて、『教えません』って答えたんだぞ。知ってるって言ったようなもんだよ」

「それはもう謝ったじゃない」

　べそをかきそうになった慎司を、いつもなら心優しい美咲がかばうのだけれど、いまは失踪中でここにはいない。

「とにかく気をつけたほうがいい。いま隠れ家のことがバレたら、作戦は失敗だ。いいか、みんな。あの人たちが話しかけてきても、気安く相手するなよ。ここにいる誰かが絡まれてるのを見かけたら、この前みたいにほかのメンバーで助け出すんだ」

　隼人の言葉に、残る四人はいっせいにうなずいた。

「せっかく、ここまで作戦がうまくいってるんだもんね」智子が言う。

「肝心なものはまだ手に入ってないけどな。だけどおれたち、力を合わせればもっとすごいことができる気がしてるんだよ」

「ぼくもそう思うよ」

「作戦、絶対成功させようね。次もがんばろう」

　力む慎司に、隼人はこぶしをにぎって見せた。

「じゃあ、次のトリックについて話し合おう。誰か、考えてきたやつはいるか――」

「その前にさ。本当に、次の月曜日も決行するの」

智子が水を差すようなことを言う。隼人は顔をしかめた。

「一週間ごとに失踪するって、決めたじゃんか」

「そうだけど。今週末は準備の時間、取れそうにないじゃん。トリックもまだ決まってないし」

「トリック、思いついたやつはいないのかよ」

子供たちの手は挙がらない。隼人が床に手のひらを打ちつけた。

「考えてこいって言ったろ！」

「そんなに言うなら、隼人が考えてよ」

智子に言い返され、隼人はしゅんとなる。

「考えたけど、思いつかなかったんだよ」

「あのさ……」

おそるおそるといった感じで、慎司が口をはさむ。

「慎司、またトリック思いついたのか！」

「そ、そうじゃないよ。実はね、うちのお母さんが話してるのを聞いたんだけど」

同じく団地に住んでいる、四年生の子の保護者と立ち話をしていたのだ、と慎司は言う。

「どこのおうちも、今度は自分の子供が失踪するんじゃないかって心配してるみたいでさ。次の月曜は振替休日だし、子供を家から一歩も出さないようにしようか、なんてことまで考えてるっぽいんだよ」

「マジかよそれ、ふざけんなよ」

健が文句を垂れる。

「うちのお母さんだけじゃないと思う。健や智子ちゃんはもう失踪したからいいとして、隼人のお母さんもそんな風に考えてるかもよ」

「つまり、次の月曜に実行するのはすごく難しくなりそうってことだな」

隼人は言い、慎司がうなずいた。

「そうなんだよ。どうしたらいいのかな……」

「だからさ、来週は失踪をお休みすればいいんじゃないの」

あらためて、智子が提案した。

「そしたらママたちも油断して、次の週も子供を閉じ込めようとは考えなくなるよ。だいぶ日が空くから、そのあいだにあたしたちもトリック考えたり、準備したりできるじゃん」

「そうだな。どうせ来週は休みが多くて、失踪する意味もあんまりなさそうだし」

「ぼくもそれがいいと思う」

智子に賛同する声が多く上がったので、隼人は失踪の強行をあきらめざるを得なかった。

「……わかったよ。次の月曜は一回休みな」

ほっとした空気が流れたのを、隼人はすぐ引き締めにかかった。

「だけど、一回だけだからな。これで全部やめるなんてことにはしないぞ」

「そうだよ、隼人。こんなところで終わりにしようなんて、絶対言わないでよ」

不安をのぞかせた慎司に向けて、隼人はにっと笑ってみせた。

「当たり前だろ――だって、こんなに楽しいんだぞ！」

4

「十三日の金曜日って、何だか不吉ですね」

城野原団地の一角で僕がつぶやいた言葉は、宵闇を恐れるような響きをはらんだ。壁にもたれてタバコを吸う佐々木が、鼻で笑う。

「ホッケーマスクを被った殺人鬼が、俺らを殺しにやってくる――ってか」

「まあ、ここはキャンプ場じゃありませんけど。それに、僕らの待っているのは世にも恐ろしい殺人鬼なんかじゃなく、かわいらしい小学四年生の女の子ですし」

「キャンプ場、なあ……」

いま佐々木が背をあずけているのは、三十号棟の壁である。そこの三〇四号室に、僕らの待ち人の住まいはあった。

「美咲ちゃん、本当に帰ってきますかね」

僕はあたりを見回す。佐々木は空に昇っていく煙を見上げるようにして言った。

「これまでに失踪した二人の児童は、いずれも金曜日の夜に帰ってきている。中井美咲が帰ってくるのは、間違いなく今夜だ」

佐々木がそう主張したので、僕らは夕方にここへ来て、美咲を待ち伏せしているのだった。帰ってきた美咲を真っ先につかまえたいし、もしかしたらそのときの様子や歩いてくる方角などから、隠れ家の見当がつくかもしれない。

「それにしても――光の密室からの脱出トリックがわかったって、本当ですか」

訊ねると、佐々木は紫煙を長く吐き出した。

「おそらくな。昨日、ひらめいたんだ。里崎健の父親から話を聞くことにしてよかったよ。おかげで、中井美咲の帰還に間に合った」

「昨日の会話の中に、ヒントがあったってことですか」

「ヒントと呼ぶには、かなり偶発的だがな」

トリックはまだ説明してもらっていない。帰ってきた美咲に直接話すつもりだという。

あたりが暗くなっていくにつれ、帰宅する学生やサラリーマンなどの姿が目につくようになる。僕らに不審の眼差しを向けてくる住民もいたが、幸い通報などはされずに済んだ。その人波もいくらか落ち着き、やがて陽がすっかり沈んだ午後七時、僕らは三十号棟に近づいてくる小さな人影を発見した。

「――来ましたね」

佐々木に耳打ちする。佐々木はタバコを捨て、靴の裏で踏みにじった。そのまま三十号棟の入り口に立ちはだかり、人影を待ち受ける。

人影は――中井美咲は、佐々木に通せんぼされてとまどうように立ち止まった。

「ずいぶん待ったよ。やっぱり今夜、帰ってきたな」

「あ、あの……」

美咲は、それこそホッケーマスクの殺人鬼にでも出くわしたかのようにおびえているが、その姿は至って健康的で、やつれてもいなければ不潔でもない。

住居棟の合間を縫って延びる歩道を、美咲は自分の足で歩いてきたようだった。三十号棟に向かってくる際にごく普通に通るルートなので、残念ながら来た方角からは隠れ家の場所を特定できそうにない。しかし、少なくとも彼女をつかまえるという目的は果たせた。

「わたし、おうちに帰りたいんだけど……」

美咲の声は消え入りそうだが、「はいそうですか」と退《ひ》くわけにはいかない。

「おうちに帰りたい、か。いい気なものだな。きみの母親は、ずいぶん心配していたようだぞ」

「そうなんだ……」

「丸四日、親元を離れて過ごしてみてどうだった。楽しかったかい」

美咲は口ごもっている。佐々木はやれやれとばかりに腕組みをし、言った。

「きみがどうやって視聴覚室を抜け出したのかは、もう察しがついている」

美咲は目に見えて動揺した。助けを求めるように視線をさまよわせるが、周囲には誰もいない。

「わたし、気がついたら怪盗にさらわれてて……」

「そんな説明じゃ大人は満足しないことくらい、わかってるだろう。俺の推理を聞いてもらうまでは、ここを通さないよ」

続く美咲の沈黙を、佐々木はゴーサインととらえたようだった。

「きみが脱出した視聴覚室は、光によって出口を封じられた、光の密室とでも言うべき状況だった。窓や引き戸が開けば必ず、光が射し込んで先生が気づいたはずなのに、そういったことはなかった。とはいえ小学四年生の子供がひとり消えたのだから、どこかの出口が開いたことは間違いない」

それはそうだ。じゃないと脱出は物理的に不可能である。

「となると問題は、いかにして室内に光が射し込まないようにしつつ、出口を——引き戸は開くときに音がするから、窓が出口だったと見ていいだろう——開くかということになる。答えは実にシンプルだ。窓を覆ってしまえばいい」

「ちょ、ちょっと待ってください」

たまらず僕は口をはさんだ。

「視聴覚室の窓、けっこう大きかったですよ。あれを光を通さないもので覆うとなると、かなり大がかりな仕掛けが必要になるのでは」

「そうでもないさ。遮光カーテンを使えば、な」

遮光カーテン——その手があったか。

「俺がそのことに思い至ったのは昨日、帰り際に安田広子と話したときだ」

「え。カーテンの話なんてしましたっけ」

「そうじゃない。サークルを訊ねたときに彼女、答えただろう」さも愉快そうに、佐々木が口の端を上げた。「『社交ダンス、ってな」

社交――遮光。

脱力してしまう。ただの駄洒落《だじゃれ》じゃないか。しかし、佐々木はそこからヒントを得たようだ。

「ついでに言えば里崎健の父親は、城野原団地の徒歩圏内にホームセンターがあると話していた。要するに、遮光カーテンを入手するのは難しくなかったってことだ。費用の出どころまでは特定できんがな」

感心しながらも、僕は佐々木の説に問題がないかどうかを検討していった。

「芝池先生が視聴覚室に入ったとき、窓は全部開いていたと聞きました。カーテンなんて張ってあったら、目に留まらないはずはないと思うのですが」

「その時点では、まだカーテンは張られてなかったんだろう。子供たちはあらかじめ視聴覚室に遮光カーテンを持ち込んでおいて、窓際の最後列とそのまわりの席を自分たちで占めると、授業が始まって照明が消されるのを待った。室内が真っ暗になって映画の上映が始まったら、その音にまぎらせながらカーテンを、彼女が座っていた席にもっとも近い窓を覆うようにして、粘着テープか何かで張ったんだ。少しの光も洩らさないよう、窓よりもひと回り以上大きなサイズのカーテンですっぽり覆うとともに、下を床まで垂らして、な」

窓の上辺は子供たちの身長では届かないくらいの高さがあったが、おあつらえ向きに視聴覚室には踏み台にできる椅子や机があった。また窓の下辺は佐々木の腰くらいの高さなので、姿勢を低くしてカーテンの裏側に潜り込めば、光が洩れる心配はない。

「カーテンを張ったあと、彼女は窓を開けてそこから外へ脱出した。その後、室内に残った彼女の協力者が窓を閉め、あらためて光が射し込まないようにしてからカーテンを回収する。これで映画が終わるころには元どおりの状態になって、彼女だけが視聴覚室から消えているという寸法だ」

「でも、カーテンを張ったり、窓を開けて出ていったりしてたら、先生は気づかなくてもまわりの子が気づいたのでは？」

「だから彼女は、一番後ろの席を選んだのだろう。さらにまわりの席を協力者で埋めてしまえば、ほかの子にはいっそう気づかれにくくなる」

いくら窓際でも最後列の席でなければ、その後ろの席にいる児童には、映画の明かりをバックに室内を動くクラスメイトの姿がはっきり見えたことだろう。最後列なら、後方に気を遣う必要はない。隣や前の席を協力者が固めることで、ほかの子を遠ざけるのも容易だ。

美咲から反論は上がらない。彼女はいまにも泣き出しそうな顔をしていた。その不安げな様子が、彼女らの敗北を物語っている。

光の密室は崩されたのだ。聞かされてみれば、なるほど子供でも思いつきそうなトリックだった。

ここは強く出るべきときだろう。僕は美咲に語りかける。

「美咲ちゃん、どうしてこんな――」

「美咲！」

だが突如、三十号棟から飛び出してきた女性によって、僕の言葉はさえぎられた。

女性は美咲に駆け寄って、正面から強く抱きしめた。それは、彼女の母親だった。

母親の肩越しに見える美咲の顔は、突然の事態に呆然としている。母親は泣いていた。無事に帰ってきた娘の頭を撫でる指が、細かく震えている。

「きみたちにとっては、ただの遊びのつもりなのかもしれないが」

佐々木が美咲に語りかける。

「きみがいなくなって、お母さんがどれだけ心配したか。そのことは、しっかり考えたほうがいい」

美咲の下のまぶたに、みるみる涙が溜まり始めた。

「お母さん……ごめんなさい」

「よかった、美咲が無事でいてくれて……」

母親にも、いろいろと思うところがあっただろう。心配しただろうし、進んで家を出ていったようである娘に、嫌われたのではないかと自分を責めたりもしただろう。

子供の無邪気な言動で、大人はとてもたやすく、それでいて激しく傷つくことがある。この機会に、美咲も少しはそれを理解できただろうか。

「ごめんなさい……心配かけて、ごめんなさい」

「お母さん、もう美咲に会えなかったらどうしようかと思った」

「わたしだって寂しかったんだよ。でも……キャンプが……」

——キャンプが？

泣きじゃくる美咲の言葉は、途切れ途切れで聞き取りづらかったが、断片は僕の耳にも届いた。

「佐々木さん、いまの——」

振り向くと、佐々木は表情を硬くしていた。

「ああ。聞いた」

「キャンプとはいったい……まさか、十三日の金曜日とは関係ないでしょうし」

もっと美咲に訊きたいことがあったが、彼女は母親に肩を抱かれ、三十号棟に吸い込まれてしまった。その直後、いくつかの足音が近づいてくるのが聞こえ、僕は反射的に振り向いた。

「美咲、帰ってきたんだ」

斎藤隼人が立っていた。後ろには健と慎司、それに智子の姿もある。

どうやら塾から帰ってきたところらしい。塾の授業は七時までとのことだったから、帰りはこの時間になるのだろう。

「白々しいな。彼女が今夜帰ってくることは、きみたちも知っていたはずだ」

佐々木が隼人に対峙《たいじ》し、宣戦布告するように続けた。

「視聴覚室からの脱出トリックはすでに暴いた。次の月曜には、どんなトリックを仕掛けてくるつもりだ？　俺が全部暴いて、こんな遊びはもう終わりにしてやるよ」

ところが、隼人はそんな佐々木の挑発をかわすかのように、言い放った。

「次の月曜は、たぶん失踪なんて起こらないよ」

「起こらない？　どうして」

「だって、運動会があるんだもん」

さらりと言われたフレーズに、僕も佐々木もぽかんとしてしまった。

「……運動会？」

「そうだよ。あさっての日曜日が本番だから、失踪どころじゃないって。明日も第二土曜で休みのはずだったけど、運動会の準備があるから登校日なんだ」

隼人はあくまでも失踪計画の関係者ではないというスタンスを維持しているものの、その言葉は明らかに、来週の計画中断を示唆《しさ》していた。真に受ける義理はないのだけれど、運動会といういかにも小学生らしい理由が、確かに失踪どころではないのだろうなと思わせるだけの説得力を感じさせる。

「そうか、運動会か。そいつは仕方ないな」

肩透かしを食らい、佐々木は拍子抜けしたようにつぶやく。

「そういうことだから。じゃ、おれたちもう帰るよ。健、プリント、忘れず美咲んちのポストに入れとけよ」

その言葉に反応し、健が三十号棟の入り口にある集合ポストに近づく。手提げカバンから数枚のプリントを取り出し、三〇四号室のポストに入れようとしたところで、僕は見た——健がプリントの束に隠しながら、旧型のゲームボーイにも見える何かの機器を、一緒に投函したのを。

いまのは何だったのだろう？　問いただすべきか迷っているうちに、健はさっさとポストのそばを離れていなくなり、ほかの子も散り散りに帰っていってしまった。ポストにはダイヤル式のロックがかかっており、開けて中を確かめることはできない。

人けの消えた夜の団地で、僕はしばし考え込んでいたが、結局口にしたのはもっと印象深い出来事についてだった。

「美咲ちゃんの言ってたキャンプって何のことですかね」

「おまえ、さっきからキャンプのことが気になってるみたいだな」

「はい。つい口が滑ったって感じでしたからね。何か意味がありそうです」

佐々木は新しいタバコに火をつけ、煙を吐くと、思いがけないことを言った。

「だったら、キャンプのことはおまえひとりで調べてくれないか」

「えっ。どうして」

「この週末は俺、都合が悪いんだよ」

さっきまでそんなこと、一言も言ってなかったじゃないか。あぜんとしたものの、彼には彼の都合があるだろうから、「ふざけるな」と詰め寄るわけにもいかない。

「火曜には取材を再開するから、それまでに調べておいてくれ。どうせ、失踪は起きないみたいだしな」

「やっぱり週末も働くんですね……」

「無理にやれとは言わないさ。十五日の日曜は敬老の日で、十六日月曜が振替休日だろう。世間と同じように自分も休みたいと思うのなら、好きにすればいい」

そう言われたって、どうせ調べざるを得ない。なぜなら僕は、好奇心の塊《かたまり》なのだから——

美咲が《キャンプ》と口走った意味が、いまも気になって仕方ないのだから。

「調べてみますよ。新事実を、きっとつかんでみせます」

「期待してるよ」

ちっとも期待のうかがえない調子で、佐々木が言った。

こうして僕は、初めての単独取材に挑むことになった。キャンプとは、いったい何なのか——連続失踪と何の関わりが？

夜空を見上げると、頼りない僕の行く末を暗示するかのように、分厚い雲が垂れ込めていた。

城野原を訪れるようになってから、初めての雨が近づいていた。

第三章　春は戻らない

Mの帰宅に立ち会った取材班は、そこで二つの重要な情報を得た。

ひとつは、十五日の日曜日に城野原小学校で運動会が開催されるため、翌十六日月曜日には新たな失踪は起きないというもの。

そしてもうひとつが、Mが涙ながらに母親に語った、「キャンプが」という発言である。

キャンプが、に続いてMが何を言おうとしていたのか、そのときには見当がつかなかった。それまで取材を進めてきたわれわれから見て、キャンプという単語は連続失踪とはまったく脈絡のないものであったからだ。しかし、その異質さがかえってMの発言を重要なもののように感じさせた。

そこでわれわれはMの発言に着目し、キャンプについて調査を進めることにした。その結果、今年の春に起きたある悲劇にたどり着くことになるのである。


【『月刊ウラガワ』一九九六年十二月号「城野原団地・児童連続失踪の真相」より】

1

「ただいまより、第三十二回、城野原小学校大運動会を始めます。選手、入場！」

校舎の外側に設置されたスピーカーから、子供の声のアナウンスが響く。勇壮なマーチに合わせて、何百人という児童たちが手を振りながら、運動場に白線で描かれたトラックに沿って行進し始めた。

九月十五日日曜日、頭上には爽やかな秋晴れの空が広がっている。午前九時、僕は城野原小学校の校門のそばに立ち、運動場をのぞき込んでいた。

昨日は関東一帯を雨雲が覆い、城野原小学校区の住民も運動会が予定どおり開催されるのか、気を揉んだのではないかと思う。幸いにして夜のうちには雨も上がり、今日は打って変わって好天となった。ただし気温はぐっと低くなり、Tシャツに半袖のシャツを重ねた僕の現在の服装でも、やや涼しいくらいである。まあおとといまでの厳しい残暑の中では、運動会に出る側は言わずもがな、見る側も大変だっただろうから、ちょうどよかったのかもしれない。

さて、佐々木に調査を丸投げされたのは、おとといの晩のことだった。そもそも僕が編集長の仁科から言いつかったのは佐々木のお目付け役であって、彼が動かないのなら僕も動く必要はない。それでもこうして城野原へと足を運んでいるのは、ひとえに好奇心のなせる業《わざ》である。

——でも……キャンプが。

美咲が口にしたキャンプというフレーズが何を指しているのか、僕は全然知らないし、美咲本人に当たったところで教えてくれるとは思えない。しかし、あのときの状況から考えて、何らかの形で連続失踪に関わっている可能性が高い。もしかすると佐々木はそう考えておらず、だからこの調査にも加わろうとしないのだろうか。だとしたら、僕が重要な事実をつかんで、彼の鼻を明かしてやりたいと思う。

キャンプと聞いて、まず思い浮かべたのは学校行事である。連続失踪は子供たちが組んで実行しているのだから、美咲の個人的な体験、たとえば家族で行ったキャンプなどということはないだろう。学校行事なのだとしたら、何をおいても教師から話を聞きたい。普段なら接触は一筋縄ではいかないだろうが、おあつらえ向きに運動会がある。うまくいけば自然な形で、教師と話ができるかもしれない——というわけで僕は本日、こうして城野原小学校へやってきたのだった。

しかしいくら運動会といっても、まったくの部外者である僕が堂々と小学校に入り込んでいいものか。近年では不審者がまぎれ込むなどの事例が発生していることから、たとえ行事の日であっても、校内に入ろうとする人に対して関係者であることの証明を求める学校が増えていると聞く。見たところ、城野原小学校はそこまでの防犯態勢を敷いてはいないようだが、だからと言って無断で侵入してあとあと問題になったら具合が悪い。それでなくても、僕は先《せん》だって学校に無断で侵入しているところを教師に見つかっているのだ。

　というわけで僕は慎重を期し、こうして校門の外にいるのだった。やがて開会式が済むと、幸運にも見覚えのある女性が近くを通りかかったので、すかさず呼び止めた。

「芝池先生！」

　芝池は立ち止まり、僕のほうを向いた。今日は半袖のポロシャツに下はジャージという姿で、前回に比べると親しみやすい雰囲気だ。

「あら、あなたはこの前の……」

「月刊ウラガワの猿渡です。先日はお騒がせしてすみませんでした」

　芝池がこちらに近づいてきてくれるよう、僕は話しかけ続けた。

「今日、運動会だったんですね。取材でこのあたりを歩いていたら、何やら賑《にぎ》わっていたので、つられるようにやってきてしまいました」

　本当は運動会だと知っててここへ来たのだけれど、あえて知らなかったふりをする。目的があることを悟られないためだ。

　芝池は表情を和《やわ》らげる。

「そうなんです。無事にこの日を迎えられてほっとしています。児童の所在がわからない状況で、運動会をやるべきではないという意見もありましたから」

　期待を込め、芝池の目をじっと見つめる。彼女は首をかしげた。

「あの、何か」

僕は、芝池が「よかったら見ていきますか」と勧めてくれることを望んでいたのだ。教師に招き入れられたのなら、大手を振って運動会を見学できる。芝池や、児童と話す機会も得られるかもしれない。

しかし現実はそう甘くなかった。芝池が招き入れてくれる気配はない。だからと言って、こちらから「入れてくれ」とお願いすると警戒されそうだ。そこで僕は、切り札を使うことにした。

「実は、先生にお話ししたいことがありまして。美咲ちゃんが視聴覚室から脱出した件です。彼女の用いたトリックが、わかったんです」

芝池がはっとする。「本当ですか」

「再発防止のためにも、お教えするのにやぶさかではありません。その代わり、こちらの質問にも答えていただけたらありがたいのですが」

彼女の瞳が揺らぐ。もうひと押しだ、と踏んだ。

「少しお話をしませんか。この前もお伝えしたとおり、僕らは先生の味方です」

芝池はあたりをうかがうと、腕時計に目をやってから、声を潜めて言った。

「……四年生が出場する種目まで、少し時間があります。それまででしたら」

彼女も美咲の消失の真相を、知りたくてたまらないのだ。

校門を抜けて学校の敷地内に入り、芝池にしたがって歩きながら、僕は口を動かす。

「ところで、城野原小学校では毎年、この時期に運動会をやるんですね。ちょっと早い気もしますが」

僕が子供だったころの経験に照らしているので、正しいかどうかはわからない。ただ、九月の半ばというのは秋季開催にしては早いように感じた。九月の末か、体育の日のある十月前半におこなうのが一般的ではないかと思ったのだ。

芝池は、「自分もまだこの学校に来て三年めですけど」と前置きして、

「ここ四年は、この時期に開催されているそうです。何でも、保護者からの要望によるそうで」

「要望？」

「それまでは九月末だったんです。ところが、団地にお住まいの父兄から、あまり遅いと私立中学の受験に差し障る、と苦情が出るようになりまして」

妙な言い回しに感じると同時に、熊田や飯塚忠の口から、受験という単語が出ていたのを思い出した。

「団地にお住まいの父兄、とおっしゃいましたが、団地には私立中学を受験する児童が多い、ということですか」

芝池は答えにくそうにしていたが、

「……団地の子たちが、塾にかよっているのはご存じでしょう」

「ええ。受験対策だと聞きました」

「前にもお話ししたとおり、団地の子と傘外の子のあいだには溝があるので……少数派の団地の子たちは、私立中学へ進むことが多いんです」

一緒に公立中学にかよえないほど深い溝なのか、と驚いた。

「運動会がこの時期になったのはここ四年のことなのですよね。四年前、もしくはそれ以前に、団地の子と傘外の子を分かつ決定的な出来事があったんですか」

芝池は視線をさまよわせると、足を止めて言った。

「その質問にお答えする前に、中井さんが姿を消した方法を教えていただけませんか」

僕らは十日にも訪れた視聴覚室のそばまで来ていた。植木と校舎にはさまれたそこは、こんな日でもひっそりとしている。

芝池の要求どおり、まず光の密室からの脱出トリックを解説した。芝池はしきりに感心し、

「確かにそれなら私に気づかれず脱出できたでしょう」と太鼓判を捺した。

「先生は、戻ってきた美咲ちゃんから話を聞けましたか」

「それが、まだ……とにかく運動会の準備でバタバタしてましたから。先日帰ってきたばかりの里崎くんが熱を出してしまったこともあるので、慎重に接するつもりです」

それがいいかもしれない。帰ってきたときの涙を見る限り、美咲も反省していないわけではないのだろう。そこに質問攻めのような真似をしては、彼女を必要以上に追いつめることにもなりかねない。

「先の質問に戻らせてください。団地の子がこぞって私立中学に進むようになるほど傘外との溝が深まった出来事とは、いったい何だったのですか」

芝池は、腹をくくった様子で語り始めた。

「私にとっても、これは聞いた話なのですが……そもそも、団地住民と傘外の住民とのあいだには、以前からぎくしゃくしたところがあったそうで。それは、城野原団地ができた歴史的な背景とも関連しているんだとか」

城野原はもともと、古くからの農家や地主が多い土地柄で、あとからできた団地の住民に対しては、かねて排他的な空気があったらしい。それでも、団地は団地でコミュニティを形成し、また川と鉄道に囲まれているなど地理的な住み分けも明確だったため、対立が表面化することはほとんどなかった。

「ところが七年前に、その均衡を破る出来事が起きてしまいました」

「何ですか、それは」

「市立城野原中学校で起きたいじめです。傘外に住む一年生が、団地の同級生をいじめるという事例が立て続けに発生したんです」

その口調には、わずかな怒りがにじんでいた。

「うちの小学校もそうですが、このあたりの学校はどうしても、団地の子より傘外の子のほうが多くなります。人数の上で優位に立つ傘外の子が、相手が団地に住んでいることを主な理由としていじめに及んだこの出来事は、地域住民に大きな衝撃を与えました。いじめられた生徒の中には、不登校になった子や、転校してしまった子さえいた」

想像するだけで、暗い気持ちになる。

「さらに悪いことには、翌年の新一年生のあいだでも団地の子に対するいじめが起きてしまいました。そのころから、団地に住む小学六年生が私立中学を受験するケースが一気に増えたそうです。言うまでもなく、私立中学ではそのようないじめが起こらなかったからです。いじめられるとわかっていて……少なくとも、そのおそれが多分にあると知っていて、わが子を公立中学に行かせたいと考える保護者は少ないでしょう」

それで、団地の子たちはそろいもそろって塾がよいをしていたのだ。団地には教育熱心な家庭が多いのだな、と考えていたが、そこにはやむにやまれぬ事情があったのである。

七年前にいじめが始まり、六年ほど前から団地の子が私立中学へ行くようになり、四年前から運動会がこの時期になった。ドミノ倒しのように、すべてはつながっている——本物と違って、不愉快なドミノだが。

「団地の子たちの置かれた状況には教師としても胸を痛めていますが、小学生のあいだに傘外の子たちとの争いが表面化するわけではない以上、当校としても対応に限界がありまして。いじめ対策をしっかりやってほしいと城野原中学校に要請しても、反対に『小学校において人間関係の構築がうまくいっていないからいじめが起こるんじゃないか』と責任を押しつけられる始末で。情けない限りですが……しかし、だからと言って塾がよいの憂さ晴らしに失踪騒ぎを起こしても許されるわけではありません。これで終わりになることを願うばかりです」

「そのことなんですが、どうやら明日の月曜、新たな失踪は起きないようですよ。隼人くんが、運動会があるから失踪どころじゃない、と言ってまして」

芝池は眉をひそめた。「斎藤くんが?」

「僕、金曜の夜に美咲ちゃんが帰ってきた現場に居合わせたんです。直後、塾帰りの隼人くんたちが通りかかりまして、そのときに」

「まあ。そうだったんですね」

「隼人くんの発言も気になったんですが、その前に美咲ちゃんも妙なことを口走りまして……」

「妙なこと？」

「再会したお母さんに泣いて謝りながら、『キャンプが』と」

芝池の顔に、さっと影が差したように見えた。

「キャンプ……ですか」

ここからが、僕にとっては本題だ。気を引き締めてかかる。

「この学校では、年中行事としてキャンプをおこなっていますか」

「五年生が毎年夏にキャンプへ行きますけど、そちらは通常、自然教室という名前で呼ばれています。中井さんの言ったキャンプとはおそらく、城野原ゴールデンキャンプのことではないかと」

「城野原ゴールデンキャンプ？」

「城野原市在住の小学生を対象に、毎年ゴールデンウィークに開かれているキャンプです。城野原団地に住む若者が主催し、スタッフとして引率します。何でももともとは、ボランティアサークルに所属する城野原団地在住の大学生が始めたイベントだそうで」

「てことは、参加する小学生も団地の子？」

「そうとは限りません。団地の子が多いものの、傘外に住んでいる子や、城野原小とは違う学校の子もしばしば参加するそうです」

「キャンプと言えば夏のイメージですが、ゴールデンウィークにやるんですね」

「さっきも申し上げたように、夏には自然教室があるんです。そちらは五年生だけですが、重なるからずらしたんじゃないでしょうか」

「なるほど。で、美咲ちゃんはそのキャンプに参加したんですか」

「ええ、でも……今年のキャンプは、大変なことになってしまって」

「大変なこと、とは」

本当に何も知らないのね、と非難するような色が一瞬、彼女の双眸《そうぼう》に浮かんだ。

「子供たちの宿泊していたロッジで深夜、火災が発生したのです。火は近くの草木を焼き払い、ロッジのある山の中腹から山頂に向かって燃え広がりました。そして逃げ遅れた女の子がひとり、意識不明の状態で発見されたのです」

──息子と同じクラスの女の子が、意識不明になってしまって……。

里崎正臣の言葉が、脳裡《のうり》によみがえった。

「その女の子って、もしかして四年一組の──」

「川原七海《かわはらななみ》さん。おっしゃるとおり、私の受け持つ四年一組の児童です」

芝池からそう言われ、僕は曖昧にうなずいた。

意識不明と聞いただけでは、病気か事故かもわからなかった。しかしまさか、行事で火災に巻き込まれてとは想像もしなかった。そのようなことがあったのなら、多少なりとも新聞やニュースで報じられただろうから、僕がそれを知っていると芝池が考えるのはもっともだ。まあ、里崎正臣から聞かされていたのは事実だから、いまうなずいたのもまんざら嘘にはなるまい。

「その七海ちゃんって、いまも回復していないいんですよね」

「三ヶ月の入院を経て、現在は自宅療養中です。当然ながら、学校にはそれ以来一度も来ていません」

「自宅療養ですか……親御さんは大変でしょうね」

「川原さん、一年ほど前にお父さまを病気で亡くしてまして。それがきっかけで、うちに転校してきたんですけど」

「と言うと、このあたりに親類でも？」

「いいえ。川原さんのお母さんは、単親家庭優遇制度を利用して、城野原団地に住みたかったんだそうです。しかしながらそのとき団地は満室で空きがなく、入れなかったらしくて。それで、とりあえず城野原小学校区内、城野原駅の近くのアパートに住んで、団地に空室が出るのを待っているんだとか。先に母子でこの町の暮らしに慣れておけば、あとで団地に移るときもスムーズでしょうから」

「ということは、近所に頼れる相手がいるわけではないんですね。意識不明の娘さんの面倒も、母親がひとりで見なくてはならない……」

「そんな暮らしがずっと続けられるとは思えませんけど、いまのところはお母さまがつきっきりのようです。ときどきお見舞いにうかがいますが、お母さま、かなりまいってらして……」

重苦しい雰囲気になり、僕らはしばし沈黙した。運動場から聞こえてくる陽気なＢＧＭが場違いに聞こえ、場違いなのは自分たちなのだと思い直したりした。

「今年のキャンプがすでに終わっているのなら、美咲ちゃんの発言は、来年以降のキャンプに関連したことなのでしょうか」

「それはどうでしょう。城野原ゴールデンキャンプのスタッフは、川原さんを守れなかったことを重く見て、来年以降のキャンプの中止を決定したはずです」

その決定に不満があるのだという解釈もできなくはないが、起きた悲劇の大きさを思うと、キャンプ中止の撤回は現実的ではないように感じる。だとしたら美咲の発言は、やはり火災に見舞われた今年のキャンプを指しているのだろうか。

「ほかには誰が、今年のキャンプに参加していたんですか」

「川原さんと中井さんに加え、うちのクラスからは斎藤くん、里崎くん、石野くん、福永さんが参加していました」

つまりキャンプ参加者は川原七海を除くと、失踪児童およびその仲間と見られる子供と見事に一致しているわけだ。

芝池が再び腕時計を見る。この場所に来て、早くも十五分が経過していた。

「私、そろそろ戻らないと。うちのクラスの子供たちを、入場ゲート前に整列させなくてはいけないので」

と思います」

「わかりました。ありがとうございます。僕はついでに団地の子たちの活躍でも見ていこうか

芝池は「どうぞ」と言い残し、小走りで去っていった。少し遅れて、僕も運動場のほうへと向かった。

2

今年のキャンプに参加した子から話を聞きたい。けれども仮にこちらの推測どおり、キャンプと失踪のあいだにつながりがあるとして、失踪に関わっている子がそのつながりを簡単に打ち明けてくれるとも思えない。どのように話を運ぶべきか。

場内に張り出されているプログラムを確認すると、四年生はこれから百メートル走に臨むようだ。とりあえず保護者らが陣取る、運動場の外周に沿って設置されたテントのそばに立ち、観戦することにした。

トラックの外側にぐるりと設けられた、児童が座るための応援席を見回す。クラスごとに白線で区切られたスペースは、全部で十八あった。校舎の壁に掲示された得点板を見ると、赤、青、黄色の三色に塗り分けられていて、三ブロック対抗戦であることがわかる。四年一組は赤ブロックのようだ。

やがて白く長い棒を両脇に突き立てた入場ゲートから、四年生三クラスが入場してきた。四年一組の児童たちが、駆け足で運動場の中央に集まり、笛の合図に合わせて止まる。込み上げる笑みを嚙み殺すような顔の児童が多いのは、緊張を隠しているからだろうか。

百メートル走は、トラックを半周する。男子が先で、各クラスから二名ずつ、六人がスタート位置についた。ピストルが鳴らされると、いっせいに走り出す。

体格によるハンデを極力なくすためか、出走は身長順になっていて、二番めのレースに小柄な里崎健がいた。すばしっこそうな見た目の印象そのままに、彼は軽やかに一着でテープを切って誇らしげにしていた。

五番めにスタート位置に進み出た児童を見て、僕はつぶやいた。

「隼人くんと忠くん、直接対決か」

四年一組から出た二人の児童は、団地の子のリーダー斎藤隼人と、傘外の子のリーダー飯塚忠だったのだ。並んで立つと、彼らの背丈はほぼ同じに見えた。

すでに走り終えた、あるいは自分の番を待つ四年一組の児童たちの雰囲気が、にわかに変わった。それまでにもちらほら聞こえていた応援の声が、格段に大きくなる。

「忠くん、がんばれー！」

「負けるな隼人！」

忠の名前のほうがよく聞こえたが、隼人を応援する団地側陣営も負けてはいない。これが芝池の話にも出てきた、団地の子と傘外の子の張り合いか。

「位置について。よーい……」

男性教師がピストルを鳴らすと、六人の男子がわれ先にと駆け出した。

最高のスタートを切ったのは隼人だった。トラックはレーンが分かれていないので、先頭に立てばかなり有利になる。カーブに差しかかるまでに、彼は後続に対して二ストライドぶんほどの差をつけた。

それに食らいついていったのが忠だ。すぐさま前に出て二番手になると、ほかの四人を置き去りにして隼人との距離を詰めていく。そのまま二人は体を傾け、カーブを曲がる。二ストライドぶんあった差が、カーブの真ん中あたりでほぼなくなった。

それでも隼人の有利は変わらない。彼を追い抜こうと思えば、忠は外側を回らなくてはならないが、カーブではそのわずかな差が追う者に負担としてのしかかる。結局、忠はあと一歩のところで隼人を捉えられないまま、二人は最後の直線に入った。

忠がさらに追い上げる。隼人はちょっと脇を見て、忠の位置を確認した。その動作が一瞬の遅れをもたらし、ついに二人が横に並ぶ。

どちらが勝っても、彼らの所属する赤ブロックがワンツーフィニッシュであることに変わりはない。けれども二人にとって、それだけでは満足する理由にならないようだ。必死の形相がそれを物語っている。

ゴールテープまであと五メートルほどに迫ったとき、思いがけないことが起きた。忠が何かにつまずいたように足を乱し、その隙に隼人が再びリードを奪ったのだ。

隼人はそのままテープを切り、次いで忠が転がり込むようにゴールした。勝利を収めたのは隼人――団地側陣営だった。

団地の子たちが歓喜に沸く。隼人が両腕を高く上げてそれに応える。一方、忠は両ひざに手をついてうつむいていた。ひとりの女子が近づいていって、なぐさめるように彼の肩に手を置く。

いい勝負だった。プロの競技を見ているみたいに、思わず自分まで手に汗を握った。それに、クラス内にしばしば生じるという、団地と傘外との対立の空気を味わえたのは収穫だった。運動会で競い合い、盛り上がるぶんには微笑ましい。しかしこれは、中学生になったとたんに始まるといういじめの萌芽《ほうが》でもあるのかもしれない。

百メートル走は進み、男子の最終レースで慎司が走ったが、運動は得意ではないようで最下位だった。女子の組では智子が二位、美咲が四位でゴールインした。

四年生が退場する。プログラムによれば、次の出番までは一時間以上の空きがあるようだ。このタイミングがチャンスかもしれない。子供たちが応援席にいるのでは声もかけられないが、出番が終わった直後ならトイレに行くなどする子もいそうだ。

僕はテントのそばを離れ、トイレを探した。場内に掲示された貼り紙の案内にしたがって進むと、校舎の運動場に面した側にトイレの入り口が見えた。体育の授業中や休み時間などでも児童が行きやすいよう、設けられたトイレだろう。

近づいていくと、見知った児童がこちらに向かって歩いてきた。

飯塚忠だ。先ほどの敗北を引きずっているのか、その表情はさえない。隣には、走り終わった直後の彼をなぐさめていた女の子の姿もあった。

「斎藤くん、フライングしてたよ。あたし、見たもん」

女の子が、忠に懸命に話しかけている。僕の見た限りフライングはなかったから、これは方便だろう。忠はそんな女の子の発言に反応を返さない。

「かけっこで勝ったくらいであんなにはしゃいでさ、団地の子たち、ほんとムカつくよね。火事を起こしたくせに――」

すれ違いざま、耳に飛び込んできた台詞に、僕はぎょっとした。

――火事を起こしたくせに？

「マユ。その話はあんまりぺらぺらしゃべるな」

忠にたしなめられ、マユと呼ばれた女の子は不服そうに言い返す。

「何で？　悪いのは団地の子たちだよ」

「だからさ、そういうことは一番大事なときに言って、最大限の効果を発揮させるものなんだよ――」

二人の会話が聞こえてくるあいだも、僕は考える。

女の子の言う火事とは、城野原ゴールデンキャンプの夜に起きた火事のことだろう。同じ団地の子たちと関係のある火事が、そうそう何度も起こっているわけがない。

どういう意味だ。団地の子たちが、火事を起こした？　キャンプに参加していない傘外の子が、その夜の出来事について何を知っているのか。

　真意を問いただしたいと思い、僕は振り向いた。けれどもすでに二人は駆け出してしまっており、とても追いつけそうになかった。駆け出したことに、理由なんてなかったのだろう。子供というのは、とかくよく走る生き物だ。

　あの女の子の顔を憶えておこうと思った。キャンプにまつわる重要な情報を、彼女は握っているのかもしれない――彼女の発言を真に受けるかどうかの判断には、慎重を期す必要があるけれど。

　その後、僕はトイレが見える位置に立ち、団地の子たちが来るのを待った。けれども彼らはやってこず、そのうちに次の四年生の出番が始まってしまった。それが午前の部最後の種目で、運動会は一時間の昼休みに突入した。

　昼休み、多くの子供は保護者の敷いたレジャーシートに座って、用意されたお弁当を食べていた。未就学児の弟や妹、祖父母まで来て賑わっているシートもあれば、親ひとり子ひとりのシートも少なくはなかったが、そういったところでも親しい家庭どうしで固まっていたりするので、寂しげな子供はさほど見られなかった。小学生のころの僕にとって、運動会の昼休みは特別で楽しい時間だった。いまでも変わらないのであればいいな、と思う。

　失踪に関わっていると考えられる団地の子たちは、運動場にあるテントの下でひとところに固まっていた。団地の家庭は付き合いも密なのだ。

　二十分ほどが経過したとき、慎司がひとりで立ち上がり、テントから出てきた。あとをつけると、トイレに入っていく。出てきたところを、つかまえた。

「慎司くん」

濡れた手を振りながら歩いてきた慎司は、僕を見ておびえたみたいに立ち止まった。

「僕のこと、憶えてるかな。水曜日にちょこっとしゃべったよね」

「何？　ぼく、悪いこと何もしてないよ」

またそれか。苦笑しつつ、僕は言った。

「怖がらなくていいからね。ちょっと話を聞かせてほしいんだ」

僕は慎司を連れて十メートルほど歩き、校舎の陰に移動した。児童の弟だろうか、よちよち歩きの幼児が足元の叢《くさむら》で跳ねるバッタを追いかけ、それを父親らしき男性がのんびり見守っている。

親や友達が気にするだろうから、あまり長時間引き止めるわけにもいかない。手っ取り早く、切り出した。

「今年のゴールデンウィークにおこなわれたキャンプ、慎司くんも参加したんだよね」

「うん。したよ」

もともとそういう顔つきなのか、眉を八の字にして慎司は答える。

まさか女の子の発言だけを根拠に、「きみたちが火事を起こしたのか」とは訊けない。ひとまず僕は探りを入れる。

「火事になったって聞いたよ。大変だったね。怖かっただろう」

「ぼくたちは、広子ちゃんが早めに避難させてくれたから……」

めずらしい名前ではないがと思いつつ、確認した。

「広子ちゃんって、安田広子さん？」

「そう。記者さん、広子ちゃんのこと知ってるの」

「ああ。それじゃ、彼女もスタッフとしてキャンプに参加していたんだね」

そう言えば里崎正臣が意識不明の女児に言及した際、不自然に言葉を濁し、目を泳がせるということがあった。いまにして思えば、あれはキャンプのスタッフを責める発言になりかねないことに気づき、同席した広子に配慮したためだったのかもしれない。

安田広子か。思いがけず身近なところに、さらに詳しく話を聞けそうな相手がいた。彼女にも会わなければならない。

「火事になったとき、安田さんがきみたちのところに来たの？」

「うん。ぼくたち、四人ずつ部屋に分かれて寝てたんだ。そしたら、広子ちゃんが夜中に部屋に来て、ぼくたちを起こした。『火事になっちゃったから、落ち着いてふもとの駐車場に逃げて』って言って。そのときはまだ、ぼくたちの部屋は全然燃えてなくて、ちょっと煙のにおいがするくらいだったから、そんなに怖くはなかった」

寝起きでいきなり火災が発生したと言われても、多くの人間にとっては現実味に乏しいだろう。恐怖はきっと、あとから追いかけてくる。

「きみたちはそれで無事に避難できたんだね。ほかの子はどうだった？　きみのクラスメイトに、逃げ遅れた女の子がいたって聞いたけど」

「七海のことでしょう。ロッジからちょっと山を登った先にある、キャンプ場で倒れてたんだ」

その言葉に、引っかかりを覚えた。

「きみたちは、ふもとに向けて避難したんだよね。どうして七海ちゃんは、反対に山を登っちゃったんだろう」

すると、慎司が思いがけないことを言った。

「……警察の人とかにも言ったけど、ぼく、逃げてる途中で七海を見たんだよ」

「えっ。どこで？」

「ロッジの中。広子ちゃんに起こされて逃げ出したとき、同じ部屋にいた隼人や健は足が速いから、ぼくだけ置いていかれちゃって。ひとりで廊下を走ってたら、トイレから七海が出てきたんだ」

「ロッジのトイレは、部屋の外にあったんだね」

「そうだよ。ぼくは自分が逃げるのに精いっぱいで、七海に声をかけなかった。本当は、一緒に逃げられればよかったんだけど」

まだ小学四年生の子供なのだ。火災という非常事態に直面し、ほかの者に手を差し伸べられなかったとしても、誰が非難できるだろう——ただその後の悲劇を思うと、慎司が自責の念を抱いているのは容易に想像でき、やりきれない気がした。

「それからぼくはふもとに避難したんだけど、しばらく待っても七海は来なくて。トイレにいたからスタッフが『ふもとの駐車場に逃げて』って言ったのを聞けなかったんだと思って、捜しに行こうとしたんだ。でも、お兄ちゃんに止められた」

「お兄ちゃんって誰？」

「ぼくのお兄ちゃんだよ。名前は石野和樹《かずき》。お兄ちゃんもスタッフだったんだ」

「きみたち、兄弟でキャンプに参加していたんだね」

だとしたら、兄の判断はしごく真っ当だ。子供ひとりで捜しに行かせられるわけがない。

「結局、七海は火が消えてから見つかった。命は助かったけど、意識はいまも戻ってなくて……」

小学生とは思えないほど暗い表情を、慎司は見せる。

これ以上、話を聞くのはかわいそうだ。僕は慎司を解放することにした。

「つらいこと聞いてごめんね。もう友達のところへ戻っていいよ」

逃げるように立ち去ろうとした慎司に、だめでもともと、訊いてみる。

「キャンプと失踪、何か関係しているのかい」

慎司はこちらを振り返り、叫んだ。

「知らない。知ってたとしても、絶対教えない」

遠ざかる背中を見ながら、笑ってしまう——つくづく、嘘が下手な男の子だな。

3

その夜、僕は夢を見た。

真っ暗な世界の中に立っていて、目の前には横に長い四角の穴が開いている。穴の向こうではひとりの少年が椅子に座り、背中を丸めて何やらカリカリと音を立てている。

そう表すと何だか意味深長だが、実際にはそれほど奇妙な状況でもない。僕は小学校の教室の隅にある、掃除道具箱の中に身を潜めているのだ。

小学校の運動会へ行ったから、そんな夢を見たのだろう。それが実体験に基づくものであることを、僕は夢の中にいながらにして理解していた。

僕がちょうど失踪児童らと同じ、小学四年生だったころのことだ。朝、登校してみると、同じクラスの男子――カタヤマくんという名前だった――が、机いっぱいに彫刻刀で一心不乱に絵を彫っていた。

彫刻刀は図工の授業に使うというので、四年生になって購入したばかりだったから、それを使って何かを彫りたくなる気持ちはわかる。が、だからと言って机を傷つけていいわけがない。カタヤマくんは担任の先生にこっぴどく叱られ、机は空き教室のものと交換された。

カタヤマくんは口数が少なく、何を考えているかわからないようなところがあった。たとえば昼休みにも友達と遊ばず、ひとり黙々と自由帳に絵を描いていたりする。そういう子だったから先生も、なぜ机を彫ったのかをカタヤマくんに問いただしたりはしなかった。特別な理由なんてないと思ったのだろう。カタヤマくんは反省を示し、「二度としません」と先生の前で誓った。

翌朝も、カタヤマくんは彫刻刀で机を彫っていた。

小学生の登校時間は登校班の集合時刻に左右されるので、児童が教室に到着する順番は日によってほとんど変わらない。僕のクラスでは、カタヤマくんがいつも一番乗りだった。ほかの子が登校してきた時点で、すでにカタヤマくんは机を彫り始めてしまっているので、誰も彼を止められないのだ。絵そのものは一日めも二日めもたわいもないものだったが、遅れてきた子の制止にも耳を貸さず机を彫り続けるカタヤマくんの様子は、どこか鬼気迫るものがあった。

二日めにして初めて先生は理由を訊ねたが、カタヤマくんは「彫りたくなったから」と、答えになっていない答えを返すのみだった。放課後、カタヤマくんの母親が学校に来た。親と教師にはさまれて、カタヤマくんはまたしても「二度としません」と誓わされた。

次の朝もカタヤマくんが机を彫ったとき、クラスメイトはほぼ全員、さらには先生までがパニックに陥った——そして、僕の好奇心が鎌首《かまくび》をもたげたのだ。カタヤマくんが机を彫る理由を、何としても突き止めたい。

翌日、僕は母親に、飼育係の当番で早めに登校しないといけないのだと嘘をつき、いつもより三十分も早く家を出た。無人の教室に着くと、僕は掃除道具箱の中に隠れることにした。本人に直接理由を訊いても教えてもらえないのなら、こっそり見張ってみようじゃないか。

すでに三台も机をだめにされていたのに、何の対策もしない担任の先生はかなり呑気《のんき》な人だったのだと思う。やがてひとりで教室に入ってきたカタヤマくんは、誰もいないことを確認するようにまわりを見回したのち、同じクラスのヨシキさんという女子の席まで行った。

そして、ヨシキさんの机と自分の机を交換した。

彼がなぜそんなことをするのか、僕にはさっぱりわからなかった。ただ、運ばれていくヨシキさんの机の上に、カタヤマくんはまだ彫刻刀を手にしてすらいないのに、すでに何かが彫られているのがちらりと見えた。

カタヤマくんが元はヨシキさんのものだった机に絵を彫り始め、登校してきた子が教室にじゅうぶん増えたところで、僕は掃除道具箱から出た。まわりにいた何人かにはぎょっとされたけれど、カタヤマくんは僕に見張られていたことになど気づきもしなかったようだった。

僕は休み時間に職員室へ行き、目撃した一部始終を担任の先生に話した。先生はそれを手がかりにして、なぜカタヤマくんが机を彫っていたのかを突き止めた。

ヨシキさんは少し前に、同じクラスの女子と喧嘩をした。腹に据えかねた相手の女子はある日の放課後、教室に誰もいなくなったところを見計らって、ヨシキさんの机に、ヨシキさんを侮辱する言葉を彫った。

次の朝、クラスで一番に登校したカタヤマくんは、ヨシキさんの机にひどい言葉が彫られているのを見つけた。彼はそれをヨシキさんに見せたくないと思った。こんなことをする子がいると知ったら、ヨシキさんが傷つくから。彼は机を交換しただけでなく、その机全体に絵を彫ることで、元の言葉が誰にも見つからないようカムフラージュした。

ところが、ヨシキさんと喧嘩をした女子は、カタヤマくんに邪魔されたことで意地になった。彼女はその日の放課後にもヨシキさんの机に言葉を彫ったが、あくる朝もカタヤマくんは机を交換して絵を彫り、ヨシキさんに対する嫌がらせをなかったことにした——それが四度にわたって繰り返された、というのが真相だった。カタヤマくんはヨシキさんが自分の机に言葉を彫られていると知ることのないよう、自身の行動の理由を、先生を含めた誰にも告げなかったのだ。

先生の介入によってヨシキさんたちはすぐに仲直りをし、カタヤマくんが机を彫ることは二度となかった。そして僕はというと、やり方はどうあれ事態を解決へと導いたことで、担任の先生から感謝された。

このとき、僕は知ったのだ。物事の裏側には、ときとして思いもよらない真実が隠れていることを。そして、それを突き止めることで、誰かに感謝される場合もあるということを。

——掃除道具箱の中で始まった夢がその後、実体験とはかなり違う経緯をたどったところで、僕は目を醒ました。カーテンの外で、空が白み始めているのがわかった。

自分がなぜ好奇心の塊になり、月刊ウラガワのような雑誌を愛読するようになったのかを、小学生に戻った夢のおかげで思い出した。あのときクラスの問題を解決し、先生に感謝されたうれしさが、心の奥にずっと残っていたのだ。誰かの役に立てたらという思いは、いつしか知ることの純粋な楽しさの前に薄らいでしまったみたいだけど。

いま僕が取り組んでいる取材は、誰かの役に立つのだろうか。少し考えて、立つはずだ、と確信する。子供が失踪することによって、家族や教師が心配する以外にも、たくさんの人が翻弄されている。連続失踪を終わらせることができれば、彼らは感謝してくれるに違いない。だからとことん取材を進め、子供たちの目論見《もくろみ》を容赦なく叩き潰すべきなのだ。どんなに手が込んでいようとも、子供たちにとって連続失踪はしょせん、ただの遊びに過ぎないのだから――。

待てよ、と思った。

連続失踪は、本当にただの遊びなのだろうか？

まだ子供、小学四年生のやることだから、ただの遊びだと決めつけていた。佐々木も斎藤隼人の質問に対して、遊び、稚気、くだらないいたずらなどと断じていた。

だが、カタヤマくんの一件を思い出す。机に絵を彫るという、行きすぎた遊びにしか見えなかったあの行為はその実、クラスメイトが傷つくのを防ぐためのものだった。遊びどころではない切実な理由が、そこには隠されていたのだ。

小学四年生ともなると、子供だからと言って見くびることのできない思慮深さを持つものだということを、僕は実体験から知っていたはずだった。ならば連続失踪を起こしている子供たちに、あれだけ手の込んだ騒ぎを続ける彼らに、切実な理由などないとどうして言いきれるだろう。

この連続失踪には、ただの遊びとは違う、目的があるのではないか。そう考えるとき、ある発言が脳裡をかすめる。

――わたしだって寂しかったんだよ。でも……キャンプが。

美咲が洩らしたあの言葉は、寂しかったけど失踪するしかなかったのだという、いかにも言い訳めいていた。失踪の目的を説明しかけて、そこでキャンプと口走ったのであれば、連続失踪とキャンプのあいだには何かしらのつながりがあると見るべきだろう。

美咲も参加した今年の城野原ゴールデンキャンプでは、火災が発生し、ひとりの女児が意識不明になるという惨事が起きた。そこで気になるのが、忠と一緒にいた女の子の発言だ。

――団地の子たち、ほんとムカつくよね。火事を起こしたくせに。

あれは警察の捜査などによって、事実として確定した情報なのか？　いや、そうではないだろう。芝池はそんなことは一言も言わなかったし、キャンプについて語るときの彼女は冷静で淡々としていた。担任する子供たちが、火災という取り返しのつかないことを起こしてしまったと認識しているのなら、あのような口ぶりにはなるまい。

僕はまだ、キャンプの夜の火災について詳細を把握していない。たとえば出火原因は何だったのか――失火なのか放火なのか、あるいは特定されていないのか、といったことがわかっていない状況だ。

仮に子供たちが火事を起こしたのだとしたら、どのようなケースが考えられるだろう。キャンプの最中だから、飯盒炊爨《はんごうすいさん》で用いたマッチなどを持ち出して、火遊びをした。あるいは、キャンプの夜くらいはある種の冒険がしたいと思い、どこからか入手してきたタバコを吸ってみて、その吸い殻の不始末が火災を起こした。小学四年生でタバコに手を出したとすればませてはいるけれど、ありえないこともないだろう。

子供たちの不注意が、失火を招いたのか。それとも、まさか——放火？

想像が不愉快なほうに傾きかけたので、僕は枕の上で首を横に振った。出火原因については、関係者に訊くなどして確かめるのが先決だろう。現段階で判明しているのは、団地の子が火災を起こしたと疑っている傘外の子供がいる、という事実だけだ。

本当に、団地の子が火災を起こしたのか？　そのうえで、今度は連続失踪を起こしているのだろうか。しかし、そうなると大きな疑問が浮上する。団地の子たちが火事を起こしたことが、事実として確定した——平たく言えば、警察などにバレた様子はない。にもかかわらず連続失踪のような騒ぎを起こせば、またぞろ警察に注目されかねない。せっかく火事を起こしたことがバレないで済んだのに、なぜわざわざ警察を呼び寄せるような真似をするのか？　これは、どう考えても非合理的だ——もっとも現状、警察は連続失踪に大した関心を持っていないみたいだけど。とはいえ里崎正臣の話では、警察は介入を検討しているという。

それじゃあ、団地の子たちが火災を起こしていないとしたらどうだろう。何の責任もない火災のことで濡れ衣を着せられて、彼らは不快に思うはずだ。できることなら疑いを晴らしたい、とも考えるに違いない。

だが、それでは連続失踪がその疑いを晴らすことに寄与するかというと……いまのところ、まったくそうは思えない。さすがにこれは、われながら発想が飛躍しすぎだ。現時点で手に入った数少ない情報を、強引に結びつけようとしているに過ぎない。

連続失踪にはただの遊びとは違う目的があり、それはキャンプとつながっている。ここまでは、まずまず筋が通っていると感じる。問題は、どうつながっているのかということだ。団地の子たちが火災を起こしたという事実、または濡れ衣は、果たしてそのつながりに関係があるのか。

——とにかく、キャンプの火災についてもっと詳しく知る必要がある。キャンプの参加者から、話を聞かなければ。

起き出すにはまだ早い時刻だった。けれども頭がすっかり冴えてしまい、二度寝はできそうになかった。

4

翌十六日月曜日は、敬老の日の振替休日だった。

昼ごろに、安田広子の自宅を訪ねた。彼女は家にいて、玄関先の僕を見るなり不思議そうな顔をした。

「今日、佐々木さんは?」

「いないよ。気になることがあって、僕ひとりで調べ回ってるんだ」

「気になること?」

「キャンプのことで、安田さんに話が聞きたくてね」

広子ははっと息を呑んだ。

「春におこなわれた城野原ゴールデンキャンプに、安田さんもスタッフとして参加していたんだよね」

「うん……だけど、あれは今回の連続失踪とは無関係でしょう」

「そうとも言えなくなってきたんだ。だから、安田さんにキャンプについて詳しく教えてもらえないかと思って」

広子は一度、家の中を振り返ってから言った。

「立ち話も何だし、場所を変えましょう。団地の外で話したい」

それから彼女はいったん自宅に引っ込み、身支度を整えて出てきた。彼女の先導で、駅方面へ向かって黙々と歩く。

数日前までは外にいるだけで汗ばんだのが、今日は昨日に引き続き涼しかった。確実に秋の気配が濃くなりつつある。

僕らはやがて、小さな公園にたどり着いた。もう五分ほど歩けば、城野原駅に着くくらいの場所だろう。入り口の脇にある看板には、城野原東公園と正式名称が記されていた。

連休の昼間にもかかわらず、人けがなかった。まわりにはマンションが建ち並び、圧迫感を覚える。ブランコや滑り台といったオーソドックスな遊具が端に設置され、広場には背の高いバックネットがあった。外周のところどころに植えられた木は、見たところ桜のようだ。いくつかあるベンチのうちのひとつに、広子が腰を下ろす。僕は並んで座り、訊ねた。

「なぜ、団地の外で話したいの」

広子はちらりと横目を投げる。

「あの出来事は……キャンプで起きた火事は、団地住民にとってトラウマだから。子供たちはもちろん、わたしたちスタッフにとっても」

それから彼女は、思いがけないことを言った。

「知ってますか？　佐々木さんが、前にもうちの団地で取材してたことを」

「何だって？」

反射的に訊き返した。佐々木が、以前も城野原団地で取材を？

「猿渡さん、やっぱり知らなかったんですね。じゃなかったら、キャンプのことなんてわざわざわたしに聞きに来たりしないですよね」

「それは、佐々木さんはキャンプの詳細を把握しているはずだ、って意味かな」

「だって佐々木さん、火事のことを取材してたんですよ。初めのうちは何人もの人が取材に来てたから特に目立ってはいなかったけど、それから一ヶ月以上が過ぎても、佐々木さんだけはずっと住民に聞き込みを続けてて、そのころには団地で噂になってた。わたしも見かけたこと、ありましたし」

僕は、これまでに佐々木が何度か、城野原に詳しそうな様子を示したことを思い出した。取材経験があったのならば、いろいろと知っていて当然だ。キャンプのことに興味を持った僕に、ひとりで取材しろと言ったのも、自分が知っていることについての取材に付き合う必要はないと考えたからかもしれない。

「それで、佐々木さんはその取材結果を記事にしたのかな」

「少なくとも月刊ウラガワに記事は出ませんでしたよ。あのころはみんな、悲しい出来事を引っかき回しに来た記者っていう目で佐々木さんを見ていたから、取材に協力した人は少なかったんじゃないかな。だから佐々木さん、引き上げるしかなかったんだと思う」

佐々木はなぜ、かつて城野原団地で取材をしたことを僕に黙っていたのだろう。本人に訊いてみなければなるまい。

「わかってもらえると思うけど、僕は悲しい出来事をむやみに引っかき回したいわけじゃない。連続失踪を穏当に解決したいと思っているからこそなんだ。きみにとってもつらい記憶だろうけど、話を聞かせてくれないか」

懇願すると、広子は小さくうなずいた。

「協力するって言った手前、むげに断るわけにもいかないしね」

ありがとう、と言って頭を下げる。

「では仕切り直して、そもそもキャンプは何日にどこでおこなわれたの？」

「憲法記念日にキャンプ場へ行って、四日の夕方に帰ってくるというのが当初の予定でした。場所は、王子山《おうじやま》」

S県内にあり、標高はおよそ五百メートル。城野原から車で二時間ほどで行ける、登山や行楽に人気の山だそうだ。

「キャンプの規模はどのくらい？　小学生とスタッフの人数は」

「今年は小学生が六十二名で、スタッフは全部で九名でした」

城野原小学校は全十八クラスで、四年一組からの参加者は六人だった。小学生が全部で六十二名というのは、まあそんなところだろうと思える。

「それで火事についてだけど、出火原因は何だったの」

「放火よ、放火」

強い口調で、広子は繰り返した。

「新聞でも報じられてます、放火の疑いが強いって。犯人はまだつかまっていないんですけど、夜にロッジの外で不審な人影を見たって言ってるスタッフもいるんです」

それが本当に放火犯だったのだとしたら、団地の子たちが火事を起こしたというのは濡れ衣だということになる。そのような疑いが生じているらしいことを、広子に伝えてみるか——けれどもその案は、すぐさま却下せざるを得なかった。事実にしろそうでないにしろ、とてもじゃないが軽々しく人に吹聴できるような話ではない。

「だけど、そんな山奥のロッジに、わざわざ火をつけに来るやつがいるのかな……」

僕のこの発言を、広子は自分の発言が疑われていると受け取ったらしい。彼女は放火と考えられる理由を述べ立てた。

「ロッジの裏手に、アルミの柵で囲われたゴミ置き場があって、そこが火元と見られているんです。わたしたち、飯盒炊爨で使った新聞紙や薪《まき》なんかの燃えやすいものを、そこに捨てていて。だからたとえば通りすがりの人が、ほんの出来心で火をつけたとしても、あっという間に燃え上がったはずです」

「なるほど……放火でもない限り、ゴミ置き場から出火はしないだろうからね。それで、きみたちスタッフはいつ火災に気づいたの」

「深夜一時ごろです。最初に気づいたのはわたし。タバコが吸いたくなって外に出たら、ゴミ置き場とロッジの壁が燃えてるのに気づきました。……もう、自分たちではとても消火できない状態だった」

意外に感じたけれど、極力、面《おもて》に出さないよう努めつつ言った。

「安田さん、タバコ吸うんだ」

「もうやめました。前は吸ってましたけど」

「前はって、いま二十歳でしょう」

「堅いこと言いっこなしですよ」

広子は笑う。けれどもすぐに、その笑みを引っ込めた。

「あの日を境にやめたんです。怖くなっちゃって」

「そうか……火災を経験したんだから、火が怖くもなるよね」

広子は再び口元を緩ませ、

「猿渡さん。わたし、イタメシの厨房でバイトしてるんですよ」

火が怖くて厨房が務まるものか、と言いたいらしい。

「じゃあ、何が怖くなったの？　まさか、きみがタバコの吸い殻をゴミ置き場に捨てたせいで引火した、なんて言わないよね」

「それだと放火になりませんよ。言ったでしょう、警察は放火と見てるって」

「むしろ、きみがタバコを吸いに外へ出たおかげで、火事が早期に発見できたとも言えるはずだ」

「……かもしれません。でもとにかく、あれ以来タバコを吸いたいと思わなくなって」

彼女から妙な屈託を感じたが、タバコをやめた理由についてこれ以上話してくれる気はないらしい。協力してもらっている立場上、彼女の機嫌を損ねるわけにはいかなかったので、僕は引っかかりを覚えながらもそれ以上は深入りしなかった。

「火災を発見したわたしはただちにほかのスタッフに報告して、急いで子供たちを起こしに行きました。そのとき七海ちゃんが部屋にいないことを見落としたのは、わたしたちスタッフのミスです。とにかく早く避難させることで頭がいっぱいで、全員そろっているかどうか確認するところまで気が回りませんでした」

スタッフを批判するのは簡単だ。しかし火災という緊急事態に直面し、それでも落ち度なく行動するのは、彼女たちより歳を重ねた大人でも難しいだろう。

「七海ちゃんは、きみたちスタッフが避難先として指示したふもととは反対に、山を登ったところにあるキャンプ場で見つかったんだってね。どうして彼女ひとりだけ、避難する方向を間違えたんだろう」

「わかりません……ただ傘外の人たちは、キャンプに参加した団地の子が、七海ちゃんを仲間外れにしていたと思い込んでるようです。逃げ遅れたのもそのせいだ、と決めつけてるみたいで」

「実際に、仲間外れはあったのかな」

「ありませんでしたよ。確かに七海ちゃんは四年生唯一の、傘外からの参加者でしたけど、団地の子たちはみんな分け隔てなく彼女に接してました。わかるでしょう、たとえ普段は溝があっても、特別な日にはそれがなくなってしまうことが往々にしてあるって」

異論はない。キャンプの日くらいみんな仲よくしよう、という空気が子供たちを包むのは至って自然だ。

「だけど、それを主張できるのは団地の子と、七海ちゃん自身だけだから……団地の子の言うことを傘外の人は信用しないし、七海ちゃんは意識が戻っていません。だから、七海ちゃんが避難先を間違えたのは団地の子のせいだ、という認識が広まってしまったんだと思います」

「七海ちゃんは傘外の子なのに、どうしてキャンプに参加したんだろうね」

「あの子、転校生なんですよ。去年の夏、城野原に来たばかりで。そういう意味では、団地の子にも近づきやすかったんだと思います。まだ、傘外の子にすっかりなじんではいなかっただろうから」

そう言えば、芝池からもそんな話を聞いた。父親を亡くしたことがきっかけで城野原に移ってきたのだと。七海の家庭は、ゆくゆくは城野原団地に住むことを希望していたというから、いまのうちに団地の子と仲よくなっておきたいと考えたのかもしれない。

「キャンプに関しては、これでだいたいわかったよ」

僕が話を切り上げかけると、広子の顔つきがにわかに険《けわ》しくなった。

「猿渡さん、どうして連続失踪にキャンプが関わっていると考えたんですか」

僕は失踪から帰ってきた中井美咲が、キャンプという単語を口走ったことを明かした。

「それで調べてみてるんだけど、なかなかつながりが見えてこなくてね」

「……そうですか」

まだ顔つきが険しい。だが、美咲の発言に驚いている風ではなかった。

「反応が薄いね。きみもキャンプと失踪とのあいだに、何かしらのつながりを感じていたのかな」

「いえ。ただ、失踪した子はみんなキャンプの参加者だったから」

その点に思い至っていたのなら、美咲の発言をそこまで意外に感じなかったのはもっともだ。

「あの、猿渡さん」

広子がいきなりベンチから立ち上がった。

「城野原ゴールデンキャンプが来年以降、中止になったという話はご存じですよね。わたしたちスタッフは城野原の住民から、かなり厳しい批判を受けているんです」

「それは、きみたちにとっても不幸な出来事だった、と思って……」

「それだけじゃありません」

広子の声はこわばっていた。

「すでに知られていることなので正直に言います。火災のあった夜、わたしたちスタッフはお酒を飲んでいたんです。子供たちが寝静まったと判断した十一時ごろから、スタッフ全員で宴会を始めてしまって」

「……そうなんだ」

ありそうなことだ。そのこと自体は、それほど問題のある行動だとも思わない。万が一のことが起きなければ、青春の一ページで済んだ話だろう——だが、今年のキャンプではその万が一が起きてしまった。彼らの立場の苦しさは理解できる。

「みんな泥酔するほどではなかったし、だから避難もできたんですけど……酒に酔って子供たちを守れる状態になかったんじゃないか、という批判が起こってしまいました。むろん、スタッフとしては反論なんてできません。あれからわたしたち、針のむしろに座る心境で暮らし続けています」

広子は切実さのこもった目を僕に向けてきた。

「だから猿渡さん、キャンプのこと、あんまり蒸し返さないでください。わたしでよければ何でも話しますから」

「……わかった。訊きたいことができたら、連絡する」

「はい……ただわたし、明日から金曜まで社交ダンスサークルの夏合宿なんですよね」

差し伸べられた手を瞬時に引っ込められたようで、あぜんとした。

「本当は、あんまりそういう気分じゃないんだけど……サークル仲間がわたしを励まそうとして熱心に誘ってくれるから、断りきれなくて。準備があるから、もう帰ります。質問は、わたしが帰ってくるまで待っててください。取材、がんばって」

広子が足早に去っていく。その背中を見ながら、僕は座ったままで固まっていた。入れ替わりに公園へ入ってきた、ジャージ姿でウォーキング中のおばさんが、振られた男を見るような目を僕に向けてきた。

5

城野原東公園を出たところで、ちょっとした僥倖《ぎょうこう》に恵まれた。

子供が二人、向こうから住宅街の小道を歩いてくる。男の子は正面を見すえ、その斜め後ろに女の子が寄り添っている。運動会のときと同じだった。男の子は飯塚忠、そして女の子はあの日、忠をなぐさめようとしていたマユだった。忠は小さな花かごを抱えている。

何たる偶然、と驚いているうちに、忠たちは僕と行き合う寸前で角を曲がった。あとを追うと、すぐ近くにあるアパートの一室の前に、二人が立っているのが見えた。

築三十年は経っていそうな、くたびれたアパートだ。壁の色は、元は白だったのかもしれないが、すっかり黒ずんでいる。外廊下のある二階建ての建物で、部屋は全部で十室くらいか。大半の部屋の玄関脇には洗濯機が置いてあった。

子供たちが立っているのは一階の、一番手前にある部屋の前だ。ほどなく玄関が開くと、やつれた感じのする中年女性が現れて二人を室内へ招き入れた。

——とりあえず城野原小学校区内、城野原駅の近くのアパートに住んで、団地に空室が出るのを待っているんだとか。

芝池の発言が脳裡によみがえる。

忠が持っていた花かご、あれはおそらくお見舞いの品だろう。四年一組の、傘外に住む子供たちがお見舞いに行く相手と言ったら、僕の知る限りではひとりだけだ。

二人の子供が入っていった部屋に、僕は近づいた。果たして表札には《川原》と記されている。ここは、川原七海の自宅なのだ。芝池の言葉のとおり、駅からわりあい近い。七海の母親とおぼしき女性の、あのやつれたさまも、看病疲れによるものだろうと思われた。

——団地の子たち、ほんとムカつくよね。火事を起こしたくせに。

あの発言の意図について、本人に直接確かめたい。僕はアパートのそばに立ち、忠たちが出てくるのを待つことにした。

二十分ほどで、川原宅のドアが開いて子供たちが出てきた。忠が持っていた花かごはなくなっている。二人は七海の母親に別れを告げると、来た道を引き返し始めた。

その背後に急ぎ足で追いつき、声をかけた。

「きみたち、ちょっといいかな」

振り返った忠は、僕を認めると肩の力を抜いた。

「記者さんですよね。この前、斎藤たちに絡んでた」

「記者?」マユが首をかしげる。

「マユは初めてだよな。団地のやつらの失踪を、取材してるらしいんだ」

マユは忠にしがみつき、体を隠すようにした。もっとも、そのかわいらしいが気の強そうな顔に、おびえは浮かんでいない。僕の存在を口実にして、忠にくっつきたがっているだけのように見えた。

「川原七海ちゃんのお見舞いに行ってきたんだよね」

わかりきったことを確認する。忠は、どこまで知っているのかと問いたげな視線を向けてきた。

「休みの日には、できるだけ会いに行くんです」

「優しいんだね。そういうところも、きみが傘外の子たちに慕われている理由なのかな」

素直に褒めたつもりだったが、忠はからかわれでもしているように感じたのか、僕の発言を無視して訊ねてきた。

「ぼくらに何か用ですか」

僕は視線を、忠からマユのほうへと移す。

「昨日、僕も城野原小学校の運動会を見に行ったんだけどね。そこで、きみたちが話してるのを聞いちゃったんだ。あれ、どういう意味だったのかなと思って」

「あれって何？」マユが問う。

「団地の子たちが火事を起こした。そう、言ったよね」

途端に二人のあいだに緊張が走った。

「キャンプの夜に起きた火事の原因は、放火らしいって聞いたよ。きみは、団地の子たちが放火をしたと本気で思っているの？」

「違うよ。わたし、見たんだもん。斎藤くんたちが――」

「マユ、しゃべるなって言っただろ」

身を乗り出して説明しようとしたらしいマユを、忠が制する。けれども僕は忠を相手にせず、マユに向かって言った。

「何を見たのか、教えてくれるかな」

マユはもどかしそうに忠の顔を見た。けれども忠はもう手遅れだと考えたのか、再びマユが話し出すのを止めようとはしなかった。

「わたし、見たの。斎藤くんたちが、花火を買ってるところ」

「何だって？」

聞き取れなかったわけではない。が、突然のことで脳が追いつかなかった。

マユはじれったそうに繰り返す。

「だからね、斎藤くんたちが、キャンプの前の日に、ナイスデイで花火を買ってたの。わたしもその日、たまたまお母さんとナイスデイに行ってて、そこで斎藤くんたちを見かけたの」

ナイスデイというのは、里崎正臣も話していた、イエロープラザにあるホームセンターの店名だそうだ。

「それが、どうかしたの」

問いただすと、マユはあざけるように言った。

「知らないの？　ゴミ置き場から、花火の燃え殻が見つかったんだよ」

僕は目をしばたたいた。

これらの事実が何を意味するか。前提として、放火の疑いが強いことは変わらない。しかし、広子によればゴミ置き場には燃えやすいものが置かれていた。そこからは花火の燃え殻が見つかっている。そして、キャンプに参加した子供たちは前日、花火を購入していた――。

「つまりきみは、隼人くんたちが花火をキャンプへ持っていき、それで遊んだと考えているんだね。そして、その燃え殻が火事を引き起こした、と」

マユは確信していることを示すように、力強くうなずいた。

「うん。傘外の子は、みんなそう思ってる」

噂はすでに広まっているようだ。だが、広子が放火であると強調していたことからもわかるように、隼人たちが花火により火災を引き起こしたという疑いが事実と認定された様子はない。

「隼人くんたちは、花火についてどのように話しているのかな」

この質問には、忠が答えた。

「あいつら、花火をやったことを認めてません。花火なんて知らない、って言ってるんです」

マユの目撃談がある以上、その言い分は苦しいし、傘外の子供たちも信じてはいないらしい。と思ったが、忠は慎重な態度を示した。

「あいつらの言ってることは嘘かもしれないけど、本当かもしれない。もし本当に花火をやってないんだとしたら、この噂を広めたマユが嘘つきになっちゃう。だから、しゃべるなって言ったんです」

「嘘つきなのは斎藤くんたちだよ。火事を起こしたとバレるのが怖いから、ごまかしてるだけ」

マユが言《い》い募《つの》る。しかし花火をやっていようといまいと、隼人たちがそれを認めたがらないのは道理なのだから、ここで真偽のほどを議論したところで不毛だ。

ともかくこれで、昨日のマユの発言が意味するところを知ることができた。隼人たちが花火を購入したという事実と、火災を起こしたのではないかという疑いを、ともに心に留めておく。

「最後にひとつだけ。その、ナイスデイってどうやったら行けるかな」

忠は鉄道の走っている方角を指差した。線路沿いにまっすぐ歩いていけば着くという。

感謝を告げ、彼らと別れた。

言われたとおりに線路に沿って歩くと、やがて広大な駐車場のまわりに建ち並ぶ店の群れが見えてきた。看板にでかでかと、イエロープラザの文字がある。

ナイスデイはイエロープラザの角に位置していた。外から見た感じ、平屋建てだがかなり広そうだ。オレンジ色の壁が目にあざやかだった。

ナイスデイを訪れたことに、それほど深い意味があるわけではなかった。ただ念のため、花火が本当に売られていることを確認しておこうと思ったのだ。そもそも売られていなければ、マユの証言は単なる見間違いということになる。

しかしそこはホームセンター、店員に訊ねると花火売り場はすぐに見つかった。今年の四月以降、売り場はずっとこの状態だそうだ。まとめ買いのパックのほかに、バラでも売っている。ネズミ花火、パラシュート花火、打ち上げ花火などが並んでいる棚を、何の気なしにながめていく。

そして、僕の視線はある一点で固まった。

ひときわ目を引く、大きな噴出花火があった。手に取って、ためつすがめつする。

鉛筆を太くしたような六角柱の筒の下部に、プラスチックのスタンドがついている。導火線のある上の面には六芒星が描かれ、側面には《六色に変化する！》との説明書きがあった。そんな花火の商品名が、本体の中心にポップな書体で記されている。

ひとつ、疑問が氷解した。子供たちが、どうしてあんな単語を知っていたのかが判明したのだ。同時に、連続失踪とキャンプのあいだにつながりがようやく見つかった。

噴出花火の商品名は――《ダビデスターライト》だった。

＊

「運動会、優勝できてよかったなー！」

喜びにあふれた健の声が、室内に響き渡った。

運動会の翌日、五人の子供が、作戦会議とは名ばかりの雑談に興じている。今日は隼人の部屋に集まっていた。

「健、かけっこ一番だったもんね。ちょっとかっこよかった」

「だろー！　おれ、がんばったもんな！」

智子に褒められ、健はすっかり有頂天になっている。

「隼人くんたちも、いい勝負だったよね」

美咲に言われ、隼人はまんざらでもなさそうだ。

「まあな。けど、あいつもなかなかやるなって思ったよ。正直、見直した」

「隼人くんがそんなこと言うなんて！」

「茶化すなよ、美咲」

隼人がひじで美咲を小突く。見計らったように、智子が話を変えた。

「でも、あの記者さんが運動会に来てたのにはびっくりしたよね」

「おれたちと話したがってるみたいだったよな。まあ、無理やり近づいてくることはなかったけど」

「誰も相手しなかっただろうな」

隼人が残る四人の顔を見回す。おずおずと、慎司が手を挙げた。

「ごめん……ぼく、ちょっとだけ話した」

「慎司！　気安く相手するなって言ったろ」

「ご、ごめんってば。だけど、失踪のことを訊かれたんじゃないんだ。キャンプの話だったから……」

その一言で、空気が一変した。

「あの記者、キャンプに興味を持ったのか」

「そうみたい。だからぼく、下手に逃げるよりはちゃんと話したほうがいいと思って、キャンプのこと教えてあげたんだよ」

「それはそうかもな……だけど、どうしておれたちがやっていることにキャンプが関係あるってわかったんだろう。まだ、あんまりヒント出してないのに」

そこで、美咲が口を開いた。

「わたしがキャンプって言ったからかも」

「マジかよ。いつ？」

「失踪から帰ってきたときについ、お母さんに『キャンプが』って言っちゃったの。お母さんは泣いてたから、よく聞こえなかったみたいだけど」

「そうか。美咲んちの前に、あの記者たちがいたもんな」

「あの人たちには、わたしの言葉が聞こえちゃったんだと思う」

「なるほどな……」

隼人が腕を組んだところで美咲が、ほかの四人にとっては思いがけないことを言った。

「本当に、こんなこと続けてていいのかな」

「こんなこと、って?」

「連続失踪だよ。ねえ、もうやめない?」

美咲の言葉には哀願するような響きがあったので、隼人は困惑を示した。

「どうしたんだよ、美咲。この前の失踪だって、うまくいったのに」

「そうだよ。あの記者たちには、隠れ家のことはまだバレてないんだよ」

智子も美咲をなだめにかかる。美咲は下を向いた。

「わたしね、失踪してるあいだは楽しかった。全然危ないことしてないって自分でわかってるし、本当に夏休みが戻ってきたみたいだった。でも……それでもお母さんは、わたしのことすごく心配してた」

「それは、おれの父ちゃんもそうだったけど」と健が続く。

「次に誰かが失踪したら、またその家族に心配かけるでしょう。そんなやり方で本当にいいのか、わからなくなってきちゃって」

「しょうがないでしょう。ほかにいい方法がないんだから」

智子が言ったところで、隼人が思いきったように切り出した。

「おれさ、実はずっと考えてたことがあるんだ」

「何?」

「みんなで協力して、ここまで作戦を進めてきただろ。成功するかどうかはまだわかんないけど、けっこうすごいことやれてると思う」

ほかの子たちも賛同する。初めのうちは夢を語るようだった彼らにとって、いまやそれはただの夢ではなくなっている。

「おれたちの関係だって、いままでとは同じじゃないってこと、みんなも気づいてるだろ。これでもし作戦が成功したら、そのときはきっと、おれたちにとってうれしいだけじゃ終わらない。おれの母さんや、みんなの親にとってもうれしいことが起きると思うんだ」

「どういうこと? よく意味がわかんないんだけど」

「だからさ——」

隼人が発言の真意を説明する。数分後、子供たちの目の色は明らかに変わっていた。

「本当だね。隼人の言うとおりだよ」

智子はめずらしく興奮している。健が納得するそぶりを見せた。

「隼人が今日、初めてその話をしたのも……」

「そうそう。照れくさくって、この五人でいるときじゃないと言えなかったんだよ」

隼人が頭をかく。そして、美咲のほうを向いた。

「だからさ、美咲。失踪中は親を心配させちゃうかもしれないけど、いつかはありがとうって思ってもらえるよ。そのために、がんばってみようって考えられないか」

美咲はためらいなくうなずいた。

「わかった。心配させちゃうのはよくないけど、それなら仕方ないよね」

その言葉に、ほかの四人はほっと息をつく。美咲は続けた。

「こうなったら、何が何でも成功させようね。わたしたちで、夏休みを取り戻そう」

もちろんさ、と隼人が強く言いきる。そして、高らかに告げた。

「つうわけで、聞いてほしい話がある——次のトリック、考えてきたんだ！」

6

十三日の金曜日以来、四日ぶりに会った佐々木に、僕は単独取材の成果を語って聞かせた。

「……というわけで、団地の子供たちが遊んだ花火の燃え殻が、火災を引き起こした疑いがあるんですよ」

十七日火曜日は、暦の上では平日だ。ただし城野原小学校に限って言えば、第二土曜と日曜が登校日に充てられたため、明日まで振替休日が続く。そのあたりも、昨日新たな失踪が起きなかったことと無関係ではないのかもしれない。月曜から水曜まで学校が休みとなると、どうしたって失踪する意義は薄れるだろう。

僕と佐々木は昼ごろ城野原駅で落ち合い、団地へ向かった。その道中、僕はキャンプに関する調査の報告をした。つかんだ事実を話しただけでなく、気になった発言なども細大洩らさず伝えた。そして最後に、団地の子たちが火事を起こしたのではないか、と言ったのだ。

話が一段落するころには、僕らは城野原団地に到着していた。入り口の踏切を渡りながら、佐々木がつぶやく。

「子供たちが花火を、な……それで、今回の連続失踪とキャンプとのつながりはわかったのか」

「マユちゃんによれば、隼人くんたちが火事を引き起こしたのではないかという疑いは、傘外の子のあいだに浸透しているようでした。その疑惑の眼差しに、隼人くんたちは耐えられなかったんじゃないでしょうか。だから、彼らは新たな事件を起こした。そうすることで火事のことを、人々の記憶から薄れさせようとしたんです。それこそが、今回の連続失踪の目的だった」

僕が自分なりの結論を述べると、佐々木があごをさすりながら言った。

「だとしたら、子供たちの目論見は成功しているとは言いがたいな。結局、クラスメイトからは決まり文句のように、火事を起こしたくせにと言われているのだから」

「まあ、そうですけど……そこは、子供の考えることですし」

「もうひとつ。火事のことを忘れさせようとしているのに、花火の商品名を犯行声明文の中に持ち出すのはおかしいんじゃないか」

「うーん……言われてみれば」

数日かけてたどり着いた結論に対する自信が、ほんの数分のあいだに揺らぐ。佐々木は首をぐるりと回した。

「いずれにしても、傘外の子の言い分だけを聞くのはフェアじゃないな」

そう言う佐々木が足を向けたのは、五号棟の四〇二号室だった。ここに来るのは二度めだ。里崎健の自宅である。

ナイスデイで隼人以外に誰を見かけたのか、僕はマユに訊きそびれてしまっていた。それで、ひとまずキャンプの参加者である健の自宅に来たのだ。隼人の自宅へ行けたらよかったのだが、あいにく部屋番号を把握していなかった。

思い起こせば、僕らはまだ健とは口を利いていない。チャイムを鳴らすとドアが開いて、健本人が顔を出した。平日の昼間だから、父親も兄も不在なのだろう。

「健くん、こんにちは。お友達から聞いてるかな、僕たち雑誌の記者なんだけど――」

そのとき、家の奥から子供が顔を出した。

「おじさんたち、また来たのかよ。しつこいなあ」

「おお、隼人くんじゃないか」

健の後ろで、隼人は唇をとがらせていた。

「健くんの家に遊びに来てたんだね。ちょうどよかった」

「ちょうどよかったって、何が」

「傘外に住んでる子から、あることを聞いてね。きみたち、城野原ゴールデンキャンプの前日に、ナイスデイで花火を買ったんだって?」

するとは隼人ではなく、健が嚙みつかんばかりに言い返してきた。

「何だよ。おじさんたちも傘外のやつらと同じで、おれたちが火事を起こしたって思ってるのかよ」

隼人もむすっとしている。僕は慌てた。

「いや、僕はただ……」

「花火なんてやってねえって。もう帰れよ!」

叫ぶやいなや、健は勢いよくドアを閉めてしまった。

取りつく島もなく、呆然とする。しかし実際、彼らを疑っているのだからこんな待遇を受けても文句は言えない。

振り返ると、佐々木は苦笑していた。

「取材拒否くらいでいちいち落ち込んでたら、やっていけないぞ」

「はあ……でも、どうしましょう」

「ここはいったん、おまえがつかんできた情報を基に再検討してみようじゃないか。違った結論を導き出せる可能性もある」

「違った結論?」

佐々木は閉まったドアに目をやりながら、

「あそこまで腹を立てるということは、だ。もしかすると、彼らは本当のことを話しているのかもしれないぞ」

「つまり、彼らは花火をやっていない、と？」

「だとしたら、どうなるだろうな」

僕らは五号棟を出て、前に智子たちと話したベンチに座った。団地内でキャンプの話をするのはご法度《はっと》だと広子に教わったが、幸いまわりに人影はない。秋の陽射しが、悲劇的な話題にはそぐわないくらいのどかに降り注いでいた。

「前提として、中井美咲がキャンプと口走っただけでなく、犯行声明文に花火の商品名が記されていたこともあわせて、連続失踪に何らかの形でキャンプが、もっと言えば火災ないし花火が関わっていることは、もはや疑う余地はない」

佐々木がそう切り出し、僕は首を縦に振る。

「では傘外の子が噂しているとおり、団地の子たちがキャンプの夜に花火をやって、そこから火災を起こしてしまったとしたらどうだろう。いまのところ、それが警察などに暴かれた様子はない。なら団地の子たちは、火災の一件はなるべくそっとしておきたいはずだ。ところが彼らは反対に、連続失踪という騒ぎを起こしてみずから注目を集めているのみならず、犯行声明文にわざわざ花火の商品名まで記している。これは、普通に考えればおかしい」

「つまりそれらの事実は、団地の子たちが火災を起こしたのではないことの傍証《ぼうしょう》になりえますね」

ここまでは、僕が小学生に戻った夢を見たあとで、ベッドの上で考えたこととほぼ変わりない。

「団地の子たちが火災に関して無罪だと断じるのは早計だがな。ほかに思いもよらない目的があって、やむなく連続失踪を起こし、あんな犯行声明文を作ったのかもしれん」

しかしまあ、と佐々木は続けた。

「ここはいったん、先の里崎健の言葉を信じることにしようか。団地の子たちは、本当に花火をやらなかった。にもかかわらず火災を起こしたと噂され、どういうわけか現在、連続失踪を起こしていると仮定するんだ」

「彼らがキャンプの夜に花火をやらなかったのだとしたら、前日に購入したという花火は、キャンプとは無関係だったんでしょうか」

「俺は、そうは思わない」佐々木は即答する。「キャンプに持っていったのでなければ、花火を買った目的をきちんと説明すればいいだけの話だからな」

「じゃあ、彼らはもともと、キャンプの夜に花火をやるつもりだった。けれども最終的にはやらなかった、ということになりますね」

「やりたくてもできなかったとしたら？」

「どういう意味ですか？　先に火災が起きたから？」

「安田広子が火災を発見したのは、夜中の一時だったんだよな。子供たちがそんな時間まで花火をやる機会をうかがっていたとは思えない。やるなら、もっと早くにやろうとしただろう」

「でも、スタッフに部屋を見張られていて、抜け出せなかったのかもしれませんよ」

「忘れたのか？　安田広子は、十一時ごろからスタッフ全員で宴会を始めた、と言ったんだろう」

あ、と声が洩れた。

「そうか。遅くとも夜の十一時には、子供たちは部屋を抜け出せたはずなんですね」

「にもかかわらず、彼らは花火をやれなかった。なぜだ」

「雨が降っていた、とか？」

「それはない。五月三日の晩、あの一帯は晴天だったんだ。だから火の回りが速かった」

広子によれば、佐々木はかつてキャンプの火事について取材していたという。当日の天候まで把握しているのは、そのためだろう。

「それじゃ、着火具を用意し忘れたんですよ。花火だけ買って、マッチやライターを忘れる。よくある話だと思います」

「だとしたら、なぜゴミ置き場で花火が見つかった？　その理屈だと、彼らは遊んでもいない花火をゴミ置き場に捨てたことになるぞ」

「それは……見つかった花火の燃え殻と、隼人くんたちが買った花火は別物だった？」

「だから、それなら購入した花火をどうしたのか、彼らが説明しないのは不自然だろう。未使用なら未使用で、普通は現物を見せるはずだ」

実際には未使用の花火を見せられたところで、新たに買い直したものではないかと疑うこともできる。後日その花火で遊んだと主張する場合も、彼らにそれを証明できなければ同様に疑わしい。だが、隼人たちはそうした反論をおこなうことすらなく、花火はやっていないの一点張りを貫いている。それはおかしい、と佐々木は指摘しているのだ。

「もっと単純に考えるべきじゃないか。子供たちは準備万端だったにもかかわらず、花火ができなかった。一番ありそうな理由は何だ」

「雨が降らず、着火具もきちんと用意していて、それでもできなかったとしたら……やっぱり、ロッジを抜け出すのに失敗したからでしょうか。スタッフに見つかって……でも、見張りはいなかったんですよね」

「それは十一時以降、各部屋の前にはいなかったというだけの話だ。もっと早い時間帯に、もしくは別の場所でスタッフに見つかった可能性はある」

「なるほど。じゃあ、そのとおりだったんじゃないですか」

「おまえ、スタッフと歳近いよな」

佐々木がいきなり、僕の顔をのぞき込んでくる。

「近いといっても、安田さんとは五つも違いますけど」

「自分がスタッフだったら、と想像してみろ。キャンプの夜、おまえは花火を手にロッジを抜け出そうとしている子供たちを発見し、捕まえた。当然、子供たちを部屋に追い返すよな。そのとき、どうする」

「どうするって、何を」

「花火だよ。そのまま持たせておくか、と訊いてるんだ」

ああ、とうなずいた。考えるまでもない。

「没収するでしょうね。花火を持ってたら、またやりたくなるに決まってるから」

「だよな。ならばそのとき、花火はスタッフの手に移ったと考えるべきなんだ」

刹那、強烈に嫌な予感がした——好奇心の塊であるはずの僕ですら、この先にある可能性を、できれば知りたくないと思ってしまうような。

「佐々木さん、それってまさか」

「自戒も込めて言わせてもらうが、結論を急ぐな」

「だけど、子供たちが花火を手放したのなら、それに火をつけられるのは……」

「ただの推理だ。証拠がない。証拠が——」

そこで、佐々木はふいに口をつぐんだ。

「どうかしましたか」

「サル、おまえ言ってなかったか。安田広子が、タバコをやめたと話していたって」

すぐに、彼女の言葉が耳の奥でよみがえった。

——あの日を境にやめたんです。怖くなっちゃって。

暗唱する。佐々木は地面の何もない一点を見つめていた。

「想像するに、宴会が始まるまでは、スタッフもちゃんと見張りをしてたんじゃないか。だから子供たちは、部屋を抜け出せずにいた」

「僕がスタッフでもそうすると思います。少なくとも、子供たちが寝静まったと判断するまでは」

「けれども宴会が始まって、スタッフが一堂に会してしまった。酒が進むとどうなるか。喫煙者は、タバコが吸いたくなる」

「そういうもんですか」

そういうもんだ、と佐々木は断言する。

「非喫煙者が多いところや、人前では吸いたくないという人もいるだろう。安田広子もまた、そういう人種だった。彼女は宴会場を抜け、ロッジの外でタバコを吸い始めた」

火災を発見した際にも、彼女はタバコを吸いにロッジの外へ出たのだ。

「一方そのころ、子供たちは見張りがいなくなったことに気づいて、行動を開始した。花火を抱えてロッジを出てきた子供たちを、安田広子が見とがめる。もちろん行かせるわけにはいかない。彼女はごく常識的な判断に基づいて、彼らをロッジへと追い返した。そして——」

花火は、広子の手に移ったのだ。

喉が渇いてきた。それならば、つじつまが合う。つじつまが、合ってしまう。

佐々木は淡々と続ける。

「安田広子が宴会場に持ち帰った花火を見て、スタッフたちは盛り上がった。自分たちでやっちまおう、あとで買って返せば問題にはなるまい、と。ブレーキをかける者はいない。酔いが回った状態だから、バケツに水を汲《く》むなどの用心もないがしろにされただろう」

それからどうなったのかは、まさしく火を見るより明らかだ。

「花火を楽しむ。燃え殻をゴミ置き場に捨てる。出火する。山が燃える。避難した子供たちの中に、ひとりの少女がいないことに気づく。やがて、少女が意識不明の状態で発見されたとき、安田広子は思った――わたしがタバコを吸ったせいでこの悲劇は起きた、と」

広子が子供たちを見つけて花火を没収しなかったら。うまくロッジを抜け出した子供たちが、遊び終わった花火を適切に処理していたら。あの火災は、起こらずに済んだのではないか。

それは、いくつもあるように見える運命の分岐点のひとつに過ぎない。花火をやろうとしたほかのスタッフを止めていたら。火の始末をきちんとしていたら。広子が自責の念を抱きうるポイントは、ほかにいくらでもあったはずだ。それでも彼女は、自分がタバコを吸いにロッジを出たばかりに花火を没収することになった、という事実にことさら強い意味を持たせた。

「だから、彼女はタバコをやめたんですね」

「繰り返すが、結論を急ぐな。言わばパズルのピースがはまっただけで、スタッフが失火を起こしたと特定できる要素は何もないんだ。子供たちへの嫌疑も、すべて否定できたわけではない。スタッフが花火で遊んだのだとしても、これが放火だったのなら、あとで火なんて誰にだってつけられるんだ」

それからしばらくのあいだ、僕も佐々木も黙りこくっていた。休日を謳歌する子供たちの一群が、ゴムボールを持って視界を横切っていった。

「どうします。安田さんに確かめてみたいところですが、彼女、サークルの合宿でしばらく会えないって――」

佐々木の横顔を一瞥《いちべつ》し、僕はぞっとした。

彼はまるで蠟《ろう》人形にでもなったかのような、その肌に触れれば凍りついてしまいそうなほどに冷たく見える表情を浮かべていた。

「佐々木さん？」

「ん……ああ、そうだな」

われに返った様子で、佐々木は首の後ろを揉む。

「ほかのスタッフを探ってみるか。もし俺たちの考えが正しいのなら、スタッフは口裏を合わせて火災の原因を隠蔽《いんぺい》していることになる。そのそろった足並みを、いろんな方向からつつくことで崩せるかもしれない」

「あの、安田さんから聞いたんですけど」

「何を？」

「佐々木さん、以前にもキャンプの火事について取材してたんですよね」

佐々木はぎくりとしたように見えた。ベンチから立ち上がり、僕に背中を向ける。

「あのときの取材はさんざんだった。どいつもこいつも、けんもほろろでな。たぶん、ここの住民たちは過ぎたこととして忘れたがっていたんだろう」

だから今回、キャンプのことを調べようとした僕に単独取材を命じたのだという。

「俺が過去に取材していたことを憶えている住民は少なくないだろう。その俺がまたしても嗅ぎ回っていると知られたら、聞ける話も聞けなくなっちまう。それよりはサルがひとりで動いたほうが、まだしも取材に応じてもらえるんじゃないかと踏んだのさ」

広子が言っていた。城野原団地の住民たちは、佐々木のことを「悲しい出来事を引っかき回しに来た記者」という目で見ていた、と。別件、すなわち連続失踪に関する取材ならともかく、キャンプの取材となると住民たちから拒絶反応が出ることは考えられる。

「だけど、それならそうと言ってくれればよかったのに」

「隠してたわけじゃないさ。あれは俺にとっても失敗の記憶だ。無様《ぶざま》な姿を、進んでさらすほどの被虐《ひぎやく》趣味はないってだけだ」

――嘘だ、と直感した。論理的に説明できないが、この人は嘘をついているか、または何かを隠している。彼は何らかの事情があって、かつて城野原団地で取材していたことを僕に黙っていたのだ。

佐々木が先ほど見せた、冷たい横顔を思い出す。スタッフが火災を起こしたのであれば容赦なく追いつめるつもりだという、無慈悲さの表れでもあるように見えた。以前キャンプの火事を取材したときにも、そういう態度を示したから団地住民に嫌われたのかもしれない。そのような冷徹な一面がなければ、ウラガワの記者は務まらないのだろうか。

これまで何となく付き合ってきたけれど、僕はこの佐々木大悟という人のことを何も知らないのだ、とあらためて思い知らされた。どこまで彼に気を許していいのだろう。彼の言動は、果たして信用できるのか。

「スタッフが火災を起こしたんじゃないかというのは、現段階では疑惑に過ぎない。傘外の子が噂しているとおり、団地の子たちが起こした可能性だって消えたわけじゃない。それに警察の発表を信じるなら、第三者による放火の線もある」

佐々木が振り返る。

「忘れちゃいけないのは、俺たちはあくまでも連続失踪の取材でここにいるってことだ。連続失踪とキャンプのつながりとは？　団地の子たちが火災を起こしたのなら、なぜわざわざこんなことをやるのか。起こしていないのだとしても、彼らの目的に見当がつかないことに変わりはない。むろん、隠れ家の問題も残っている――これらの疑問に答えを出せない限り、記事は書けないぞ」

ベンチに座ったままで話を聞きながら、僕は頭を抱えたくなった。調べれば調べるほど、謎が増えていく。このうえ僕にはもうひとつ、疑問に思っていることがあるのだ。

――佐々木は何を隠しているのか？

激しい混乱のせいで何も言えないでいる僕を見て、佐々木がふっと笑う。

「しっかりしてくれよ、サル。おまえの単独取材のおかげで前進したことは間違いないんだ。頼りにしてるぞ」

めずらしく褒めるようなことを言われても、喜ぶ気になれない。反対に、僕は佐々木を頼っていいものかどうか迷い始めたところなのだから。

僕が初めて城野原の地を踏んでから、気づけば十日になろうとしている。子供のころの体験をもとに好奇心の塊を携え、取材という名の帆を揚げて意気揚々と出航したばかりの僕の船は、早くもだだっ広い洋上で針路を見失い、どちらに押し流されるのかさえわからなくなりつつあった。

第四章　秋分の決戦

城野原ゴールデンキャンプは、城野原団地出身の大学生を中心とした若者が主催し、城野原市の小学生を募集して毎年開かれていた行事だった。

第一回は十四年前で、ボランティアサークルに所属する大学生の発案で始まった。参加できるスタッフは城野原団地で育ったことが事実上の条件と化していたが、小学生についてはその限りでなく、団地外から参加する児童もいた。Nもまた、そのひとりだった。

キャンプといっても、テントの中で夜を過ごすような本格的なものではなく、山の中腹にあるロッジに、部屋ごとに少人数ずつ分かれて宿泊する。飯盒炊爨などをおこなうキャンプ場は、そこから山道を十分ほど登った先にあった。

今年のキャンプは、五月三日の憲法記念日から翌日にかけて、一泊二日の日程でおこなわれた。

はしゃぎ疲れた子供たちがあらかた寝静まったであろう四日の深夜一時ごろ、ロッジの裏口に近い壁とそのそばにあるゴミ置き場が燃えているのを、スタッフの大学生Yが発見した。すでに初期消火が間に合う状況ではなかった。

スタッフはただちに各部屋を回って子供たちを起こし、ふもとの駐車場へ避難するよう指示したが、このときNが自分の部屋にいなかったことを、スタッフは見落としてしまった。

炎は草木にも延焼し、山頂に向かって燃え広がった。やがて消火活動が始まったが、火災の範囲が広がりすぎたために難航し、明け方になってようやく鎮火している。

焼けたキャンプ場では、Nが倒れているのが発見された。Nは広場の中央に倒れており、まわりには燃えるものがなかったため、幸い火の手はNのいたところまでは及んでおらず、やけどや傷はほとんど負っていなかったものの、意識不明の状態だった。医師によれば命に別状はないとのことだったが、それから四ヶ月が経過した取材の時点でも意識は戻っていなかった。

なお、ほかのキャンプ参加者は、小学生、スタッフともに全員無事だった。

警察は出火原因について、放火の疑いが強いと発表した。

この夜、多くのスタッフは飲酒をしており、子供たちを守れる態勢になかったとして、キャンプに参加した小学生の保護者らから厳しい批判を浴びた。この批判を重く受けとめたスタッフは、火災から一ヶ月後、翌年以降の城野原ゴールデンキャンプを中止することを発表した。

Nは意識を回復しないまま、三ヶ月の入院を経て八月には自宅療養に切り替えられた。

ここまでが、世間に知られていた事実である。

ところが調べを進める中で、これらの事実関係を覆《くつがえ》す、ある重大な疑いが浮上したのだ。

【『月刊ウラガワ』一九九六年十二月号「城野原団地・児童連続失踪の真相」より】

1

「石野和樹くん、だね」

声をかけると、青年はドアを開けたままで言った。

「そう、ですけど」

九月十九日木曜日の昼下がり、僕と佐々木は城野原団地の二十五号棟二〇一号室の前にいた。石野慎司の兄、和樹に会うためだ。

今年の城野原ゴールデンキャンプで発生した火災の原因はスタッフが遊んだ花火だったのではないか、との疑いが浮上したことを受け、僕らは佐々木の方針にしたがってキャンプのスタッフを探ることにした。とはいえサークルの合宿で不在の広子を除けば、僕がスタッフとして知る人物はひとりしかいない。それが、運動会のときに慎司から教えてもらった、石野和樹だったのだ。

スタッフは大学生が多いと聞いていたから、平日の昼間でも夏休みで家にいることを期待した。石野宅の部屋番号は昨日、団地の人に訊ね回って調べた。昨日もここを訪れたが、そのときは留守で、今日になってようやく和樹をつかまえたというわけだ。

「どちらさまですか」

青年は僕と佐々木を順に見て問う。純朴でまじめそうな青年、といった印象だ。背丈は慎司と大差ないように見え、成人男性としては低い。

「僕たち、月刊ウラガワという雑誌の者です。いまこの団地を騒がせている、連続失踪のことで話を聞かせてもらえないかと思いまして」

「ああ、あなたたちが……でも、どうしてぼくのところに？」

「僕らはきみの弟さんも、連続失踪に関わっているんじゃないかと考えています。だから、身内の目から見て気になる様子がないか、教えていただけたら、と」

ここでキャンプのことを持ち出さなかったのは作戦のうちだ。広子も言っていたように、スタッフはキャンプの話をしたがらないはずで、いきなりキャンプについて切り出せば疎《うと》んじられ、まともに相手をしてもらえないおそれがある。だから、連続失踪の取材という体《てい》を装うことにしたのだ。

和樹は目を伏せ、逡巡するようなそぶりを示したが、それも短いあいだだった。

「……わかりました。話をするのは、駅前のファミレスでもいいですか」

里崎正臣と会った店のことだろう。僕はうなずいた。

それから僕らは十分ほどかけて、駅前のファミリーレストランへと移動した。和樹は家を出るとき、hのロゴが入った黒のキャップを被った。家の鍵を持っているのは確かだが、それを除けば手ぶらに見える。

ボックスシートの片側に和樹が、向かいに僕と佐々木が座る。ウェイトレスが来たので僕と佐々木はコーヒーを、和樹はアイスティーを注文した。それらが届くまでの雑談のつもりで、僕は訊いた。

「今日、家にいたってことは、和樹くんは大学生なのかな」

和樹は首を横に振った。

「ぼく、無職なので」

出鼻をくじかれた気分だ。幸い、和樹のほうから会話の穂を継いでくれた。

「広子ちゃんからぼくのこと、何も聞いていませんか。彼女、記者さんたちに協力してるって言ってたけど」

それで和樹は先ほど、僕らが何者かを知って納得したような反応を見せたのか。

「きみのことってのは、どういう……」

「広子ちゃんとは、小、中学校で同級生だったんですけど」

同じキャンプのスタッフということで、交流があるだろうとは思っていたが、学年も同じだったらしい。

「ぼく、中学校はあんまり行ってないんですよ。いじめられてたから」

その一言に、僕は息を呑んだ。

芝池は、団地と傘外との溝を深めた市立城野原中学校でのいじめは七年前に始まったと話していた。広子は現在二十歳であり大学二年生だから、七年前には中学一年生だったはずだ——

すなわち同級生の和樹も、いじめが始まった年には中学一年生だったのだ。

「入学して間もなく、団地の女の子に対するいじめが始まって。彼女はすぐ転校しちゃって、次にいじめの標的になったのがぼくでした。それで学校に行けなくなって、当時は家からもほとんど出られなかったくらいで……広子ちゃんはよく、うちまで顔を見せに来てくれました。同じ団地に住む自分がいじめの標的になってもおかしくないという状況で、いじめられているぼくのことをほうっておけなかったみたいです」

つらかったはずの思い出を、和樹は感情を込めず淡々と語る。

「ぼくが不登校になったあとも、団地の子に対するいじめは学年が上がるまで、標的を替えながら続いたようです。ぼくは城野原中に戻ることはなかったけど、二年生になって少し経ったころから、学校に行けない子供のためのフリースクールに行くようになって。高校も似たようなところを探して、四年かけて今年の春、卒業しました」

「少しずつ、立ち直ってきたんですね」

「はい。でも結局、進学も就職もしないまま、いまでは無職です。なんとかしよう、と思ってはいるんですけど……そんなぼくに、広子ちゃんは何かと気を遣ってくれるんです。こまめに連絡をくれたり、一緒にイベントのスタッフをやろうって誘ってくれたりもして」

隣で佐々木がぴくりと動いた。イベントというのが、城野原ゴールデンキャンプのことを指しているのは間違いないだろう。だが、ここで焦ってキャンプの話に移るのが得策とは思われない。

「広子ちゃんの気持ちはありがたいけど、彼女、ちょっと心配しすぎなんです。いつまでもぼくが、ろくに外出もできなかった中学生のころのままだと思ってる。こうやって外で人に会うくらいわけもないし、団地の人の目が冷たいから昼間は家にいることが多いけど、夜になれば外をウォーキングして体を動かしたりもするのに」

そう言って、彼は苦笑した。強がりにも聞こえるが、これまで話を聞いている限りでは、そんなことで見栄を張る人ではないように思える。

ウェイトレスが注文の品を運んできた。和樹はアイスティーにストローを差し、氷を軽くかき回してから言う。

「それで、連続失踪のことが聞きたい、というお話でしたけど」

「さっきも話したとおり、失踪した三人のほかにも、協力者がいると考えていまして。僕らは、次は斎藤隼人くんか、慎司くんが失踪するんじゃないかと疑っています」

すると、和樹は笑った。

「隼人くんはありうると思います。でも、うちの弟はどうかな」

「と、言うと？」

「あいつ、ほかの子にくっついて回ってるだけだから。ほかの子から、対等な仲間だと思ってもらえてるのかな」

実の兄の評価だ。公平かどうかはわからないが、他人からは見えない側面が見えている可能性はある。

「慎司は、自分では何ひとつ決められないんです。塾だってほかの子が決めたから真似しただけで、遊ぶときも、自分から混ぜてとは言えないまま、いつの間にかそこにいて混ぜてもらっている感じですから」

「どういうときに、そんな場面を目にしたのかな。たとえば——きみもスタッフとして参加していたという、キャンプの日とか?」

努めて自然な流れでキャンプという単語を出したつもりだったのだが、和樹の表情にはとまどいが浮かんだ。

「確かにぼくも、スタッフとして参加していましたけど……」

「慎司くんたち、夜中にロッジを抜け出そうとして安田さんに捕まったんですよね。それって行動をともにしていたわけで、彼らの仲がいい証拠じゃないのかなあ」

これは本当に広子が花火を没収したのかどうかを確かめるための、一か八かの賭けだった。否定されれば、勘違いしていたと白《しら》を切ればいいだけの話だったが、和樹は引っかかってくれた。

「それ、広子ちゃんから聞いたんですか」

「いや、隼人くんたちから聞きました」

もちろん嘘だ。だが、広子から聞いたとするよりはまだ、嘘だとバレるリスクは低いだろう。

和樹はうなだれて、

「あいつら、しゃべっちゃったんだな……」

独り言めいていたが、僕は問いただす。

「しゃべっちゃった、というのは？」

「あ、いや……あいつら、あのとき花火やライターを持ってたから。火事を起こしたのはきみたちなんじゃないかって警察に疑われるよ、そのことは誰にも言わないほうがいい、って広子ちゃんに言われたらしいんです」

だから子供たちは、花火を没収されたことを黙っていたのか。

「でも、仲がいい証拠ってのは間違いですよ。あのとき弟は、ほかの子と一緒じゃなかったんです。とはいえ、あいつのせいでみんな広子ちゃんに捕まって花火を没収されたんですけど」

「……どういうことかな、慎司くんのせいってのは」

「広子ちゃんが最初に捕まえたのが、うちの弟だったんです。そこに、あとから隼人くん、健くん、美咲ちゃん、智子ちゃんの四人が鉢合わせをして一網打尽になりました」

どうして慎司だけ別行動をしていたのか、広子はその理由を彼らに訊ねたそうだ。

「うちの弟は、そもそも花火に誘われてなかったんです。あいつ怖がりで、暗いのとか怒られるのとかを嫌がるから。だけど弟にしてみたら、仲間外れにされたみたいでそれも嫌だったんでしょうね。で、自分は自分で買った花火を持ってきていて、ほかの子に置いていかれないためでしょう、ひと足先に抜け出そうとして捕まったみたいで」

「それは慎司くん、きまり悪かっただろうね」

「そのあとのことがなかったら、ほかの子からはだいぶ白い目で見られたと思いますよ」

「だけど子供たちは結局、花火ができなかったはずなのに、ゴミ置き場からは花火の燃え殻が見つかったっていうんだからおかしな話ですよね」

和樹は再び、とまどいを露《あら》わにした。

「記者さんたちは、連続失踪の話を聞きに来たんですよね？」

「あ、ああ、話が逸れてしまったね」

ここで機嫌を損ねられては困る。助けを求めるように隣を見たものの、佐々木はわれ関せずといった感じでタバコをふかしていた。

失踪についての取材も重要だが、何とかキャンプに関する話を引き出したい。考えつつ、僕は次の質問を繰り出した。

「あの子たち、どうして連続失踪なんて起こしてるんだと思います？」

美咲がキャンプと発言しただけでなく、いまや彼らの残した犯行声明文からも花火との関連を嗅ぎ取ることができている。失踪と火事にはつながりがあるはずなのだ。キャンプに参加したスタッフになら、そのつながりにぴんとくるものがあるかもしれない。

しかし和樹は何も答えずに、ストローでアイスティーを吸っている。僕は追撃した。

「彼らが残している犯行声明文、あの内容に何か感じた点はないかな」

「真実がどうとか、悪いやつらがどうとかっていう？　まるで意味がわかりません。たぶん子供たちも適当に書いてるだけなんでしょう……失踪なんてしょせん、ただの遊びですよ。あの歳で受験勉強させられて、夏休みまで塾がよいで、ストレスが溜まってるんだと思います。まあ、その原因の一端はいじめられたぼくにあるんだけど」

寂しそうに笑う。僕は、笑わなかった。

「きみは悪くない」

和樹は反応に困ったようだった。もしかすると、体裁の悪さも含まれていたのかもしれない。

「……あいつら、今年の四月から塾に行き始めたばかりなんです。慣れればどうということもないんだろうけど、やっぱり最初のうちは嫌なんでしょう」

「四年生でもう受験の準備を始めなければならないなんて、大変ですよね」

「でもうちの弟、このままだとほかの子と同じ中学に受かりそうにないんですよ。あいつ、バカだから」

不思議と悪口には聞こえず、むしろ弟への情がほのかに感じられた。

「塾がよいでもまだ足りなくて、最近は毎晩、自分の部屋にこもって勉強するようになりましたよ。気が散るからって、わざわざドアに掛け金までかけて」

何気ない発言だったが、佐々木が食いついた。

「掛け金？」

和樹はちょっと驚いた様子で、

「はい。あいつ、ナイスデイで金具を買ってきて、部屋のドアに自分で取りつけたんです」

和樹はその掛け金を、「丸い輪っかを反対側のプレートの細長く四角い穴に通して九十度くるりと回すもの」と説明した。倉庫の戸につけられていて、そこに南京錠がぶら下がっているのをよく見かけるやつだ。

「それは、いつごろの話だ」

「八月の、ちょうど真ん中くらいかな……勉強するから邪魔しないでって、まじめくさった顔でぼくと母さんに言ってきたんです。こっちは別に邪魔なんかしないのに」

「息子が部屋のドアに掛け金をかけることについて、親は何も言わなかったのか」

「そりゃ、嫌そうな顔はしてましたけど……すでに取りつけてしまったあとでしたし、弟も微妙な年頃ですからね。部屋に誰も入ってきてほしくないときくらいはあるだろうし。そもそもうちの親、息子にわりと無関心なんで」

「無関心、とは」聞き捨てならない台詞だ。

「それも、元はと言えばぼくのせいなんですけどね。中学に行けなくなったころ、母さんがあれこれ手を尽くしてくれたんだけど、当時のぼくにはそれが重かったっていうか、正直うっとうしくて。けっこうきついこと言っちゃったんです。それが母さんにはショックだったのか、あれ以来、人が変わったみたいになって。息子のやることに、一切口出ししなくなりました」

「父親は？」

「いません。慎司が生まれてすぐ、離婚しました」

だから単親家庭優遇制度のある城野原団地に入居した、ということらしい。女手一つで育ててきた息子たちとの接し方に悩む母親の胸中は、察するに余りある。

「話を戻しますけど、そんなわけで弟は毎日、夜の八時からきっかり一時間、ドアに掛け金をかけて集中してます。音も遮断したいからって、テープレコーダーで音楽を聴いてるから、呼んでも返事をしなくて」

「テープレコーダー？」

「持ち運び可能な小型のやつです。慎司はいつもイヤホンで音楽を聴いているみたいです。マイク内蔵で録音機能がついてるタイプだから、ウォークマンじゃなくてテープレコーダーなんです」

「慎司くん、音楽好きなんだ」僕は口をはさむ。

「そうみたいですね」

和樹はちょっとうれしそうに微笑んだ。

佐々木はタバコを持つ手を止めたまま、何ごとかを考え込んでいる。

「佐々木さん、何か」

「いや……考えすぎかな。八月の真ん中に始まったのなら」

彼がこの件を失踪と結びつけようとしていることは明らかだ。しかし彼の言うとおり、八月の真ん中はまだ智子すら失踪していない時期である。

それでも一応、佐々木は質問を重ねた。

「きみの家、二階だったな。弟の部屋に、出入りのできる窓はあるか」

「ベランダに出られる掃き出し窓があります」

「二階なら、ベランダから外に下りるのはわけないな。反対に、上ってくることはできそうか」

「どうでしょう。子供のころ、鍵を忘れて家に入れなかったことがあるんです。ベランダから入ろうとしたんですけど、足がかりになるようなものが何もなくてあきらめました。でもまあ、脚立とか使えば可能ですよ」

「では、きみの弟やそのくらいの歳の子供が、団地内を誰にも見つからずに移動することはできると思うか」

「それはもちろん、場所にもよりますけど……たいていの場所は行き来できるんじゃないかな。駐車場の車のあいだとか、植え込みの陰とか、そんなところを通れば」

問答を聞きながら、僕は佐々木の考えを読み取るべく頭をはたらかせる。

「もしかして佐々木さん、これからのことだけじゃなくて、これまでにも慎司くんがドアに掛け金をかけてベランダから自宅を抜け出していたんじゃないか、と考えているんですか」

これに、佐々木は控えめにうなずいた。

「隠れ家が団地内にあるのなら、人目につきにくい夜に部屋を抜け出て仲間の食料なんかを調達している可能性があるんじゃないか、とな」

「誰かが失踪中なら、慎司くんが部屋を抜け出したりしないかどうか、ベランダを見張っていれば解決する話でしたけどね。いまは確かめようがありません」

和樹は兄の立場から、佐々木の考えに賛同しなかった。

「あいつにそんな役目が務まるとは思えないな。暗いのを怖がって、どこへも行けないだけのような気がします」

しかし、慎司が部屋にこもっているというのはやはり気になる。その一時間で何ができるか。頭に留めておいたほうがいいかもしれない。

「というか、隠れ家が団地内にあると考えてるんですね。みんな、外にあるはずだって信じてるみたいですけど」

和樹がそう言うので、僕は例の入れ替わりのトリックについて話した。和樹は半信半疑といった風にそれを聞いた。

「だから僕らは、隠れ家は団地内にあると見ているわけだけど……団地の住民として、思い当たる場所はない？」

「ありません。丸四日も隠れることができて、しかも快適に過ごせるなんて、そんな都合のいい場所、団地内にはないと思います」

「じゃあ、逆に団地の外だとしたら、どこか心当たりは？」

和樹はあごに手を当てて考え込んだ。

「うーん、思いつくとしたら小学校の裏山かな……あそこはぼくも小さいころ、秘密基地を作ったりして遊んだ場所です」

「健くんのお父さんも同じ考えで、健くんの失踪時に裏山はしっかり捜したそうですよ」

「そうでしたか。まあ、前例がありますからね」

「前例って？」

「ちょうど一年くらい前に、団地の男子小学生が家出をして、夜遅くまで帰ってこなかったことがあったんです。裏山に隠れてたから、捜した親も見つけられなかったみたいで……結局、その子は自分で山を下りてきたところを保護されました。その日は雨が降っていたこともあり、彼は泥だらけでべそをかいていたそうですよ」

「そんなことが……でも、だとしたらやっぱり、清潔な姿で帰ってきた失踪児童たちが裏山に身を隠していたとは考えにくいですね」

そもそも自分から訊いておいて何だが、こちらは隠れ家が団地内にある前提で動いている。僕は裏山の話を打ち切ろうとしたのだが、

「裏山、か。いっぺん見といたほうがいいかもな」

思いがけず、佐々木がそんなことを言う。

「どうしてです。隠れ家がそこにないことは間違いなさそうなのに」

「一年前にも別の子供が、隠れ家として利用しようとした場所なんだ。失踪した子たちが、同じ発想をした可能性はある。見ておくに越したことはないだろう」

「否定はできませんけど……」

「案外、ほかの人が見つけられなかった隠れ家がぽろっと見つかるかもしれん。何もないならないで、裏山は無関係だと結論づけられる。この手の取材は、そうやって可能性を潰していくのも大事なことだ」

急にもっともらしいことを言う。そういや僕はいま、取材のやり方を教わる立場だった。

「わかりました。では裏山へも行くことにしましょう」

お疲れさまです、と和樹がつぶやき、なくなりかけたアイスティーをずるずる音を立てて吸った。

その後も僕らは和樹と話を続けたが、キャンプの話題にうまくつなげることはできなかった。次の月曜に慎司が失踪するかもしれない、と僕は和樹に告げたものの、彼にはまるで響かなかったようだった。

ファミレスを出て、和樹と別れる。彼の後ろ姿は、弟に瓜二つだった。

「もし、火災の原因が彼らスタッフにあったことが発覚したら――」

和樹の小さくなる背中を見つめながら、僕は言う。

「彼らはもう、城野原団地には住めなくなるんでしょうか」

「さあ。そういうこともあるかもな」

佐々木に同情の気配はない。

「団地を追い出されたら、和樹くんみたいな人はどうやって生きていけばいいんでしょう。満足な社会生活を送れるほどには、まだ立ち直れていないみたいなのに。そういう状況に追いやってしまうおそれがあるとわかっていて、それでも僕らは真実を追求すべきなのでしょうか」

「そんなことをいちいち気にしてたら、ウラガワみたいな雑誌は作れないぞ」

発言は突き放すような冷たいものだが、声音《こわね》には意外な温かみが感じられた。

「彼も追い込まれたら追い込まれたでたくましく生きていくかもしれない。それに、彼らが花火をやったんだとしたら、自業自得の面もある。たとえ彼がこの先苦労したって、それはおまえが悪いんじゃないさ」

――きみは悪くない。

自分が和樹にかけたのと同様の言葉を、今度は自分が佐々木からかけられた。

それでようやく、この言葉を相手の心に届かせるのは難しいのだ、と思い知った。

2

「大人は立ち入るのも大変、とは聞きましたけど――」

自分の意思で、そこで言葉を切ったのではない。脇に立つ木から伸びた枝が顔の前をふさぐので、払いのけないとしゃべれなかったのだ。

「正直、ここまでとは思いませんでした」

来た方向を振り返る。数歩遅れてついてくる佐々木が、肩で息をしながら立ち止まった。

「俺もいま、思いきり後悔してるところだよ。いっぺん見といたほうがいい、なんて言ったことを」

二十一日土曜日は、ここ数日と変わらず涼しい日だった。にもかかわらず僕は、まるで真夏に戻ったかのように、大粒の汗をこめかみに垂らしている――城野原小学校の裏にある小山、通称裏山を登っている最中である。

失踪児童がここにいた可能性は低い。とはいえ、佐々木が主張したとおり、見ておくに越したことはない。さんざん団地の中を探し回ったあとで結局、隠れ家は裏山にありました、なんてことになれば目も当てられないからだ。

取材では歩き回るので、それなりに動きやすい恰好をしている。あの程度の小山なら問題はあるまい。そう、なめてかかったのが間違いだった。

というのもこの裏山、迂回路が別にきちんと整備されているので、どこへ行くにも山裾さえ通る必要がないのだ。里崎正臣が、大人の目が行き届いていないと説明したのは正しく、僕らは人の手が入っていない斜面を、生い茂る草や木をかき分けながら進むしかなかったのである。

昨日は城野原に雨が降り、登山のできるコンディションではなかった。本日は気温こそそれほど高くはないが晴天、そろそろ陽も傾き始める時刻だというのに、日光に温められた草はむっとするにおいを放っている。足場は悪く、無秩序に伸びる木の枝を避けたりくぐったりしているうちに、僕の着てきたポロシャツはたちまち汗で濃い色に変わった。

もっとも、僕がこれだけ苦しんでいるのだから、ひと回り以上も歳上でかつ健康に気を遣っているようにはまったく見えない佐々木が、つらくないわけはない。

「ちっ。何で俺がこんな目に」

山に入って十五分も経つころには、彼の発する呪詛《じゅそ》が後ろからしきりに届くようになっていた。

「引き返します？　どうせ何も見つかりやしませんよ」僕は言う。

「ここで引き返したら、登ってきた苦労が水の泡になるだろうが」

「山頂まで登っても、やっぱり水の泡になるかもしれません」

「うるさいぞ、サル。取材なんてもんは、八割がた空振りし続けるものなんだ。その空振りは決して無駄じゃない、意味のある空振りなんだよ」

空振りって認めちゃってるじゃないか。

裾野のほうは丈の低い木や草が多かったが、山頂に近づくにつれて大木が増え、いくらか歩きやすくなった。木々の隙間からのぞく青空に目を細めていると、佐々木が急に立ち止まる。

「おい、サル」

「何でしょう」

「いま、あのコナラの陰からガサガサって音がした」

佐々木は右方の、根元から二股に分かれた木を指差した。見ただけでよくコナラだなんてわかるな。

「野生の動物ですかね」

「こんな小山にいるものかな」

「まあ、鳥や野良猫くらいなら――」

そう言いかけたとき、コナラの陰から、黒い影がぬっと姿を現した。それが明らかに鳥や猫ではないサイズだったので、僕は悲鳴を上げてしまった。

「ひっ！」

「……何してんの、おじさんたち」

声がしたので、逃げ出しかけた足を止めた。

「や、やあ。また会ったね」

飯塚忠が立っていた。それにしても、この子とばかり本当によく会う。相手が同世代の異性なら、きっと僕は運命とすら感じていただろう。

月曜日に出会ったときと違い、今日はひとりだ。ハーフパンツにTシャツという軽装で、表情は相変わらず醒めている。

「取材をしてるんだよ。確かめたいことがあってね」

「ふうん。遊んでるのかと思った」

これだけ必死に汗をかいていても、遊んでるように見えるのか。

「失踪した子供たちの隠れ家を探してるんだ。前にも家出した子供が裏山に隠れてたことがあるって聞いたから、見に来たんだよ。もしかしたら失踪中の子供がいた痕跡が見つかるかもしれない、と思ってね」

「あいつらの隠れ家なら、ここにはないですよ」

予想外の断定口調に、僕は目をしばたたく。

「彼らの隠れ家がどこにあるのか、知ってるの」

「いや。でも、ここじゃないです」

「どうしてそう言いきれる？」

忠は両腕を広げた。

「ここは傘外で、ぼくらの縄張りだから。あいつらに、隠れ家なんて作らせない」

縄張り、ときたか。団地の子と傘外の子とのあいだにある対抗意識は、こんなところにまで及んでいるらしい。ますます『ウエスト・サイド物語』めいてきた。

「きみたち傘外の子に見つからないよう、こっそり作っているということはない？」

「隠れ家があるのなら、あいつらここに何度も来てるはずです。ぼくもよく来るから、あいつらが来てたら気づかないわけはない」

「慎司くんのお兄さんは、自分も幼いころ裏山で秘密基地を作ったりして遊んだって言ってたけど……」

「昔の話でしょ。いまは団地のやつらが裏山で秘密基地を作ることなんてありえない」

状況が変わった、というわけか。それもまた、七年前の城野原中学でのいじめに端を発しているのかもしれない。

後ろを向く。佐々木は片手を腰に当て、のんびりと言った。

「傘外の子のリーダーが言うのなら、そのとおりなんだろうな」

思いのほか素直に受け入れる。忠の面子《めんつ》に配慮しただけかもしれないが。

「教えてくれてありがとう。ところで、忠くんは何してたの」

僕が訊ねると、忠は近くの木の枝を、手のひらで弾いた。

「いまからここで遊ぼうと思って」

「ひとりで?」

「あとから友達も来ますよ。ぼくが最初に着いただけ。家、すぐそこだから」

「へえ。この辺に住んでるんだ」

するとと忠は振り返り、ふもとのほうを指差した。

「見えますか。あの黒い家」

木々にさえぎられ、部分的にしか見えないけれど、それでも広い庭のある邸宅だとわかった。黒いのは光沢のある屋根瓦で、段差がなく続いているから平屋だ。母屋《おもや》は横に長く、その隣には離れまである。城野原小学校とは、この山をはさんでちょうど反対側になるあたりだ。

「あれがぼくんちで、離れになってるのがぼくの部屋。だからこの山は、ぼくにとって庭みたいなものなんです」

「それでさっき、縄張りだって言ったんだね」

彼なりに、この裏山に思い入れがあるようだ。

「そう。だから、あいつらにここで好き勝手はさせません。ほっといたら、この山まで火事になっちゃうかもしれないし」

子供らしいあけすけなもの言いに、僕は面食らった。思わず言い返してしまう。

「隼人くんたち、キャンプに持っていった花火、結局できなかったんだってよ。ロッジを抜け出すのに失敗して、没収されたみたい」

ほんの一瞬、忠が口元をニヤリとゆがませたように見えたのは、隼人たちの失敗に対する嘲笑だったのか。

「おじさんたち、あいつらの敵なの。それとも味方なの」

「僕らはただ、本当のことが知りたいだけだ。きみたちも、ありもしないことで彼らを悪く言うのはやめたほうがいいよ」

「あいつらが花火をやっていないんなら、やっていないって信じてもらえるように、自分たちで何とかしなきゃいけないんじゃないの。証拠を見せるとかさ」

返答に窮《きゆう》する。忠はじれたように地面を何度か蹴り、告げた。

「おじさんたち、もう帰りなよ。そろそろ友達が来るから」

「僕らがいたら邪魔ってことかな」

忠はうなずく。遠慮のない返答に苦笑したのち、僕らは言われたとおりに下山を始めた。

3

アスファルトの地面を踏むと、人心地がついた。山にいるあいだは木々に阻《はば》まれて感じなかった、秋のそよ風がさわやかだ。

ハンドタオルで額の汗を拭っていると、佐々木が思わぬことを言った。

「なあ、サル。疲れたろう。今日はもう終わりにしようぜ」

「えっ。そりゃ疲れましたけど……まだ、陽も高いですよ」

佐々木はわざとらしく、太ももをこぶしで叩く。

「俺の足が限界なんだよ。情けないこと言わせるな」

「はあ、そういうことなら。佐々木さん、もう都内へ戻るんですか？」

「俺はひとつ用事を済ませてから帰る。個人的なことだ。おまえは先に帰ってくれてかまわない」

どうも怪しい。本人は自然に振る舞っているつもりかもしれないが、言葉に白々しい響きがある。

僕はまだ、佐々木のことをどこまで信用していいかわからずにいた。いまの彼の態度は、もしかすると彼が僕に何か隠しているように感じたことと関係しているのではないか。

「わかりました。では、お先に失礼させてもらいますね」

素直な青年を演じるその裏で、生来の好奇心がふつふつと湧き始める。

「お疲れさまでした。明日もいつもどおり、城野原駅に集合ということで」

「おう。お疲れ」

僕は先に歩き出して角を曲がると、急ぎ足で区画を回って裏山のほうへ戻った。そして、ひとりになり安心しきった様子の佐々木の背後についた——尾行開始である。

佐々木は駅方面に向かってまっすぐ歩くと、駅前のロータリーにある花屋に寄り、小さな花束を買った。遠目だと花の種類までは識別できなかったが、オレンジや黄色の寄り集まった、秋らしくかわいらしい花束である。

先だっても、花かごを持つ忠の姿を見たな。そのときの記憶をなぞるように、佐々木は城野原東公園を抜けて見覚えのある路地を進み、川原母子が住む古いアパートの前で立ち止まった。

なぜ僕を帰そうとしたのか。これのどこが個人的な用事なのか。事情はわからないが、佐々木が川原宅を訪問しようとしていることはわかった。けれど半端な距離を置いたまま、彼はなかなかドアのほうへ進もうとせず、落ち着きなくあたりを見回している。

その視線がこちらに向けられそうになったので、僕は慌ててアパートの裏手に回り、身を潜めた。

裏側は建物の一階部分が庭、二階部分がベランダになっていた。部屋ごとに大きな掃き出し窓があり、川原宅の窓には薄いレースカーテンが引かれている。周囲に室外機は見当たらず、室内にエアコンが設置されていないのであろうことが推察される。

窓に目をこらすと、室内にベッドが置いてあるのが見えた。その上に横たわっているのは、たぶん子供だ。こちらに向けられた足の裏は小さく、皮をむいた桃のようにつるんとしている。

川原七海——カーテン越しではあるけれど、僕は初めてその少女を目の当《ま》たりにしていた。顔立ちまではよく見えないが、それでも少女は確かにそこにいて、意識はなくとも呼吸をしていた。

そのとき僕は、これまでの自分が、ひとりの少女が意識不明になった悲劇を、遠い異国の話ででもあるかのように受け止めていたことを思い知らされた。ベッドに臥《ふ》した少女の痛ましい姿を目にして、ようやくことの重大さを実感した——何の罪もないであろう少女が、深い深い意識の底に沈み込んで浮上することのないまま、四ヶ月という月日を無為に送っている悲劇を。僕はその場に立ち尽くした。佐々木を尾行中であることすら、その瞬間は忘れてしまっていた。

「——帰って!」

突然、表のほうから女性の怒鳴り声が聞こえてきて、僕はわれに返った。おっかなびっくり、アパートの玄関へと回ると、月曜にも見かけた女性——川原七海の母親が、自宅の玄関に立って開いたドアを押さえていた。その顔は、ひと目でわかるほど怒りにゆがんでいる。

佐々木が怒鳴られたのかと思ったが、違った。二人の女の子が、七海の母親の正面で首をすくめている。よく見ると、福永智子と中井美咲だった。

「団地の子は来ないでって言ったでしょ! うちの娘を、仲間外れにしたくせに」

母親は、ものすごい剣幕で少女たちを罵《ののし》る。美咲が訴えた。

「わたしたち、そんなことしてません。七海ちゃんと仲よくしてたから、お見舞いに……」

「いまさらいい子ぶったって、騙されないんだから」

忠たちが見舞いに来たときとは、別人のような対応である。

「娘に会って、また何か意地悪するつもりでしょう。さては先月、何度もいたずら電話をかけてきたのもあなたたちね」

「違います、そんなの知らない……」

「とにかく帰って！　もううちの娘に関わらないで」

勢いよくドアが閉まる。二人の女の子は、悄然《しょうぜん》としてその場を立ち去った。

自分がしばらく息を潜めていたことに気づき、大きく息を吸い込んだ。七海の母親は、かなり精神的にまいっているようだ。娘の身に起きた悲劇を受け入れられず、誰かを憎みたくなるのも無理はない。しかしあれでは美咲たちがかわいそうだ、などと思っていると――。

「サル」

背後から声をかけられ、縮み上がった。振り返ると、花束を手にしたままの佐々木が立っていた。

「おまえ、帰ったんじゃなかったのか。また単独取材か？」

「えっと、まあ、そんなところです……この辺を通りかかったら、アパートのほうから女の人の怒鳴り声が聞こえたので」

「それで、こんなところにいたってわけか」

「佐々木さんも近くにいたなんて、奇遇ですね」

別れた直後から尾行していたことをごまかすので精いっぱいだった。

「おまえ、確か前にもここに来たと話していたな」

「はい。偶然、お見舞いに来た忠くんたちを見かけて」

「ならわかるだろうが、さっき怒鳴ってたのが川原七海の母親の久仁子《くにこ》だ。びっくりしただろう。子供相手に、気でも触れたみたいだったな」

「何ごとかとは思いましたけど。看病疲れで、不安定になっているんでしょうか」

「そうだなあ……」

佐々木は顔を曇らせる。

「医者の話じゃ、七海は火事の際に酸欠で意識不明に陥ったんだが、そのとき脳に障害が残ったのか、あるいはほかに精神的ショックでも受けたせいなのか、ともかくいまも意識が戻っていない理由をはっきり特定できていないんだそうだ。これ以上は治療の施しようもなく、意識の回復を待つしかないからと、三ヶ月で病院を追い出されたんだと。まあ、入院費用の兼ね合いも当然あっただろうな」

見るからに家賃の安そうなアパートに住んでいることからも、川原家の財政に余裕がないことは想像がつく。

「母親の久仁子はそれまでスーパーのパートをしていたが、現在は休職中で、トイレや風呂の時間を除けば、ほとんど娘につきっきりらしい。そのうえ結婚生活のことで過去にトラブルがあったせいで親と折り合いが悪く、この期に及んで助けを求めることもできないんだとか。そんな生活が続いているうえに、先の見通しも立っていないっていうんだから、気が滅入る話だよな」

「そりゃあ、美咲ちゃんたちにあんな態度を取りたくもなりますよね。でも、仲間外れはなかったみたいだし、花火もスタッフに没収されたわけだし、団地の子たちは何も悪くないのになあ……」

僕はため息をつく。と、佐々木が意外なことを口にした。

「おまえ、思い込みがあるんじゃないか」

「と、言いますと」

「団地の子たちが花火をやらなかったのは事実だが、だからと言って火事を起こしていないとは限らないんだぞ。彼らが花火を使わずに火遊びをした可能性もあるし、放火だってしていないとは言いきれん」

絶句した。言われてみれば、僕は団地の子たちが花火を没収されたことを和樹との会話により確かめた段階で、彼らに対する嫌疑は晴れたものと思い込んでしまっていた。花火を没収された以上、ロッジを抜け出す動機はなくなったように見えたことも理由のひとつだが、実際には彼らがロッジでおとなしくしていたという証拠などどこにもない。

「もっとも、だとしたら彼らが連続失踪で注目を集めるのはおかしい、という考えは変わらんがな。ただ、あまり思考に盲点を作らないように気をつけろ。同様に、スタッフが花火をやったからと言って、それが失火の原因になったと決めつけることもできないわけだ」

その言葉を聞いて、反省した。思い返せば、僕は人から言われたことをひたすら真に受けてばかりいた。広子が放火と言えば放火なのだと思い、マユから団地の子が花火をやったせいだと聞けばそれを信じ、佐々木が花火に火をつけたのはスタッフだったという可能性に思い至ればスタッフを疑った。単純すぎる自分に呆れる。

思考に盲点を作らない。僕は一度目をつぶったあとで、大きく見開いた。それは思考というより単に視界から盲点を取り除くような気持ちでやったことで、つまり大した意味はなかったのだが、そのときあらためて目に映ったものに僕の意識は奪われた。

川原母子の住むアパートである。

僕は、新たな盲点に気づいてしまったのだ——川原七海が、火事を起こしたとは考えられないのか？

考えてみれば、たとえトイレにいたせいでスタッフの避難誘導を聞き逃したのだとしても、ひとりだけ間違えて山頂方面に逃げたというのは不自然に感じる。ほかに避難している子供やスタッフはひとりも見当たらなかったのか。また、いくら子供で、パニックに陥っていたといっても、避難しようと思えば普通、山を登るよりは下りるほうを選ぶのではないか。言わずもがな、下りるほうがずっと速いからだ。

もちろん、このあたりはロッジと登山道など避難経路との位置関係にも左右されるので、はっきりしたことは言えない。だが、仮に七海が失火なり放火なりで火事を発生させ、その事実を認識していたのだとしたら、ただ避難しようとしている子供たちとはまったく異なる行動を取った可能性はある——たとえば、自分で火を消さなければと思い、ふもとに下りる登山道が炎に包まれるまでずっとどこかから水を運び続けていたとか。

そうなると、七海の意識が戻らない理由にも説明がつきそうな気がしてくる。彼女は目を醒ますことを恐れているのだ。目を醒ましたら、自身の罪と向き合わなければいけなくなるから。そんなことが医学的にありうるのかはわからないが、僕はじゅうぶん考えられると思う。

川原七海も、キャンプの火事における重要な容疑者のひとりだ——。

突如黙り込んだ僕の視線の先にあるものを見て、佐々木は勘違いをしたようだった。ポケットに手を突っ込みながら、

「サル、もしかして七海に会いたいのか」

「えっ、ああ……さっき、窓からちょっとだけ姿を見ました。カーテン越しだったので、よく見えなかったけど」

われに返って、僕は答える。

「母親があんな調子だから、会うのは難しいと思うがな。これなら見せてやれるぞ」

佐々木がポケットから取り出したものを、僕は受け取った。

それは、一葉の写真だった。

どこかの海辺の防波堤を写している。中央にいるのは、美咲たちと同じ年ごろの女の子だった。片足に体重を乗せて立ち、カメラに向けてピースサインを作っている。つやつやした髪は長く、目鼻立ちは全体的に丸っこい。タータンチェックのワンピースが、いかにもおめかしをしたという感じでかわいらしかった。

「この子は……」

「七海だよ。元気だったころの、な」

心臓をきゅっとつかまれたみたいになった。窓越しに見た、足の裏がフラッシュバックする。

「これ、どうやって入手したんですか」

「七海の母親にもらったんだよ」

「そうか。火事について取材をしていたときには、七海ちゃんのお母さんからも話を聞けたんですね」

佐々木はかつての取材で七海についても調べていたようだ。ならば七海の見舞いをする気持ちは理解できるが、僕に黙ってというのが解せない。彼は、いったい何を隠しているのだろうか。

僕は写真を返した。佐々木はそれを受け取ってポケットにしまうと、言った。

「キャンプのことも気にはなるが、月曜日が近い。明日からはいったん、連続失踪に集中しよう」

「次の月曜日に、新たな失踪が起きると思いますか」

「ああ。あいつらはやるよ。きっと、な」

どこか、自分に言い聞かせるようでもあった。ここで終わってもらっちゃ困ると、その眼差しが訴えていた。

4

「……新たな失踪を防ぐべく、俺たちはもっとも原始的な方法を採ろうと思う」

九月二十二日日曜日、城野原駅で待ち合わせて団地へ向かう途中で、佐々木は本日の方針を述べた。

「原始的な方法が、なぜ長年にわたり使われ続けてきたのか。それは、言うまでもなく有効だからだ。わかるな」

「はあ。で、その方法とは」

佐々木はなぜか得意そうにしている。

「見張りだよ。明日は失踪のおそれのある子供を、徹底的に見張ることにする」

そんなことだろう、と思ってはいた。

「明日は秋分の日で、小学校は休みです。もし失踪が起こるとしたら、団地の内部で始まる可能性が高いですね」

「彼らが登校日に合わせて、つまり火曜日に動く可能性もないではないが、それは明日何も起こらなかったときに考えればいいからな。というわけで俺たちはいま一度、効果的な見張りのために、団地内をしっかり下見しておく必要がある」

城野原団地にたどり着く。この踏切を渡るのも、もう何度めだろう。

「で、どこへ行きますか」

「失踪しそうな子供の家だな。石野慎司か斎藤隼人、間違いなく二人のうちのどちらかだろう」

というより、ほかの子が失踪するのだとしたら、僕らには見当もつかない。

「隼人くんちの部屋番号、まだ知りませんね。先に慎司くんの自宅へ向かいましょう」

建ち並ぶ住居棟のあいだを縫って二十五号棟へ行き、二階へと上がった。チャイムに対応して出てきたのは、石野和樹だった。

「また来たんですね」

「慎司くん、います？」

慎司に事前に接触しておきたかったわけではなく、ちょっと顔でも見ておこうか、くらいの気持ちだった。しかし、和樹はかぶりを振った。

「あいつ、友達と遊びにいってます」

「そう。慎司くんの部屋って、どの位置にあるのかな」

「外に回って見たらわかりますよ。青いカーテンがかかってるのが、弟の部屋です」

本当は慎司の部屋に入って掛け金などを見てみたかったが、さすがにいきなり上げてくれとは言えない。僕は棟を出ようとしたけれど、佐々木が会話を継いだ。

「隣には、福永智子が住んでいるな」

二〇二号室のドアを見やる。そこは以前、広子に案内されて訪ねた智子の自宅だった。

「そうですよ。お隣さんてことで、家族ぐるみの付き合いです。おばさんは駅前のパン屋で働いてるから、たまにおすそ分けをもらったり、ね」

駅前のパン屋――その言葉を聞いてようやく、僕が初めて智子を見かけた際に、誰かに似ていると感じたことが腑《ふ》に落ちた。城野原取材の初日、佐々木は駅前のパン屋でパンを買ったが、あのとき接客してくれた店員が智子の母親だったに違いない。何のことはない、僕は智子を見て、血のつながった母親に似ていると感じたのだ。

「うち、片親でお金もないから、食べ物とか助かるんですよね。向こうも母ひとり子ひとりで、苦労がわかるんでしょうけど」

「智子ちゃんも母子家庭なんですか。この団地は単親家庭を優遇する制度があると聞いたけど、実際に単親家庭が多いんですね。健くんのところも、お父さんと息子二人の三人暮らしだって聞きましたよ」

そうそう、と和樹はうなずいて、

「隼人くんと美咲ちゃんは、母と子の二人暮らしですよ」

「彼らの仲がいいのは、そういう家庭環境も影響してるんでしょうか」

「少なからず、というところですね。どうしても親が仕事なんかで子供の面倒を見られないとき、ほかの家にあずかってもらうみたいなことは日常茶飯事ですから」

父親あるいは母親しか持たない子供どうしが、それのみを理由に仲よくしていたわけではあるまい。子供たちは友達を選ぶとき、親のことなど普通は気にしないだろう。ただ、単親家庭という環境そのものが、子供たち自身が意識するかどうかは別にして、彼らの交友に影響を及ぼした面はあったようだ。

「単親家庭……特に母子家庭だと、経済的に苦しいところもありそうだが」

佐々木がためらいがちに言う。和樹はべつだん気を悪くした風ではなかった。

「うちはそうだし、ほかの家も大なり小なり同じだと思いますよ」

「なのに塾にかよわせて、私立中学に行かせるのか。大変だな」

「仕方がないですよ。誰だって、ぼくみたいにいじめられたくはないでしょうし」

和樹は軽い調子で言うが、その一言の陰にどれほどの苦しみがあったのだろう。

「団地の子の多くが私立中学に行きますよね。すると城野原中学からは団地の子が減って、ますますいじめられる可能性が高まる。悪循環ですよ。どんなに家計が苦しくても、そんなところにわが子を行かせたがる親はいない。ライオンの檻《おり》にウサギを放つようなものです」

「母子家庭で収入に不安があるから、単親家庭優遇制度のある団地に入居した。にもかかわらず塾にかよわせ、高い学費を払って私立中学に行かせないといけない……」

「この団地には、残酷なねじれが生じているようですね」

僕はそう表現する。佐々木はもの憂《う》げな表情を浮かべ、

「問題は、それがここ五、六年の現象だということだ。中学受験を控えた児童を持つ家庭の多くはきっと、そうなる以前からこの団地に住んでいた。その後の事情で私立中学へ行かせることになるなんて、誰にも予測できなかったに違いない。さぞかし嘆き、憤っていることだろうな」

「中には団地を出ていった家もあるけど、それはそれで家計を圧迫するでしょうからね。どこの家庭も苦しいと思いますよ」

和樹が言葉を切ると、どんよりとした空気が流れた。たぶん、こんな空気がここ五年ほど、城野原団地には充満しているのだ。

「そう言えば、七海ちゃんも母子家庭でしたね」

沈黙をつらく感じた僕は、思い浮かんだことをそのまま口にした。

「それも、傘外の住民でありながら、キャンプに参加した一因だったのかな」

「あの子の家庭、いずれ団地に越してくるつもりだったんでしょう。前もって団地の子と仲よくなっておこうと考えるのは自然なことですよ」

「詳しいんだな。キャンプのときに、本人から聞いたのか」

佐々木のさりげない追及を、和樹はさらりとかわした。

「弟に聞いたんです。クラスメイトだから、そのくらいの話はしたんじゃないですか」

僕らの想像する以上に、七海は団地の子たちと打ち解けていたのかもしれない。しかし、だとしても母親の久仁子があの様子では、この先七海の意識が回復したところで城野原団地に住むことはありそうにない。七海がかわいそうな気もする。

「これから隼人くんの家に行ってみようと思ってるんだけど、どこなのか知ってますか？」

「二号棟の二〇一号室ですよ」

和樹はすらすらと答えた。

礼を言い、僕らは二十五号棟を辞した。ベランダのほうに回るとすぐに、慎司の部屋の青いカーテンが確認できた。建物の角にあたる部屋で、右隣はリビングだと思われ、いまはカーテンは引かれていない。

さらに視線をスライドすると、災害時に蹴破ることができる隔て板をはさんで、黄色いチェック柄のカーテンが目に入った。

「あれが智子ちゃんの部屋ですかね」

「だろうな。ひとりっ子とのことだったから」

あのカーテンは、いかにも子供部屋といった感じの柄だ。

「明日はここで見張ることになるわけですね」

「ああ。玄関のほうは、家族が気をつけていてくれるだろう」

ひとしきり周囲を観察してから、僕らは次の目的地に移動した。

二十五号棟から二号棟までは、歩いて四、五分という距離だった。およそ四百メートルといったところか。住居棟を移動するだけでもこれほど時間がかかるのだから、城野原団地がいかに広いかがわかる。

たまたまだろうが、二〇一号室というのは石野宅と同じだ。二号棟でもやはり建物の端にあたり、角の部屋の窓には緑のカーテンがかかっていた。これもまた、その色合いから子供部屋らしいという印象を抱く。

棟に入って階段を上り、二〇一号室のチャイムを鳴らした。室内で人の動く気配がして、女性がドアを開けた。

「どちらさまですか」

はきはきしたもの言いだ。くっきりと引かれた眉が印象的な、隼人に似て美人の女性である。団地住民にしばしば見られがちな、排他的な空気は感じられなかった。

「突然すみません。僕ら、こういう者でして」

名刺を渡し、事情を説明する。雑誌記者が連続失踪について調べているという噂はすでに耳にしていたようで、女性は得心した様子だったが、それでも警戒を露わにすることはなかった。

「息子はいま、家にいないんです」

「ベランダに面した緑のカーテンの部屋が、隼人くんの自室で間違いないですね」

「ええ」

「僕たちは明日、新たな失踪が起こる可能性が高いと考えています。隼人くんは、失踪の最有力候補のひとりです」

意外にも、隼人の母親は表情を緩めた。

「もちろん、承知しております」

「なら話が早い。明日は必ず、息子さんから目を離さないでください」

「そのつもりでした。明日は祝日で、仕事も休みですから」

おや、と思う。この人、何だか余裕がありすぎはしないか?

「しかし、そうは言っても限界があるでしょう。息子さんが自室にこもってしまえば、目は行き届かなくなる。ベランダから逃げることだって可能だ」

佐々木のこれは、母親に対する警告のようにも聞こえた。けれども母親は笑って、

「そんなこと言ったって、息子を縛りつけておくわけにもいきませんしね」

ひと呼吸置いたのち、佐々木が訊ねる。

「失礼ですが、本当に息子さんのことをご心配なさってますか。あなたからは、真剣味のようなものがあまり感じられないのですが」

さすがに隼人の母親は表情を引き締めたが、怒りはしなかった。

「当然心配しています。でも、何よりも、私は息子を信じていますので」

「それはつまり、親に黙って失踪なんてするはずがない、と？」

「いいえ。息子がどうしてもやりたいことならば、そこには切実な理由があるのだろうと受け止めている、という意味です」

その一言に、僕は虚を衝かれた。母親は語る。

「城野原に越してきたとき、私たち母子は経済的に苦しく、路頭に迷いかけていました。私は必死で働いて、何とか生活を立て直しましたが、そのぶん息子に構ってあげられないことも多くて。それでもあの子は泣き言ひとつ言わず、何でも自分の力でやり遂げてきました。私にとって、あの子は誇りです」

斎藤隼人の、意志の強そうな顔立ちが思い出される。

「私はあの子の意志を尊重したい。あの子を注意深く見守るのは親の務めですが、それさえも振り切ってあの子が失踪しようというのなら、それほどまでに強い思いがあるのなら、止められなくても仕方がないと考えています。むろん、城野原の住民たちをお騒がせしてしまっていることは申し開きのしようもなく、しかるべきときが来たら、息子ともども頭を下げる覚悟はできています。ですが、それはすべての事情が明らかになってからです。息子がいまはまだそうすべきときではないと言うのなら、彼のほうから話をしてくれるのを、私はいつまででも待ちます」

人によっては、聞こえのいい言葉で無責任さを糊塗しているだけのように感じられたかもしれない。だが、僕は信用してもいいと思った。彼女の、母親としての信念を。

佐々木はきっと、子供のいない僕とはまた違った感想を抱いたはずだ。彼は半分呆れた風で、もう半分はどこか楽しげに、

「息子さんを拘束する必要はないが、せめて玄関だけでも気をつけていてくださると助かります。ベランダのほうは、われわれが見張りますので」

と言った。

「まあ。ご面倒をおかけしてしまい、すみません」母親が恐縮する。

「お気になさらず。これも、仕事のうちなのでね。では」

母親と別れ、二号棟を出る。佐々木がつぶやいた。

「いろんな親がいるもんだな」

「僕も、同じことを思っていました」

息子をして無関心だと言わしめる、和樹と慎司の母親。息子を信じていると言い切る、隼人の親。健の、美咲の、智子の親。当たり前だがみんな違っていて、どの親が正しいと判じられるわけでもない。いろんな子供がいていいように、いろんな親がいたっていいはずだ。

「さて、と。いよいよだな」

佐々木が伸びをしながら言った。

「決戦ですね。何だかわくわくしてきましたよ」

キャンプのことを調べ始めてからというもの、僕の心は沈みがちだった。当然だ。ひとりの少女が意識不明になっていて、団地の子たちは疑いをかけられ、スタッフは花火で遊んだ事実を隠蔽しようとしているように見える。それを知っていてなお明るい気持ちでいられるとしたら、能天気にもほどがある。

けれど連続失踪については、子供らしい遊び心が感じられて楽しい気分になれるのだ。真相を突き止めて失踪を終わりにしたいと思う一方で、いつの間にか彼らが何か仕掛けてくるのを心待ちにしている自分がいる。

もしかしたら、あの子たちはキャンプの忌まわしい記憶を吹き飛ばし、みんなを楽しませるためにこんなことをやっているのではないか——なんて、まさか本気で考えはしない。けれど、だとしたらどんなにいいか。

「まじめにやれよ、サル」

苦笑する佐々木にたしなめられながらも、僕はつい、そんな風に思ってしまうのだった。

＊

「ついに、あさっては決戦の月曜日だ」

隼人が言うと、ほかの児童の表情はおのずと引き締まった。

二十一日の夕方、五人の児童は作戦会議の真っ最中だった。今日は誰かの家ではなく、屋外のとある場所に集まっている。

「次の失踪に取り掛かる前に、何か不安なこととかないか」

隼人が訊ねる。最初のうちは楽しさが勝ってはしゃぐばかりだった子供たちも、季節が夏から秋へ移り変わるように、このごろは落ち着きをもって作戦会議に臨んでいた。

「昨日知ったんだけど……」発言したのは慎司だった。「うちのお兄ちゃんが、あの記者さんたちと会って話をしたみたいなんだ」

「慎司のお兄ちゃんが？　何を訊かれたんだ」

「わかんない。ただお兄ちゃんから、『おまえ、まさか本当に失踪したりしないだろうな』って言われた」

「記者たちは、次に慎司が失踪するかもしれないって考えてるわけだ」

「たぶん、慎司だけじゃないよ。隼人も同じくらい、失踪するんじゃないかって思われてる」

智子の冷静な意見に、ほかの子供たちも賛同した。

「あの記者たちなら、おれんちにも来たぜ。なあ、隼人」

健が言い、隼人は首肯した。

「そのときおれも、健のうちにいたんだ。火曜日の昼ごろだったな」

「キャンプの前の日に花火を買ったんだって、なんて言ってきてさ。おれたちを疑ってるみたいで頭にきたから、追い返してやったよ」

健が得意そうに言ったところで、智子が首をかしげた。

「でもさ、花火を買ったのは本当なのに、そこで怒って追い返しちゃったらかえって怪しまれたんじゃないの」

「う……そうなのか？　一応、花火はやってないって言ったけど……」

「そんなの意味ないって。何のために失踪を続けてると思ってるの」

「そ、そうだよな。ごめん」

好意を寄せる智子に否定され、健はしょげ返る。そんな健を、隼人がかばった。

「健を止めなかったおれも悪かったよ。せめて、花火は没収されたってことだけでもはっきり言ったほうがよかったのかもしれないけど」

「でもそれ、火曜日の話だよね。いまはもう、あの記者たちも花火を没収されたこと知ってるみたいだったよ」

「そうなの？」智子が訊き返す。

「うん。そう聞いた」

「記者たちは、おれたちが花火をやってないって信じてくれたんだな」

隼人はうれしそうに言う。ほかの児童の顔もおのずと明るくなった。

「とにかくあさっての失踪だよ。トリックはこの前話したとおりだ」

「うまくいくかなあ」

心配そうな慎司に対し、隼人は自信をのぞかせる。

「大丈夫だよ。母さん、あさってはなるべく家から出ないようにって言っててさ、おれのこと見張る気満々なんだ。きっと慎司のうちもそうだよ」

「お母さんがぼくに直接何か言ってくることはないけど、お兄ちゃんが『失踪しないだろうな』なんて言うから、気にはしてるみたい」

「だろ。それに、あの記者たちはいまも取材をやめてはいないんだから、絶対邪魔しに来る。でも、それだけ見張りがあったほうが、きっとトリックは成功するんだ」

「おもしろいよね。普通、見張りがあったらだめなのに、逆に見張りがないとだめなんて」

「うまくいったら、みんなめちゃくちゃびっくりするだろうな」

智子と健が口々に、隼人のアイデアを称賛する。隼人は声にいっそう力を込めた。

「ここががんばりどころだぞ。しっかりやろう――そして、楽しい夏を取り戻すんだ！」

大きくうなずいた子供たちの横顔を、斜に射す夕陽が赤く照らした。

5

月曜日が、やってきた。

九月二十三日、僕と佐々木は、正午には城野原団地に到着した。午前中に失踪されるという懸念もなくはなかったが、これまでのケースに鑑みれば早くとも昼を過ぎてからだろう、という佐々木の言葉を信じることにした。

「これまでの失踪では、トリックの成立にほかの子の協力が欠かせなかった。したがって、とりあえず失踪候補の二人を含めた、子供たちの所在を確かめておく必要がある」

これから見張る予定の隼人と慎司は後回しにして、まずは里崎健の自宅へ向かった。玄関に出たのは、父親の正臣だった。

「健なら部屋にいますよ」

「あとで出かけるとか、そういう話はありませんか」

「いえ、特には。今日は家でおとなしくしてるみたいです」

今日失踪が起こるとして、健は関与しないのだろうか。

次は三十号棟三〇四号室、美咲の自宅へ行く。ここではチャイムに反応がなかった。裏手に回って三階のベランダを見上げると、カーテンが閉まっている。

「留守でしょうか」

「祝日だからな。親子で出かけていても不思議じゃない」

さらに二十五号棟に移動する。まず二〇二号室を訪問すると、智子本人が出てきた。

「智子ちゃん、ひとり?」

「うん。ママ、仕事行ってる」

パン屋に祝日は関係ないだろう。

「今日はずっと家にいるのかい」

「たぶん。塾も休みだし」

塾のほうは、祝日は休みになるらしい。僕は続けて訊く。

「さっき美咲ちゃんのおうちに行ったんだけど、留守だったんだ。どこに行っているのか知らない?」

「あー、美咲なら土曜の午後から東北のおばあちゃんちに行ってるよ。敬老の日には運動会で会えなかったから、その代わりだって」

「へえ。おばあちゃん思いなんだね」

「今日も帰りは遅くなるって言ってた。早く帰ってくればいいのに、つまんない」

せっかくの連休に友達と会えないので寂しいのだろう。それはさておき、帰りが遅くなるというのなら、美咲も失踪に関わる可能性は低そうだ。

僕らは智子に別れを告げ、そのまま隣の石野宅のチャイムを鳴らした。昨日と同じく、ドアを開けてくれたのは和樹だった。

「慎司のやつ、出かける気はなさそうですよ」

「弟に失踪されたくなければ、今日だけは注意を切らさないことだな」

出会い頭に佐々木が言った。しかし、和樹は歯切れ悪く答える。

「ドアに掛け金をかけられたら、弟が何をしてるかなんてわからないんで……」

「ベランダからの脱出を想定しているのなら、安心しろ。そっちは俺たちが見張る」

これには和樹も驚いたようだった。

「今日一日、ずっと見張ってるつもりなんですか」

「過ごしやすい気候になってよかったよ。二週間前の気温なら、つらい見張りになっただろう」

和樹は笑い、わかりました、と言った。

「ぼくも真剣になります。今日はあいつを家から一歩も出しません。母さんもずっと家にいるはずなので、万全です」

「よろしく頼むよ」

二十五号棟を出たところで、さて、と佐々木が言った。

「俺はこのまま、ここで石野慎司を見張る。サルは斎藤隼人の家に向かってくれ」

「いいですけど、僕が隼人くんの担当なんですね。何か理由が？」

「運動会で、彼らが走るところを見たんだろう。斎藤隼人に走って逃げられたら、俺じゃとても追いつけない。おまえのほうが若いぶん、まだ望みがある」

「そういうことですか。慎司くんは鈍足だから佐々木さんでも大丈夫、と」

「やってみないとわからんがな。ま、追いかけっこなんて必要ないことを願うよ」

同感です、と苦笑しつつ言ってから、二号棟の方角へ足を向けた。離れゆく僕に向かって、佐々木がめずらしく声を張り上げる。

「――健闘を祈る」

二号棟二〇一号室のチャイムを押すと、昨日と同じく隼人の母親が現れ、息子は部屋にいますと言った。僕はこれから見張りを始める旨を伝え、階段を下りてベランダのほうへ回る。

そして、新たな失踪を防ぐための、長い見張りが始まった。

上部に金属製の手すりのついた、漆喰塗りの手すり壁で囲われたベランダをじっと見つめる。初めのうちは、刑事の張り込みみたいで興奮した。ベランダを見張るのに手ごろなベンチなどはないので、近くに植えられたクスノキに寄りかかって立ち、持参したパンをほおばったりしてみる。隼人は僕が見張っているのを知ってか知らずか、ときおりカーテンをわずかに開いてちらちらと姿を見せていた。

しかし一、二時間も経つころには、変化のないながめにすっかり飽きてしまった。視線を固定しなければならない以上、ほかにできることはほとんどなく、せめてラジオでも持ってくればよかったと後悔するがあとの祭りだ。団地内を歩く住民たちは僕に好奇と不審の目を向け、おじいさんと若い女の人から一度ずつ、「何をしているのか」と訊ねられてへどもどした。まさか子供の部屋を見張っていますと説明するわけにもいかず、人を待っているがなかなか来ないのだと嘘をついた。通報されなかったのがせめてもの救いである。

興味深かったのは、僕以外にも隼人の部屋のベランダを見に来た小学生が少なからずいたことだ。今日、隼人が失踪するんじゃないかと疑っているのは、子供たちも同じらしい。しかし、さすがに終日見張りを続ける忍耐力はないようで、一時間もすると子供たちは皆つまらなそうにその場を去って行くのだった。

途中で二度、熊田酒店でトイレを借りた。これればかりは生理現象なので仕方ない。そのたびに「この間に失踪していたらどうしよう」と心配したが、幸い二度とも戻ってから見上げた部屋には隼人の姿が見え隠れしていた。

そうこうしているうちにあたりは徐々に暗くなり、宵闇が訪れた。今日は秋分の日、昼と夜の長さが同じということもあり、ずいぶん日が短くなったように感じる。気温が下がり、僕はバッグから長袖のシャツを取り出して羽織った。

やがて午後八時を回ったころ、ついに目立った動きがあった。

それまでにも、隼人の部屋の明かりはついたり消えたりしていた。リビングにいるときは明かりを消しているのだろうと、特に気に留めていなかった。

ところがそのときは、明かりがつくなり窓が開いて、隼人がベランダに出てきたのだ。向こうからは外が暗くてよく見えないのだろう、少しのあいだ何かを探すみたいにきょろきょろしていたが、突然こちらに向かって声を上げた。

「猿渡さん。いるんだろ」

呼ばれているのはわかったが、のこのこ出ていっていいものか判断しかね、僕は身を硬くする。

「昼間からずっと見張られてるの、気づいてたよ。いいからさ、出てきてよ」

隼人が繰り返し要求するので、僕はベランダの近くへと進み出た。一階の部屋から洩れる光が、僕の体を照らし出す。こちらを確認すると、隼人はふてくされたような顔をしながら言った。

「降参だよ。そこまでしつこくされたら、失踪できない」

「認めるんだね。きみが今日、失踪するつもりだったことを」

「うん。でも、もうあきらめた。連続失踪のこと、全部話すからうちに上がってきてよ」

喜ぶよりも、拍子抜けしてしまった。連続失踪のことを、全部話す？

「えっと……それはつまり、連続失踪はこれで終わりってこと？」

「そう。これ以上は失踪できそうにないなら、終わりにするしかないよ」

突然の終了宣言を、どう受け止めていいかわからない。困惑しつつも、僕は言う。

「きみのお母さんがいいって言うのなら、そっちへ行くよ。でも、その前に佐々木さんを呼んで来ないと……」

「そんなの待ってらんないよ。おれ、気が変わっちゃうかもしれないよ」

それを聞いて、うろたえる自分が情けない。子供じみたわがままに、いいように踊らされている。

「わかった、いますぐそっちに行くから」

僕は二号棟の表へ回り、階段を上って二〇一号室へ急いだ。ドアを開けた隼人の母親は、僕の顔を見るとぎょっとした。

「ベランダを見張ってくださってるんじゃなかったんですか」

「安心してください。隼人くんはもう、失踪をあきらめたそうです。それで僕に、ここまで上がってきてくれ、と――」

刹那、嫌な予感が湧いた。

「すみません、失礼します！」

僕は靴を脱ぎ捨てると母親を押しのけ、斎藤宅に上がった。ここだろうと見当をつけ、隼人の部屋のドアを開ける。

隼人はいなかった。開いた窓から入ってくる風が、緑のカーテンを揺らしている。

靴下のままベランダへ飛び出した。外から遠ざかる足音が聞こえる。いかにも子供らしい軽さだ。足音の主《ぬし》の姿はもう、闇にまぎれて見えなかった。

「くそ！」

自己嫌悪のあまり、僕はベランダの手すりを叩いた。

隼人は僕を玄関に移動させたのち、ベランダから飛び下りて逃げたのだ。こんな簡単な手に引っかかるなんて！

いまからでは追いかけても間に合うまいと思いつつも、慌てて隼人の部屋に戻る。と、母親が部屋の隅にある学習机から、何かを取り上げるところだった。

「まさか、それ」

肩がぶつからんばかりの勢いで、母親の手元をのぞき込む。一枚の画用紙には、次のように記されていた。

美咲も真実を知った

次は隼人を連れていくことにする
いつまでもかくしておけると思うな
だれがわたしに火をつけたのか

かいとうダビデスターライト✡

三枚めの犯行声明文で、とうとうあからさまになった。誰がわたしに、ダビデスターライトに火をつけたのか——これが、キャンプの夜の花火を意味していないはずがない。

「これ、お借りしてもいいですか」

僕が言うと、隼人の母親は強張った顔でうなずいた。

斉藤宅を出て階段を駆け下りる。隼人のあとを追いたいが、どちらに行ったのかさえわからない。仕方なく、いったん佐々木のいる二十五号棟に向かうことにした。四百メートルの距離を、必死で走る。

二十五号棟のベランダが見えるところまで来ると、思いがけない展開が待っていた。待ちかまえていたように佐々木が僕を見て、半ば呆れ、半ば笑いながら言ったのだ。

「サル。おまえ、しくじったな」

「すみません、逃げられました……あれ、なぜそれを」

「斎藤隼人なら、こっちに来たよ」

ぽかんとしてしまった。

「こっちに来た？」

「見張りを続けてたら、どこからともなく足音が聞こえてきてな。暗いこともあって主の姿を発見するのが遅れ、気がついたときには斎藤隼人が宙に浮いていた」

「宙に？　どういうことですか」

「見ろ、あそこだ」

佐々木は石野宅のベランダの端、というより側面を指差した。そこは部屋から洩れる光も当たらず、暗くてよく見えない。

「石野慎司が、ベランダから縄ばしごを下ろしてやがったんだ。斎藤隼人はそれを上っている最中だった」

それで、宙に浮いているように見えたのか。

「すばしっこくてな、あっという間にするする上っていくから、止められなかったよ。無理に引き止めて、落下でもされたら洒落《しゃれ》にならないしな」

それに、と佐々木は、青いカーテンのほうに視線を移した。

「どうせ居場所はわかっている。斎藤隼人は、ベランダから石野慎司の部屋に入ったんだ。もう、あそこからは逃げ出せない」

石野宅の中には和樹がいて、ベランダは自分たちが見張っている。隼人はいまや袋のねずみだ。

「それで佐々木さん、ここから動かずにいたんですね」

「下手に動いて、逃げられたら癪《しゃく》だからな。それに、いずれおまえもこっちに来るだろうと思っていた。ところで、そっちでは何があったんだ」

僕は隼人を逃がした顛末《てんまつ》を語った。途中から佐々木がにやにやし出したので、どうにもばつが悪かった。

「……というわけで、完全に僕のミスです。隼人くんがここへ来ていなければ、行方を見失うところでした」

「なるほどな。しかし、となるとそれが今回、あいつらが用意したトリックだったのか」

「どうなんでしょう。引っかかっておいて何ですが、トリックと呼べるほどのものかというと……」

「確かにな。もう、何も仕掛けてこなければいいんだが」

それはそうと、気になることがあった。

「隼人くんはなぜただちに失踪せず、すなわち隠れ家へ向かわずに、慎司くんの部屋に来たんでしょうか」

佐々木はあごをさする。

「隠れ家に移動するのに、協力者が必要だったのか。あるいは――」

しかし結局、考えるのをやめてしまったようだ。

「まあいいさ。とっ捕まえて訊けばいい」

「そうですね。早いとこ、捕まえましょう」

「同じ手は食わん。サル、おまえはここでベランダを見張ってろ。俺はこれからあの部屋へ行く。それでジ・エンドだ」

「了解です」

佐々木は棟の入り口のほうへと消えた。数分後、石野宅のリビングの黒いカーテンが開いた。窓を開け、ベランダに現れたのはもちろん佐々木だ。青いカーテンが引かれた慎司の部屋の前まで行き、窓に手をやってから、考え込むように腕組みをしている。

「どうかしましたか」

声をかけると、佐々木はこちらを向いた。

「ドアが開かない。掛け金がかけられているんだろう。窓にも鍵がかかっている」

「籠城《ろうじょう》、というわけですか」

「ここからは根競《こんくら》べだな。なに、手荒な真似をする必要はない。そのうちトイレをしにでも出てくるさ」

佐々木はリビングへ戻っていく。室内で待たせてもらえるらしい。僕は引き続き、ベランダの下で見張りを続けた。

腕時計を確認すると、時刻は八時四十分を過ぎていた。あたりは静まり返っている。明かりのついた慎司の部屋に、何となく人の気配はあるけれど、二人ぶんなのかは判然としない。

そのまま、二十分ほどが過ぎた。

ふいに、隣家のほうから音がして、僕はそちらに目をやった。

黄色いカーテンと窓が開いて、智子が出てきた。彼女は窓を開け放したまま、ベランダから身を乗り出して僕に声をかけてきた。

「猿渡さん。何してるの」

時間も時間なので、僕は声量を抑えて答える。

「隼人くんが、慎司くんの部屋に閉じこもってるんだよ。出てくるのを待ってるんだ」

ここまでの隼人の行動が計画どおりだとしたら、智子も仲間である以上、それを把握していないはずはない。案の定、智子に驚いた様子はなかった。

「ふうん。大変だね、こんな時間まで」

「同情してくれるのなら、失踪なんてやめてもらえるともっと助かるんだけど」

慎司の部屋に視線を戻す。と、室内の明かりが洩れてきて、慎司がカーテンの隙間から、窓をゆっくり開けているところが見えた。しかし、その外側のぴったり閉まった網戸には触れようとしない。閉めきった部屋に二人でいると、さすがに暑かったのだろうか。

いまならベランダから慎司の部屋に踏み込める。しかし、それを佐々木に伝える手段がない。大声を出せば聞こえるだろうが、住民たちから顰蹙《ひんしゅく》を買ってしまう。どうすべきか逡巡しているうちに、また智子から話しかけられた。

「隼人を捕まえてどうするの」

「今日のところは、失踪をあきらめてもらう。できれば隠れ家のことも白状させて、連続失踪を終わりにしたいね」

「終わらせたら、それでもう終わり？　大事な目的があるかもしれないんだよ」

――この連続失踪には、ただの遊びとは違う、目的があるのではないか。

いつかの自問が、脳裡によみがえる。少し考え、僕は返した。

「その目的にも、きちんと耳を傾ける。本当に大事なことだと感じたら、協力できることがないか探すよ」

「それなら最初から邪魔しなきゃいいのに」

「きみたちは、このやり方が一番いいと思ってるんだろうけど、僕はこんなやり方はよくないと思う。大人の目の届かない場所で過ごすというのは、きみたちが想像する以上に危険だ。それに、いなくなった子のことを家族は心配する。とても、ね」

帰ってきた美咲と涙ながらに抱き合っていた母親の姿を思い出す。あるいは、息子のことがわからなくなったと嘆く里崎正臣の姿を。すべての親が、あんな風だとは限らない。だが、あそこまで心をかき乱される親がいることは疑いようのない事実なのだ。

「だから、失踪はやめさせる。それからのことは、やめさせたあとでしっかり考えるよ――」

そのとき、慎司の部屋の網戸が開いた。僕は智子との会話を中断し、身構える。

ところが、中から出てきたのは佐々木だった。ベランダの下にいる僕を見て、切羽詰まったような声を発する。

「斎藤隼人はどこへ行った」

佐々木の後ろには、慎司の姿も見えた。

「ベランダへは、誰も出てきませんでしたけど……」

答えると、佐々木は眉根を揉む。

「やられた。いなくなってる」

「ど、どういうことです。どこへも逃げられなかったはずじゃ」

「とりあえず、上がってこい。状況を説明する」

言われるがまま石野宅の玄関へ向かいながらも、僕は激しく混乱していた。今度こそ、隼人は慎司の部屋から逃げられなかったはずなのだ。なのにまたしても失踪児童は、閉ざされた空間から脱出してみせたのだという。いったい何が起きたのか？

石野宅のリビングには佐々木のほかに、石野兄弟の母親がいた。幸薄《さち》そうな顔立ちの中年女性で、困惑していることはうかがえるものの、申し訳なさそうにするでもなく、息子と話をしようとするでもない、まるで他人事と言わんばかりの態度だ。和樹が無関心と評したのは的確だったのだ、と痛感する。

「佐々木さん、何があったんですか」

「それがな――」

佐々木の説明によると、つい先ほど、それまで掛け金がかかっていた慎司の部屋のドアが何の前触れもなしに開いた。部屋から出てきたのは慎司ひとりで、隼人は姿を見せなかった。そこで佐々木が部屋に押し入ったところ、すでに隼人は消えていた。ベランダに逃げたとしか考えられなかったが、そちらを見張っていた僕も、脱出する隼人を目撃してはいなかった――というわけだ。

　僕は信じがたい気持ちでベランダに出た。当然ながら、隼人の姿はそこにない。

　佐々木も僕に続いてベランダに出てくる。慎司の部屋の、開いていた網戸を閉めると、その場にしゃがみ込み、漢字の《日》に似た形の網戸の下半分を見つめた。

「俺がベランダに出てくる直前まで、窓は開いた状態で網戸だけが閉まっていた。だからサルは、誰も出てこなかったと判断した。そうだな？」

「はい。網戸をすり抜けでもしない限り、ベランダに出るのは不可能ですから」

「これを見ろ」

　佐々木が網戸の下半分に触れた瞬間、僕は「あっ」と声を上げていた。

《日》の下の部分にあたる網が、のれんのようにめくれたからだ。

「枠に沿って、上辺以外の三辺が切られている。斎藤隼人はカーテンを持ち上げ、ここをくぐってベランダに出たんだ」

　ベランダには漆喰塗りの手すり壁がある。穴などは開いていないので、四つんばいになれば外からは死角になって見えない。部屋から脱出するにはまず網戸を開けなくてはならないと信じきっていた僕が、ベランダに出た隼人に気づけなかったのも無理はなかった。

「窓の鍵を確かめたときに、網戸も調べておくべきだったな……」佐々木がうなる。

「でもベランダに出られたとして、そこから先はどうするんです。飛び降りるなどしていれば、いくら何でも僕だって見落としませんよ」

「となると、手すり壁の陰に隠れて移動して……これ、遮光カーテンだな」

佐々木がリビングのほうを振り向いた。そこには、黒いカーテンが引かれている。

「だとしたら、隼人くんがベランダを移動しても、リビングからはわからなかったでしょうね」

「くそ、律儀に閉めておくんじゃなかった」

佐々木が自身の頭を叩く。

ところで遮光カーテンと言えば、思い出すことがある。

「美咲ちゃんの視聴覚室からの脱出も、このカーテンを見てヒントを得たんじゃないでしょうか」

「ありうるな。さすがに、トリックに使った遮光カーテンは別物だろうが」

子供たちの生きる世界は、大人から見れば決して広くはないが、代わりに身近なところからアイデアを拾い上げるのはさすがである。

そんな遮光カーテンと手すり壁にはさまれた空間を、隼人が横切っていったとしたら、行き着く先は福永宅とのあいだにある隔て板である。やはり漢字の《日》のような形の枠に、白い板がはめ込まれている。

「行き止まりですよ。ここから先、隼人くんはどこへも逃げようがありません」

すると佐々木は、さっきと同じようにしゃがみ込んだ。

「網戸と同じ発想じゃないかと思うんだが。たぶん、この板が――」

佐々木は下半分の板を軽く押した。直後、固定されていると信じきっていた板が、いとも簡単に外れたので驚いてしまった。

「隔て板って、蹴破れることは知ってましたが、取り外しもできるものなんですか」

「よく見ろ。これは、上からはめ込んであっただけだ」

佐々木から板を受け取る。隔て板の下枠の大きさに合わせてカットされた、白いアクリルの板だった。ホームセンターへ行けば、入手するのはさほど難しくないだろう。

あらためて隔て板を見る。穴が開けられ、子供の体くらいならやすやすと通り抜けられるようになっていた。向こう側にも同じアクリルの板がはめ込まれていて、押すと倒れた。

次の瞬間、まだベランダにいた智子が叫んだ。

「隼人、逃げて！」

僕らは屈めていた身を起こした。隼人はここを抜け、智子の部屋に潜んでいたのだ。追いかけたいが目の前に開いた隔て板の穴は、大人が通るには小さすぎる。

佐々木が即座に石野宅のリビングに取って返す。残された僕はその場でつぶやいた。

「逃げようったって、智子ちゃんの家にはお母さんがいるはずじゃ……」

「うちのママ、パン屋で働いてるの」隔て板越しに、智子の得意げな声が聞こえた。「朝早いから、毎晩九時には寝ちゃうんだよね。きっといまも、ベッドでぐっすりだよ」

ようやくことの重大さに気づいた僕は、石野宅を通り抜けて玄関から外に出た。けれども大きく後れを取ったため、すでに隼人は逃げたあとだった。急いで階段を下りるも、隼人がどっちへ行ったのやら、気配すら感じ取れない。

ひと足早く隼人を追った佐々木は、二十五号棟の入り口に立ち尽くしていた。

「だめだ。今度こそ完全に逃げられた」

「すみません……僕が出遅れたばかりに」

「いや、どっちにしろ間に合わなかっただろう」

佐々木の言葉が、静かな夜の団地に虚しく響く。

僕は、いつ隼人がベランダを移動していたのかということを考えながら言った。

「……ベランダに出てきた智子ちゃんから、話しかけられたんです。決して、おしゃべりに夢中になってたわけじゃありません。だけど、その目的までは考えなかった」

「彼女が窓を開けて出てきたことで、斎藤隼人は自然な形で福永宅にもぐり込めたんだな」

そうなのだ。智子の部屋の窓やカーテンが意味もなく開いたように見えたとしたら、僕だって警戒したはずだ。ところが、彼女がさも僕と話をしに出てきた風だったので、すっかり騙されてしまった。その隙に、隼人は智子の部屋へ転がり込んでいたのだ。智子のおしゃべりには、隼人の移動にともない発生する音をかき消す効果もあったのかもしれない。

「今回も、子供たちはトリックをしっかり用意して、万全の態勢で失踪に臨んでいたんですね」

初めから失踪するのは慎司ではなく隼人と決まっていたのだろう。このトリックを使って隼人が失踪するには、まず慎司の家に移動しなければならない。このトリックには、隣家の協力が不可欠だからだ。そのため隼人は投降するふりをして僕を自宅の玄関に呼び寄せると、ベランダから逃亡し、縄ばしごを上って慎司の部屋に逃げ込んだ。それから三辺を切った網戸をくぐってベランダに出ると、アクリルの板で隠しておいた隔て板の穴を通って福永宅のベランダに移動する。さらに、僕と会話をするふりをしてベランダに出てきた智子が開けた窓から、彼女の部屋に入った――。

「俺たちがベランダを見張ることを、読みきったうえでの作戦だったな」

「はい……完敗です」

最初に隼人を逃がした負い目もあり、僕はうなだれる。だが、佐々木は思いのほか前向きだった。

「そうでもないさ。これまでと違って、俺たちは失踪児童が消えた方法をただちに暴いた。それは彼らにとって誤算だったはずだ」

「はあ。言われてみれば、智子ちゃんが隼人くんに逃げるよう指示したのは、いかにも緊急事態という感じでしたね……だけど、それが僕らにとって有利にはたらきますか。結局のところ、隼人くんは慎司くんの部屋からの消失を見せつけるために二十五号棟へ来ただけで、そのあとはどのみち隠れ家へ移動するつもりだったんでしょう。だったら、僕らがトリックを見破ったのは、せいぜい隼人くんを焦らせるのに役立った程度で、彼が隠れ家に逃げ込むであろういまの状況は、これまでと変わりないのでは」

ところが、佐々木はこれに同意しなかった。

「あいつらの隠れ家は、もう使えない。というより隠れ家なんてものは、初めからなかったんじゃないか」

「えっ。それ、どういう意味ですか。隠れ家が、なかった？」

「ああ。俺の考えが正しければ、の話だが」

「佐々木さん、隠れ家のこと、何かわかったんですか」

「ポイントは『隼人、逃げて！』という福永智子の叫びにあったんだ。つまり、斎藤隼人はあの時点まで、智子の部屋に留まっていた。なぜさっさと隠れ家に向かわず、智子の部屋でぐずぐずしていたと思う？」

確かにその点は不可解だ。しかし、なぜそれが隠れ家を暴くヒントになるのかはわからない。

「隠れ家が使えないとしたら、隼人くんはいまどこに？」

「それがわかれば苦労はしない。ただ、これまでと違う場所にいるのなら、捜しようもあるだろう」

佐々木は腕時計を見る。すでに九時半を回っていた。

「今日はもう遅い。明日、出直そう」

明日だ、と佐々木は繰り返した。その瞳は、夜の闇の中でも光を見失っていないようだった。

「明日こそ、斎藤隼人を見つけ出す——そして、この連続失踪を終わらせてやる」

第五章　夏を取り戻す

Ｈ失踪の報は、翌朝には城野原団地を駆けめぐった。

連続失踪が単純な家出ではなく、子供たちが協力し合って保護者らをあざむいていた事実があらためて明白になり、城野原の小学生を持つ家庭には動揺が走った。

すでに失踪済みだったＴ、Ｋ、Ｍに加え、Ｈの失踪に手を貸したＳの四人は、Ｈの居場所について、また隠れ家の在り処や連続失踪の目的などについて黙秘を貫いた。

子供たちのなかでもとりわけ身のこなしが軽く、団地や周辺の地理にも詳しいＨの行方は、翌朝になってもまだわからなかった。

【『月刊ウラガワ』一九九六年十二月号「城野原団地・児童連続失踪の真相」より】

息を弾ませながら草木をかき分け、道なき道を進んでいく。

1

九月二十四日火曜日の、まだ午前中のことである。城野原小学校の裏山に、僕と佐々木は再び足を踏み入れていた。

今朝、城野原駅で合流した僕らは、団地に入ると真っ先に斎藤宅を訪ねた。息子を信じていると繰り返しながらも憔悴《しょうすい》した様子の母親から、隼人がいまだ見つかっていないことを聞き出すと、佐々木は裏山に登ることを提案してきた。

「どうして裏山なんですか。隠れ家は、団地内にあるはずじゃ――」

抗議した僕をなだめるように、佐々木は切り返す。

「昨日も言ったろう。俺たちが隠れ家と呼んでいた場所は、いまはもう使えないんだ。となると斎藤隼人は、これまで失踪児童が身を潜めていたのとは全然違うところにいることになる。元の隠れ家も使えなくなったいま、別の適当な場所が、団地内という限られた空間にあるとは思えない。そこで、とりあえずひと晩過ごせそうな場所として思いつくのが、裏山しかなかったってわけさ」

「それは要するに、健くんのお父さんや和樹くんが隠れ家として裏山を思い浮かべたのと同じように、何かしらの根拠があるわけではないけれど、団地外の隠れ家と言えば常識的な判断に基づいて裏山ではないかと考えている、ということですか」

「まあ、硬い言い方をすればそうだな」

かくして裏山を登るあいだ、佐々木は隠れ家に関する考察を話してくれた。

「石野慎司の部屋と福永智子の部屋は、隔て板に開けた穴をくぐり抜けることで、ベランダを介して自由に行き来できる状態だった。問題は、これが昨晩に限った話だったのかということだ」

「違うんですか？　隼人くんの消失を演出するために、隔て板に穴を開けたんでしょう」

「ところが俺はそうは思わない。おまえもゆうべ、あの隔て板を見ただろう。アクリル板でふさがれ、一見しただけでは穴が開いているなんてわからなかった」

確かに僕は、佐々木がアクリル板を外すまで、隔て板の異変を見破ることができなかった。

「つまり、以前からあの状態だったにもかかわらず、石野慎司や福永智子の家族がそれに気づいていなかった可能性は大いにあるということだ」

「隔て板なんて、普段はほとんど気にも留めないでしょうからね」

本当に以前から隔て板を破ってあったのだとしたら、ずいぶん大胆だ。見落としていた家人にとってはさぞ驚きだろう。

「次に、石野和樹の話によれば、弟の慎司は毎晩八時から九時までの一時間、部屋のドアに掛け金をかけていた」

「やっぱりそれも、失踪と関連しているんですね」

「一方、昨夜午後九時の時点で、福永智子の家には大人の目がないも同然になり、斎藤隼人の逃亡を止められなかった。智子の母親は駅前のパン屋で働いている。パン屋ってのは朝が早いもんだ。おのずと、寝るのも早くなる」

「智子ちゃん、言ってましたよ。毎晩九時には寝ちゃうんだって」

「では、これらを総合するとどうなる?」

裏山に茂る草を踏みつけながら、僕は頭をはたらかせた。

「夜の八時から九時までは慎司くんの部屋が、九時以降は智子ちゃんの部屋が、家族の目の届かない空間になっていますね」

「そういうことだ。失踪児童は、八時から九時までは慎司の部屋にいて、九時ごろベランダを通り、それ以降は智子の部屋に身を潜めていることができたんだよ」

失踪児童は、一ヶ所にじっとしていたわけではなかったということか。佐々木が《隠れ家なんてなかった》と語った理由が、おぼろげながら見えてきた。

「そこで、だ。今朝、おまえと合流する前に、パン屋に行って福永智子の母親から話を聞いてきた」

「佐々木さん、そんな早い時間から行動してたんですか」

僕は驚く。飲みすぎたから取材の開始を遅らせてほしい、と頼み込んできたころの佐々木から考えると別人のようだ。ゆうべ、明日こそ斎藤隼人を見つけ出すと息巻いていたのは、本気だったらしい。

「智子の母親は、毎週月曜から土曜まで、朝の五時に出勤して昼の三時ごろ帰宅する、という生活を送っているそうだ。娘の朝食は用意するが、早朝というより未明の出勤なので、その前に娘の部屋をのぞいたり、声をかけたりすることはほぼないらしい。起こさないように、という配慮だろう」

「となると失踪児童は、午後九時に智子ちゃんの部屋を訪れたら、その後は翌日の午後三時までそこにとどまることができる……」

「実際には、もっと早くに福永智子の部屋を離れていたんだろうがな」

智子の部屋を出て、次はどこへ向かうか。これは、たやすく想像がついた。

「別の子の家に行くんですね」

「朝に家人が全員出払って留守になり、夕方ないし夜まで誰も帰ってこないという家は多いだろう。この団地に、専業主婦のいない家庭は珍しくないみたいだからな」

「具体的には何時ごろ、移動していたんでしょう」

「朝の八時前後じゃないか。その時間なら、登校するために団地内を歩いている子供たちが多数いるはずだから、彼らにまぎれることができる。もちろん、可能な限り誰にも姿を見られないよう注意していただろうがな」

「じゃあ、朝の八時ごろに福永宅をあとにして、別の誰かの家に行く。慎司くんの部屋に潜むことができるようになる午後八時まで、そこにとどまれますか。夜の八時までには、たいていの家庭が留守ではなくなると思うのですが」

「それもゆうべのうちに調べてみたよ。安田広子に電話をかけたら、快く教えてくれた」

どうやらこのあたりの裏づけがまだだったから、佐々木は昨日、いま話していることを教えてはくれなかったらしい。

「里崎健と中井美咲の親は、朝八時に出勤して夕方六時台に帰宅する。斎藤隼人の母親は朝十時に家を出て、夜八時過ぎに帰宅するそうだ。なお石野宅は、昼間は兄が家にいることが多いから使えない」

「朝には健くんもしくは美咲ちゃんの家に行き、それから隼人くんの家に移動する。そうすれば、慎司くんが部屋のドアに掛け金をかける八時まで、誰にも見つからずに過ごすことが可能だったわけですね」

「下校してくる子供たちが団地にあふれる夕方四時以降に、斎藤宅に移動していたんだろうな。そして夜八時には陽が落ちているから、目立つことなく石野宅へ行けた」

元より石野和樹は、子供が団地内を誰にも見つからずに移動することは可能かという質問に対し、たいていの場所は行き来できると答えていた。であれば細かい時間は、あまり気にしなくていいのかもしれない。

「でもほかの場合はともかく、八時ごろ慎司くんの部屋を訪れる際、玄関から入るわけにはいきませんね」

「俺が見たあの縄ばしごを使って、ベランダへと上ったんだろう。あらかじめ時間を決めておいて、慎司がベランダから縄ばしごを下ろせばいい。建物の端にあたるから、下の部屋の住人にも見つかりにくかったはずだ。縄ばしごなら部屋の中にしまっておくのも容易だ」

初めは、突飛《とっぴ》な考えだと思わずにいられなかった。そんなに都合よくいくものか、と――しかしここまできたら、もはや佐々木の説を受け入れざるを得ないだろう。

失踪児童は、団地に住む協力者の自宅に、家族の目がなくなる時間帯を狙って潜み、それらを渡り歩くことで失踪を演出していたのだ――それが、隠れ家の正体だった。

おそらく福永智子は最初に噂されたとおり、失踪中は里崎健の自宅にいたのだ。そこから家人が不在の家で過ごすという発想が生まれ、今回の連続失踪へと発展した。

この作戦には、失踪に関わった児童が単親家庭の子であったことが大きく影響していると言える。専業主婦のいる家庭では、大人の目がなくなる時間帯が少なく、隠れ家として使えない。しかも、単親家庭なら多くの場合、家が留守になる時間が長く、失踪児童が身を潜めやすい。しかだが単親家庭の子はいわゆる鍵っ子だろうから、失踪児童に合鍵を渡すこともできる。

佐々木がなぜ、「隼人、逃げて！」という智子の叫びから隠れ家の真相に気づいたのかがわかった。隼人は隠れ家に向かわなかったのではない。あの瞬間は、智子の部屋こそが隠れ家そのものだったのだ。

「もっとも、失踪中の児童の親が平常どおり勤めに出るとは限らない。この点、これまでのケースでは、里崎健の失踪時には中井宅を、中井美咲の失踪時には里崎宅を利用することでうまく切り抜けた」

「もし昨日、隼人くんの失踪が成功していたら、つまりあのまま智子ちゃんの部屋に隠れていられたら、どうするつもりだったんでしょうね。隼人くんの母親は勤めには出ず、午後六時から八時にかけて過ごせる家がなくなっていたんじゃないかと思うんですが」

「さあな。夕方のうちにベランダから石野慎司の部屋に上がって掛け金をかけておくとか、何らかの策を講じることになっていたんだろうさ」

たとえ慎司の家族が不審に思っても、掛け金や窓を壊さない限り隼人は見つからないわけだ。トイレに行けないことなどを考えるとかなり苦しい手段だが、失踪を続けていけばどこかで無理が生じるのはやむを得ない。

「ほかにも疑問はあります。九月二日月曜日の夜八時ごろ、健くんは隼人くんの家から慎司くんの家へと移動しなければならなかったはずです。しかし、そのころは父親の正臣さんが失踪を把握した直後で、必死で捜し回っていたんじゃないかと。見つからずに、移動できますか」

「できたんだろう。塾帰りの子にまぎれるという手もあるし、もしかしたら健はそのときも女装し、かつ帽子を被っていたのかもしれない。難しくはないと思う」

健の失踪の際に、男装及び女装という発想を用いた子供たちだ。その後の移動中も変装していた可能性はあるし、そうなるとほかの住民が失踪児童を見分けるのはますます困難になる。

いま一度、僕は失踪の全容を見渡してみる。子供たちが考えた方法だけに、いろいろと綱渡りではある。だが、不可能ではない。むしろ、つじつまが合うことがいくらでもある。

「この方法だと食料の問題や、帰ってきた子供たちが清潔だったことにも説明がつきますね」

「渡り歩く家庭にある食べ物を、家人に気づかれない程度に食べればいいわけだからな。万が一、食べた痕跡などが家人に見つかっても、その家の子が自分で食べたと主張すれば済む。そのうえ家人がいないのだから、シャワーを浴びることだってできただろう。タオルくらいは自分で携行していたのかもしれないが」

「人の盲点を突いた、おもしろいやり方だと思います」

「普段どおりの生活を営んでいる家の中に、ひそかにもうひとりの住人がいたっていうんだからな。もちろん、おのおのの家庭ではみな、自宅に失踪児童が隠れていないか、一度は確かめたことだろうが……」

「見つかるわけがないんですよね。家族が自宅にいて、かつ目を醒ましているとき、失踪児童はそこにいないのだから」

　張り出した木の枝を避けたあとで、あれ、と僕は頭をかいた。

「そうなると隼人くんはいまも、団地内の誰かの家に隠れてるんじゃないんですか。どうして裏山なんて捜しているんです」

「団地内の家には、もう隠れられなかったはずなんだよ。なぜなら彼が昨日、福永宅から脱出したのは、夜の九時過ぎだったのだから」

「あ、そうか。そんな時刻に家の人がいない、もしくはすでに寝静まっているという家庭は、そうそうないでしょうからね」

「福永智子の家を除けば、な」

ましで昨晩、隼人が智子の部屋から逃げ出さざるを得なかったのは、佐々木がその場でベランダを移動するという術《すべ》を見破ったからなのだ。あれがなければ、隼人は智子の部屋に隠れ続けていたに違いない。そうすることができなくなるという緊急事態下で、ほかに都合よく団地内に身を潜められる家庭が見つかったとは思えない。

「だから、裏山なんですね。これまでの失踪とは状況が違うから」

「丸四日も過ごす場所として考えた場合、裏山は適切とは言えなかったから、前回はそこまで気合いを入れて調べないまま引き返した。だが、ひと晩くらいなら過ごせるだろう。むしろ去年の前例もあるように、子供なら山奥にでも隠れようと考えるのが自然じゃないか。夜なら傘外の子供たちもいないだろうしな。だから、今日はここから始めることにしたんだ」

物音に注意しながら、僕らは裏山を登っていった。鳥が頭上で羽ばたき、足元でコオロギが跳ね、木々の合間にはクモが大きな巣を張っている。午前中で気温が低いということもあってか、三日前よりはまだしも楽な気がしつつ、それでも額の汗を拭いながら進むと、やがて見覚えのある場所に出た。

根元から二股に分かれたコナラが、前方に立ちはだかっている。前回は、あの陰から飯塚忠が飛び出してきたのだ。忠に追い返されたので、ここから先は捜索していない。

佐々木はためらうことなく先へと踏み出した。僕もあとに続く。

ほどなく背の高い藪《やぶ》の隙間に、山中には不釣り合いな、鮮やかで人工的な青が見えた。僕らは自然とそちらに近づく。

衣服をあっちこっちに引っかけながら、苦心惨憺《さんたん》して藪を抜ける。やがて、ブルーシートが敷かれた場所にたどり着いた。

藪に囲われているせいで外からは見えにくいが、思ったよりも広々としていて、四畳半くらいはありそうだ。向こう側には小さな崖がせり出し、ブルーシートの一部を軒のように覆っている。ブルーシートの上には、漫画雑誌や菓子袋などが散らばっていた。

「ここへ来るまでの苦労を思うと、何度も来たいとは思えませんけど」

僕の言葉を、佐々木が引き取った。

「子供なら喜んで秘密基地と称し、足しげくかようのだろうな」

傘外の子の基地なのだろうが、もちろん平日の午前中なので子供の気配はない。隼人の姿もなかった。

しかし隼人が裏山に逃げ込んだのだとしたら、いまは不在でも一定の時間、この基地を借用していたかもしれない。僕らは何らかの痕跡がないか、基地を注意深く調べることにした。

片隅に漫画雑誌が三冊、積まれている。子供向けの月刊誌で、それなりの厚みがある。何気なく一番上の号を手に取ると、下の号とのあいだに、半分に折りたたまれた画用紙がはさまれているのを見つけた。

「これは……」

広げてみて、思わずつぶやく。佐々木もこちらに近づいて、のぞき込んできた。

いかにも子供が描いた感じの絵が、そこにはあった。黒服とマントをまとい、頭はダビデの星と呼ばれる六芒星の形をしている。手からも六芒星が放たれ、「スターアタック！」という台詞が記されていた。

「かいとうダビデスターライト、ですかね」

「そのようだな。かつて福永智子が語った怪盗の特徴と一致している」

——黒いマント姿で、頭が星みたいな形してた。

「傘外の子供たち、対立していても、やっぱり団地の連続失踪に興味あるんですね」

微笑ましく絵をながめる僕をよそに、佐々木はなおも画用紙に見入っている。怪盗の絵の上部には、力強い文字で《夏休みをとりもどせ!大作戦》と記されていた。

「夏休みを取り戻せ、か……」

「どういう意味でしょう」

「さあな……よく見りゃこの怪盗、ゲームボーイを持ってるようだ」

あらためて絵の中の怪盗に目をやる。星を放っているのとは反対の手に、グレーの長方形に見える何かを持っていた。真ん中に赤く塗りつぶした丸がひとつ、描かれている。

「これ、本当にゲームボーイですか」

「違うのか？　グレーの本体に、赤いボタンがついていたと思うが」

旧型のゲームボーイなら、佐々木の言うとおりだ。が、

「赤いボタンはふたつあるんですよ。こんな風に、真ん中にひとつだけ描いてもゲームボーイ

には見えません。ほかに画面や十字キーだってあるわけですし」

「そうか……しかし、ゲームボーイじゃないのなら何だろうな、これ」

再び佐々木が画用紙に顔を近づけた瞬間、僕はあることを思い出した。

「そう言えばお話しするのを忘れていましたが、美咲ちゃんが失踪から戻ってきたすぐあとに、健くんが美咲ちゃんの家の郵便ポストに何かの機器を入れているのを見かけたんですよ。あれ、何だったんでしょう」

「何かの機器？」

「はい。大きさといい形状といい、それこそ僕はゲームボーイかな、と思ったのですが」

佐々木は腕組みをして考え込む。

「ゲームボーイと同じくらいのサイズで、赤い丸が関係している機器……」

突如、佐々木が目をみはった。

「わかったぞ」

いきなり佐々木は藪に突っ込んだ。秘密基地を出ていこうとしているらしい。

「どこへ行くんです。わかったって、何が」

慌てて画用紙を元あった場所に戻し、追いかける。佐々木は振り返らずに答えた。

「まあ待て。それが正しいかどうか、これから確かめにいく」

「どうやって確かめるんですか」

「もちろん、斎藤隼人に訊くんだ」

僕は藪の中で思わず足を止めていた。

「隼人くんの居場所、わかったんですか」

「見当はついている。というか、おまえはまだ気づいていないのか？」

さっぱりである。いままでの流れの中に、隼人の居場所につながる手がかりなどあっただろうか。

「裏山は、斎藤隼人の居場所ではなかったが、ここへ登ったのは大正解だったな」

二股のコナラまで戻ってきたところで、佐々木は得意げに言った。登ってきたのとは別の方角に向かって山を下りながら、息せききって説明を始める。

「実はゆうべ、ひとつ気になったことがあったんだ。失踪騒ぎの真っ最中だったから、そのときは胸にしまっておいたんだが」

「気になったこと、ですか」

「石野宅のリビングにかかっている遮光カーテンを前に、視聴覚室からの脱出トリックの話をしただろう。あのときだよ」

何か、変わったことがあっただろうか。

「遮光カーテンに覆われた掃き出し窓を見て、でかいな、と感じたんだ。同時に、視聴覚室の窓のことを思い出した」

掃き出し窓ほどじゃないにせよ、視聴覚室の窓も大きかった。上辺は、子供の手が届かないくらいの高さがあった。

「あの窓を覆ってしまうためには、昨日見たのと同じかそれ以上に大きな遮光カーテンが必要になっただろう。そこで俺は、ある見落としに気づいたんだ」

「見落とし？」

佐々木は振り返り、僕の目を見た。

「トリックに用いた遮光カーテンを、子供たちはどのようにして処分したのか」

「……え？」

「中井美咲が消え失せたあと、芝池先生は視聴覚室をくまなく捜索したと話していた。遮光カーテンなんてものが見つかれば、使われたトリックなどわけなく見抜くことができたに違いない。そうならなかったのは、室内にカーテンがなかったからだ」

「でも、小さく切り刻んで服の中に隠すとかすれば……」

「あの大きさのカーテンだぞ。何人かで手分けしたところで、夏服の中になんて隠せるわけがない。短編映画が終わるまでに切り刻むのもひと苦労だ。現実的じゃない」

「じゃあ、あのトリックは間違いだったってことですか。となると光の密室の謎は、ふりだしに戻ってしまいます」

佐々木はかぶりを振った。

「そうでもない。というのも、このカーテンの処理に関する問題を、簡単に解決する方法があるんだ。わかるか」

訊かれても、とっさには答えられない。ひと呼吸置いて、佐々木は続けた。

「室内からではなく、室外からカーテンを張ればいいんだよ」

なるほど室外からカーテンを張っても、窓を開けた際に中に光が射し込むのを防げる。そのうえ、脱出した美咲がカバンに詰めるなどしてカーテンを持ち去ればよいので、処理の問題もクリアできるわけだ。

だが、そうなると別の問題も生じる。

「芝池先生は、自分が視聴覚室に入ったとき窓は全開だった、と言っていました。あらかじめカーテンが張ってあったとしたら、先生が見落とすはずはありませんよ」

佐々木はさも当然と言わんばかりに、

「なら、そのときはまだなかったんだろう。カーテンは、窓が閉められたのちに張られたんだ」

「窓が閉められたのちに？　だとすると、視聴覚室にいた子供たちには、カーテンを張れなかったことになります」

「そのとおりだ。では、誰ならカーテンを張れた？　誰なら、視聴覚室の外にいられた？」

一瞬とまどったが、冷静に考えると答えが見えてきた。

「そうか——欠席者だ」

四年一組の児童であのとき視聴覚室にいなかったのは、欠席者だけである。

「健くんですね。彼が熱を出したというのが、本当かどうかはわかりません。ただ、少なくとも九日はこのトリックのために学校を休んだんだ。翌十日も欠席したのは、カムフラージュに過ぎなかったんでしょう」

九日、六時間めの授業が始まる前に、健は城野原小学校へやってきた。日中は父も兄も留守だから、家を抜け出すのは簡単だった。それから彼は視聴覚室の外で待機し、窓が閉まるとカーテンをその上に張ったのだ。張り終わった合図として、窓を軽くノックして美咲に知らせるくらいのことはしたかもしれない。

子供たちはいつこの作戦を考え、準備し、健に知らせたのだろうか。前日の時点で健が体調不良のふりをする必要はないので、もしかすると八日は本当に熱を出していたのかもしれない。だが、その場合でも夜に電話を入れるなどすれば健の状態はつかめるし、そのとき作戦を伝えることもできただろう。カーテンは事前に健に渡せなかったとしても、別のメンバーが学校に持っていって、六時間めの授業開始前に視聴覚室の窓の外に置いておくなどすれば問題はない。

導かれるようにしてたどり着いた結論だ。当然、道を外れてはいないつもりだった。ところが佐々木はここで、思いがけない一言を放った。

「そこまでは、間違っていない」

間違っていない。正しくもない、という風にも聞こえる。

「まだ、考えの足りない点がありますか」

「カーテンが外から張られた場合のことを想像してみろ。室内から張られたときとは違って、ささやかな障害が発生するんだ」

「障害……何でしょう」

佐々木は端的に教えてくれた。

「高さだよ」

ああ、と思った。子供の背丈では窓の上辺に手が届かないことを、僕は先ほども思い返していたはずだった。

「あの窓をカーテンで覆うとなると、小学四年生の中でも小柄な里崎健の身長では厳しい。室内からカーテンを張る場合には、机や椅子が踏み台として使えた。だが、室外からだとそうはいかない」

視聴覚室のまわりに踏み台になりそうなものがなかったか、考えてみる。憶えている限りでは、何もなかった。

「でも踏み台になるものくらい、何だって用意できますよね」

「そうだな。だから、ささやかな障害と言った。踏み台として使えるものをどこからか運んできて、終わったあとでまた片づける。まったくもって不可能じゃない。ただ、面倒と言えば面倒だ。それに、少しは目立ちもする」

せめて椅子くらいの高さがないと、踏み台としては用をなさない。そう考えると、ランドセルやカバンに入れて運べるようなものでは難しい。持っていくにも、持ち去るにも手間がかかる。

「ところが、だ。ちゃんと高さを稼げるうえに、運ぶ手間もかからないものが存在するんだよ」

「何ですか、それは」

佐々木の答えは意表を衝いていた。

「人間だ」

「人間、ですか？」

「そうだ。肩車をするとか、四つんばいになるとかすれば充分、踏み台代わりになる」

もし健が本当に、人間を踏み台にした――もしくは、自身が踏み台になった――のだとすれば、

「健くんには、協力者がいたことになりますね」

誰が彼に手を貸したのか。誰が、手を貸せたのか。

「思い出せ。あの日、里崎健のほかに学校を休んでいたのは誰だったか」

「健くんのほかに……」

「あるいは小学校の校門で斎藤隼人らと話をした際、一見彼に絡んだようでいてその実、俺たちから彼らを救い出したのは誰だったのか」

あまりにも意外な名前が思い浮かび、僕は絶句した。

「俺たちが前回、裏山の捜索を途中で打ち切ったのは、ある子供に追い返されたからだ。彼はすぐ近くにある自分の秘密基地に、俺たちが足を踏み入れて居座る危険性を察知していた。その秘密基地であの絵が見つかったということが、果たして何を意味しているのか」

僕らは裏山をすでに下り、住宅街を歩いていた。佐々木がとある家の前で立ち止まる。築地《ついじ》塀《べい》に囲まれた広い庭を持つ、黒い屋根瓦の邸宅だ。

「ここは――」

佐々木が立派な門に備えつけられた、カメラ付きのインターホンを押した。ややあって、女性の声がスピーカーから聞こえた。

「はい」

「こちら、飯塚忠くんのお宅で間違いないですね」

土曜日に、あのコナラのそばからこの家を見下ろした。門の脇にある大理石の表札には、《飯塚》の文字が刻まれている。

「忠は息子ですが……どちらさまですか？」

「佐々木と申します。忠くんと同じ、四年一組の児童の父親です」ここでも身分を偽るのか、と思ったが黙っておく。「お訊ねしたいことがございまして」

「何でしょう」

「忠くんのお部屋に、男の子が隠れていないでしょうか」

少し遅れて返った忠の母親の声は、とまどいを含んでいた。

「あの、おっしゃっている意味がよく……忠なら、いまは学校に行っておりますが」

「念のため、でかまいません。忠くんのお部屋を捜してみていただきたいのです。それ以外のことは何もお願いしません」

「……少々お待ちください」

母親が、何を思って佐々木の要求を容《い》れてくれたのかはわからない。面倒を終わらせたかっただけなのか、もしかすると連続失踪のことに思い当たったのかもしれなかった。

待つあいだ、僕は考える。裏山で会ったとき、忠は離れが自分の部屋だと話していた。家人がいるから、何日も潜み続けるのは難しいだろう。だが、緊急時の避難先として利用することは可能だ。というより、ほかに選択肢はなかったかもしれない。隼人が行方をくらましたのは、夜の九時過ぎだったのだ。その時間に忍び込めるのは、離れになっている部屋くらいのものだろう。

けれども僕はまだ、半信半疑だった。よりによって傘外の子のリーダーである忠が、団地の子と通じているなんてことがありうるのだろうか。彼らは角突き合わせていたはずではなかったのか――。

やがて塀の向こうから、砂利を踏む足音が聞こえてきた。

目の前で、門がゆっくり開かれる。

「おっしゃるとおりでした……でも、どうして」

忠の母親が言う。若くはないが、きれいな人だった。

佐々木が口の端を上げる。

「見つけたぞ」

忠の母親の隣で、斎藤隼人は肩をすくめて、見つかっちゃった、と笑った。

2

城野原小学校の体育館に、大人たちが続々と集まってくる。平日の夜、しかも前日の急な呼びかけにもかかわらず、だ。今回の連続失踪に対する保護者の関心が、いかに高いかを示す光景だった。

九月二十五日水曜日、前日の斎藤隼人発見を受け、城野原小学校で保護者説明会が開かれることとなった。連続失踪の終結を宣言するとともに、なぜこのようなことが起きたのか、事情を明らかにするためである。僕と佐々木は隼人を連れ戻した功労者として、ほかの保護者に混じって会場の体育館にいることを特別に許された。

昨日、飯塚忠の家で隼人を見つけた僕らは、しばらく彼と話をしたのち、近くの城野原小学校へと彼を連れていった。校長室に通され、そこで担任の芝池に引き合わせると、彼女は泡を食って隼人から話を聞き出そうとした。

それに対する隼人の返答は、次のようなものだった。

「保護者と全校児童を集めて、説明会を開いてください。そこでなきゃおれ、何も話しません」

校長——ふくよかで穏やかそうな初老の男性だった——は、どのみち説明会の必要性を感じていたからだろう、隼人の要求を呑んだ。ただちに翌日の開催が決定し、連絡網を通じて各家庭への呼びかけが迅速におこなわれた。

説明会は午後七時に始まった。前方に児童が整列して体育座りをし、保護者は後方に並べられたパイプ椅子に腰かけている。パイプ椅子は急遽《きゅうきょ》並べたもので数が充分ではなく、立ち見の保護者も少なからずいた。僕らはと言うと、保護者の体育館への入場が開始される前から最前列の椅子に納まっていた。

説明会という性質上か、壇上に人の姿はなかった。壇の手前の上手側には、六人の児童が立っている——斎藤隼人、里崎健、石野慎司、中井美咲、福永智子、そして飯塚忠だ。いずれもそわそわしていて緊張や不安が見て取れ、慎司などはいまにも泣き出しそうな顔をしている。

そんな彼らのそばには、担任の芝池純子が寄り添っていた。体の前で重ねた手に、マイクを持っている。ほかの教師陣は、下手側の窓際に控えていた。

校長が中央に進み出る。握っていたマイクを口元へ運び、話し始めた。

「本日はお忙しい中お集まりいただき、まことに恐れ入ります。開始に先立ち、ひとつお断りいたします。この説明会は、われわれ学校側が必要であると判断して開いたものです。しかしながら、そこにいる児童たちは——」

と、隼人たちを指す。

「みなさまの前に立ち、話をすることを彼ら自身が希望したので、このような形を取りました。決して児童たちをむやみに責めたり、吊るし上げたりする意図ではないことを、ご出席のみなさまにおかれましてはご了承くださいますようお願いいたします」

体育館がしんと静まる。校長は小さく一礼し、宣言した。

「では、説明会を始めます」

初めに校長から、連続失踪についての簡単なあらましが説明された。これに対しては保護者らもすでにある程度把握していたからだろう、質問の手は上がらなかった。

校長は続いて、前に立つ子供たちに向き直る。

「きみたち六人が、今回の一連の失踪騒ぎを起こした。間違いないですね」

芝池が隼人にマイクを渡した。隼人が代表して答える。

「はい。間違いないです」

「昨日、斎藤くんは隠れているところを見つかったのを受けて、この失踪騒ぎを終わりにすると言ったそうですね。それは、本当ですか」

「本当です。隠れ家のことを見破られてしまったので、もう失踪は続けられません」

「きみたちが起こした今回の騒ぎは、きみたちの親御さんのみならず、城野原に住む多くの人たちを心配させ、混乱させました。どうして、このようなことをしたのですか」

隼人はすうと息を吸い込んだ。そして意志の強そうな眼差しを校長に向けながら、よく通る声で言ったのだった。

「夏休みを取り戻したかったからです」

「――夏休みを取り戻す、というのがきみたちの目標だったのか?」

佐々木が訊ねると、隼人は首を縦に振った。

「そうだよ。といっても、最初のころといまとでは、かなり意味が変わっちゃってるけど」

昨日、飯塚宅で隼人を発見した直後のことだ。僕らは「小学校へ連れていきます」と断って、忠の母親から隼人を引き受けると、歩きながら話を始めた。

「裏山の秘密基地で見つけた画用紙に書いてあった《夏休みをとりもどせ！大作戦》というのが、今回の作戦の名前だったんだな」

佐々木の発言に、僕は驚いた。あの絵は傘外の子供が描いたものではなく、隼人たちによるものだったということか。

「おじさんたち、あの秘密基地見つけちゃったのかあ」

「あそこまで登るのは苦労したよ」佐々木が笑う。

「おれたちじゃなくて、忠たちの秘密基地なんだけどね。最近になって、忠が入れてくれたんだ。仲間になった証だって言って」

以前、隼人は忠のことを飯塚と苗字で呼んでいたはずだ。あれは仲が悪いように見せかけるためだったのか、それともあれ以降、彼らがより親しくなったことで呼び方が変わったのだろうか。

秘密基地に画用紙置き忘れちゃったんだよなあ、と隼人はのんびり言う。佐々木は続けた。

「夏休みを取り戻す。素直に受け取れば、夏休みに遊べなかったぶんを遊ぶ、という意味になる。塾がよいが始まって、思うように夏休みを満喫できなかったきみたちが、親の目を離れて好きなだけゲームをやる時間を作る。そのために今回の失踪は実行されたんじゃないか、と考えた」

「そう。それもあった」

「だが、そもそもただの遊びなら、福永智子がいなくなったときのように、単なる家出としておこなえばよかった。あんな意味深な犯行声明文を残したり、視聴覚室からの脱出なんて派手なことをやってのけたりする必要はなかった。ということは、連続失踪はただの遊びではなく、何か切実な目的があって実行されているのではないか。俺はしだいにそう考えるようになった。するとと、中井美咲の発言が重要な意味を持ってきた」

失踪から戻ったばかりの美咲が、「キャンプが」と母親に洩らした件だ。

「今年の城野原ゴールデンキャンプで起きた出来事について調べ、考察を進める中で、俺たちはきみたちが花火をキャンプに持っていったものの、スタッフに没収されてしまったことを突き止めた。それだけじゃない。もしかすると花火に火をつけ、火災の原因を作ったのはスタッフだったんじゃないか、ということにまで想像が及んだ」

「記者さんたち、おれらのことを疑わなかったんだね」

「いや、まったく疑わなかったわけじゃない。ただ、犯行声明文にわざわざ問題の花火の商品名を組み込むなんて、火事を起こしてしまった人間のやることじゃないからな」

佐々木が微笑む。隼人は得心がいった様子だった。

「ところが傘外に住む子たちは、きみたちを強く疑っていた。そこに中井美咲の発言と、あの犯行声明文の内容だ」

《真実を知った》《悪いやつらにだまされている》そして、花火の商品名と同じ怪盗の名前だ。

「安田広子はきみたちに、花火を持参したことを口止めしたそうだな。ならばこの《真実》というのは、スタッフが花火をやったことを指しているのではないかとにらんだ。《悪いやつら》がスタッフで、《だまされる》というのは広子に嘘をつかされていたことじゃないか、とな」

なるほど、と思った。その解釈には無理がない。

「そうやって犯行声明文を読んでいくと、どうなるか——きみたちはこの騒ぎを通じて、傘外の子から向けられた疑いを晴らそうとしているんじゃないか。俺にはどうも、そんな風に思えたんだよ」

つまりあの犯行声明文は、スタッフを告発するものだったというのか。しかし、そうなると疑問も生じる。

「だとしたら、ストレートに《スタッフが花火をやった》と書かなかったのはどういうわけですか。疑いを晴らそうったって、あの文面ではほとんど誰も読み解けないと思うのですが」

僕が割って入ると、佐々木はうむ、と低くうなった。

「その点が、俺も引っかかっていたんだ。何だって子供たちはこんな回りくどい真似をしているのか？　せっかく大きな騒ぎを起こして、犯行声明文が人々の目に触れる機会を作っているのに、あんな文面では真実なんて何も伝わらないじゃないか、とな」

口を開きかけた隼人を手のひらで制して、佐々木は続けた。

「ところが、だ。さっき、あの絵を見たことで、俺の疑問は解けた。もっと正確に言うと、絵の中の怪盗が持っていた、あるものの正体がわかった瞬間に、だ」

最初、佐々木がゲームボーイではないかと言った、グレーの長方形の中に赤い円が描かれた物体のことだ。

佐々木は隼人の瞳を見つめて告げた。

「あれ、テープレコーダーじゃないか」

「テープレコーダー……ですか？」

復唱した僕のほうを向いて、佐々木はうなずいた。

「おそらくは、石野慎司のものだろう」

テープレコーダーに関する話は、慎司の兄の和樹から聞いた。

――持ち運び可能な小型のやつです。

――マイク内蔵で録音機能もついてるタイプだから、ウォークマンじゃなくてテープレコーダーなんです。

「サル、里崎健が中井美咲の自宅の郵便ポストに、ゲームボーイと似た何かの機器を入れるところを見たと言ったよな。それこそが、まさしくテープレコーダーだったんだ」

通常のカセットテープを用いるテープレコーダーなら、大きさはゲームボーイと大差ないはずだ。グレーのものもあるだろうし、中のカセットを見る小窓がゲームボーイの画面に見えた可能性もある。

「でも、それじゃ絵の中にあった赤い丸は……」

「録音ボタンだ。あの絵はきっと、録音こそが重要な意味を持つということを表していたんじゃないか」

テープレコーダーと言えば、ボタンをガチャッと押し込むタイプのものだろう。録音機能のボタンに、赤い丸が記されているのが一般的だ。

「慎司くんのテープレコーダーが、健くんから美咲ちゃんへ渡されていた……つまり、失踪から戻ったばかりの子供がテープレコーダーを持たされていたということですか。何のために？」

「もちろん、録音するためにだ」

佐々木は話を、犯行声明文の内容に戻した。

「あの犯行声明文を読んでも、ほとんどの人は何が書かれているのかぴんとこないだろう。だが、ごく一部の人間にとっては、世にも恐ろしいものになりうる。誰のことかわかるな」

「スタッフ、ですよね。ダビデスターライトという商品名を憶えていたとしたら、あの夜の花火のことを示唆しているのは容易に察せられるのだから」

「では、あの犯行声明文の内容を知ったスタッフはどうするか。じっと縮こまって、嵐が過ぎ去るのを待つ？　まあ、そんなやつもいるだろうな。けれども反対に、いてもたってもいられなくなるやつもいるんじゃないか。そういうやつは、どんな行動を起こすか」

犯行声明文にはこれ見よがしに、《真実を知った》と書かれていた。何を知ったのか、花火のことなのかと気にかかり、確かめなくては、と思う。そのためには——。

「失踪から戻ってきた子供に、接触しようとする?」

佐々木はわが意を得たりとばかりに微笑んだ。

「そのときに、彼らが何か決定的な一言を洩らすんじゃないか。この子たちは、そう考えたんだよ」

隼人が異を唱えずにいるのを見て、彼らのやろうとしていたことが、じわじわと理解されてきた。

「まさか、隼人くんたちは、スタッフが花火をやった証拠をつかもうとしていたっていうのか――この連続失踪は、そのためのものだったのか!」

隼人は深々とうなずいた。

「失踪した子は本当のことを知ってるぞって書いたら、慌てたスタッフの誰かが失踪直後の子のところにお願いしに来るんじゃないかと思ったんだ。自分たちが花火をやったことは誰にも言わないで、ってさ。おれたちは、その言葉を録音するつもりだったんだよ」

その録音は動かぬ証拠になるだろう。少なくとも、単に子供たちが《花火をやったのはスタッフです》と主張するよりは、はるかに信憑性が高まる。だから、テープレコーダーが必要だったのだ。

「じゃあ、きみたちはスタッフの過《あやま》ちを立証しようとしていたんだね。あの火事を起こしたスタッフに、罰を受けさせるため?」

「そうじゃなくて……おれたちずっと、傘外のやつらから疑われてたからさ。キャンプの火事は、おれたちが起こしたんだろうって。だから、花火をやらなかったんだってこと、信じてもらいたかったんだよ」

マユの目撃談をきっかけに、四年一組の傘外の子たちは、隼人らが火事を起こしたと決めつけていた。その誤解を解くためには、スタッフが花火をやったのだという証拠を押さえるしかなかった。

「口で言っただけじゃ、信じてもらえそうになかったから……だって、いままでおれたち、花火なんて持っていってないって言ってたんだ。広子ちゃんに、誰にも言うなって止められてたから」

その段階から、子供たちはすでに嘘をつかされていたのだ。

「なのにキャンプから何ヶ月も経って、いまさら花火は持っていってたけどやってはいないって言ったって、誰も信じてくれないと思ったんだよ。だから信じてもらうには、スタッフが花火をやったっていう証拠をつかむしかないよなって」

「そもそもきみたちは、スタッフが花火をやったことにも思い至っていなかったんだろう」

でなければ、広子の口止めに応じるわけがない。

「いつ、その可能性に気づいたの。いまごろになって証拠をつかもうとしたのはどうして？」

隼人は目を伏せた。

「それは……全部、忠のおかげなんだよ」

そして彼は、ある思い出を語り始めた。

「智子が家出したあとだったから、もう夏休みも終わりのほうだったな」

その日、隼人は城野原東公園にいた。ひとりきりで、誰かと約束をしていたわけでもなかった。

「ブランコに座ってぼーっとしてたら、足音が聞こえてきてさ。誰か来たのかと思ってそっちを見てみると、忠がいたんだ」

隼人はいつもどおり、つっけんどんに対応した。

――何か用？

忠は隣のブランコに腰を下ろしながら言った。

――別に。ただ、おまえがいるのが見えたから。

「何か話をしたがってるような感じだった。だからおれ、黙ってた」

すると、忠がいきなり問いただしてきた。

――おまえたち、キャンプに花火を持っていったってのは本当か？

「傘外のやつらが、おれたちのせいで火事になったって噂してるのは知ってた。おれたち、ずっとそれでムカついててさ。だけど花火を持っていったのは本当のことだから、そのときも言い返せなかった。そしたら、忠が続けて言ったんだ」

――おまえらが火事を起こしたわけじゃないんだろ。

隼人は驚いて、なぜそう思うのか、と訊き返した。

――だっておまえら、ちっとも《ヤバいな》って顔してないじゃないか。自分たちのせいで火事になった、それで七海が意識不明になったと思ってるんなら、絶対もっとビクビクしてるはずだよ。

「だからおれ、言ってやったよ。慎司はビクビクしてるけどなって。忠、あいつはもともとそういうやつだもんなって言って笑ってた」

隼人も笑った。それで、ちょっとだけ打ち解けた気がした。

そこで忠は、あらたまって言ったのだ。

――このままでいいのかよ。自分たちのせいで火事になったわけじゃないのに、好き勝手言われて悔しくないのかよ。

「おれ、初めて正直に打ち明けたんだ。花火は持っていったけど、没収されたからできなかったって。それに、このことは誰にも言わないって花火を没収したスタッフと約束したから、傘外のやつらにも言い返せなかったってことも」

忠はしばし考え込んだあとで、隼人が戦慄するような一言を放った。

――おまえら、騙されてるんじゃないのか。

「忠って、勉強ができるだけじゃなくて、前からちょっと鋭いとこあってさ。いたずらとか、先生に怒られるようなことを誰かがやったとき、けっこう犯人当てちゃったりするんだよ」

だとしても、驚くべきことだ。広子が隼人らに口止めしたと知るやいなや、忠はその意図を見抜いてしまったのだ。

「それで初めて疑ったんだ。忠の言うとおり、おれたち騙されてるのかもって。おれたちから没収した花火をスタッフがやって、その燃え殻が火事を起こしたんじゃないかってさ。だけど、いまさらそんなこと言ったって遅すぎる気がした。だってキャンプからはもう、三ヶ月以上経ってたんだから」

隼人は弱気な発言をした。そんな隼人に、忠は告げたのだ。

——なら、証拠をつかむしかないだろ。スタッフが花火をやったっていう証拠をさ。

僕は、裏山で遭遇したときに忠が、団地の子たちが花火をやっていないなら、そう信じてもらえるような証拠を見せるべきだ、と語っていたのを思い出した。あれは忠の本心であって、しかもみずから実現させようとしていたことだったのだ。

「そんなの無理だって言ったんだ。そしたら忠、ぼくも手伝うからって」

その瞬間、団地の子のリーダーと傘外の子のリーダーとのあいだに、協力関係が結ばれた。

「おれ、訊いたんだよ。何でいままで争ってたのに、いきなり協力してくれるんだって」

——傘外のみんなが、やってもいないことでおまえらを悪く言うのは、何だかズルしてるみたいで嫌なんだ。

忠は傘外の子供たちのリーダーとして、そんな状況をかねてより苦々しく思っていたのだろう。

「おれは忠を信用することにした。そして、証拠をつかむための方法を二人で考え始めたんだ」

三ヶ月も前の夜の出来事を証明する物的証拠など、手に入りそうにない。ならばスタッフに認めさせるしかない。それにはまず、スタッフを動揺させる必要がある。

「おれたちはもう、スタッフが花火をやったことに気づいてる。それを知ればスタッフも、冷静ではいられないよな」

とはいえ口頭で伝えたところで、認めるはずがないのはわかりきっていた。スタッフを揺さぶらないといけない。それにはどうすればいいか。

「城野原の人みんなが注目するようなでっかい騒ぎを起こして、その中でスタッフにだけわかるメッセージを組み込んで、おれたちが《真実を知った》と知らせる。そしたらスタッフは、なるべく早くおれたちの口止めをしなきゃって焦り出すだろうと思ったんだよ」

スタッフが花火をやったという事実を、安易に世間に公表しても本人たちに否定されるだけだ。では、世間の注目を集めたうえで、もうすぐ公表するぞという態度を示したらどうなるか。スタッフにしてみれば、できることなら公表を食い止めたいのは言うまでもない。そのために自分たちに接触してくるのではないか——そう、隼人たちは考えたのだ。

「そこまでは、おれと忠の二人で相談して決めた。どんな騒ぎを起こせばいいのかについては、智子の家出を参考にすればいいんじゃないかってことになった。それからおれは、ほかの四人を誘ったんだ。失踪するやつは夏休みを取り戻せるうえに、傘外のやつらの噂もやめさせることができるんだぞって」

隼人は塾帰りに話を持ちかけ、翌日あらためてみんなで集まった。

「最初に、忠を六人めの仲間として、ほかのやつらに紹介した。あいつら、すげえびっくりしてたな」

その後、彼らは作戦会議を始めた。言わずもがな、誰にも話を聞かれることのない場所でおこなう必要があった。

「そこでおれたちは、六人のうちの誰かの家に集まって会議をやることにしたんだ。もちろん、ほかの家族が全員出かけている家を選んでさ」

六人もいれば、誰かしらの家が留守だったのだろう。特に団地の子の家は、五人とも単親家庭ということもあり、連続失踪における隠れ家として使えたほど、留守のことが多かったのだ。

「ただ、忠は団地にいると目立つから、会議の場所までこそこそ移動しなきゃいけなかったけどな。何とか見つからずに済んだみたいで、おれたちが協力してることは誰にもバレなかったよ」

忠と隼人たちとの協力関係を、彼らは秘密にしておきたかったらしい。それは二人が小学校の校門でいがみ合ってみせたことや、裏山で出会った際の忠の態度からもわかる。協力関係が露見すると作戦に差し障るおそれがあるから、隠しておいたのだろう。

そうしておこなった最初の作戦会議において、彼らは全員で知恵を出し合い、隠れ家のことや入れ替わりのトリック、犯行声明文の内容などを考案した。準備にかかる費用は、お小遣いを月に一万円もらっている忠が負担を買って出た。あとで返してくれればいいから、と忠は言ったそうだ。

「実は証拠を録音しようっていうのは、そのとき慎司が言い出したんだ。ぼくのテープレコーダーを貸すから、って」

隼人と忠は、スタッフの自白が引き出せれば充分だと考えていた。ところが慎司はそれでは甘い、録音すべきだと主張したのだそうだ。その結果、スタッフが接触してくる可能性がもっとも高いであろう、失踪から戻ってきた児童がテープレコーダーを常に持ち歩くことになった。こうして作戦は、会議で少しずつ補強されていった。

「三人寄れば文殊《もんじゅ》の知恵とはよく言ったものだな」

佐々木が感心したようにつぶやく。

「倍の六人いれば、小学生でもこれだけのことを考えつくわけですからね」

「ああ。それで、ダビデスターライトだったんだな」

一瞬、意味がわからなかったけれど、隼人がそれに答えた。

「そう。ダビデスターライトは六色に変化する花火だから、六人で協力し合ってるおれたちにぴったりの名前だと思ったんだよ」

あのネーミングに、そんな意味が隠されていたとは。もっとも、そこから六人めの仲間、すなわち忠の存在に勘づくのはほぼ不可能だっただろうが。

「まあ、作戦会議をするときは、六人そろわないことが多かったんだけどさ。健が熱出してたり、美咲がおばあちゃんちに行ってたり、忠がお見舞いに行ってたりして」

「誰かが失踪している最中に会議をおこなうときは、失踪中の子が隠れている家に全員で集まったの？　その家には当然、失踪中の子以外は誰もいなかったはずだよね」

この質問に、隼人は首を横に振った。

「美咲の失踪中に会議をしたことがあったけど、あのとき美咲はおれの家にいて、会議は健の家でやったよ。おれたちが集まってるのが誰かに見つかったとき、美咲の居場所まで一緒にバレちゃったら最悪だから」

会議の場所を選ぶときも、彼らはきわめて慎重だったわけだ。

「とにかく、健の失踪がうまくいったんでおれたち、これはいけるんじゃないかって思った。スタッフの人たちが近づいてくることはなかったけど、失踪を続けていればそのうち、証拠になる言葉を録音できるんじゃないかって。そうやって何回も会議したり、次の失踪をやったりしていくうちに、何ていうか……だんだん、何でおれたち傘外のやつらと張り合ってるんだろうって気持ちになってきて。忠、いいやつだし。忠のほうでも、似たようなことを感じてたみたいだった。それで、もしかしておれたち、この作戦がうまくいったら仲よくなれるんじゃないかって思い始めたんだ」

そこで、佐々木が口をはさんだ。

「そのころ、夏休みを取り戻すという言葉の意味も変わったのか」

「そうなんだよ。おじさん、すごいね、よくわかるね」

隼人はうれしそうにしている。僕だけが置いてきぼりだ。

「どういうことですか。さっきも、隼人くんがそんなことを言ってましたけど」

――最初のころといまとでは、かなり意味が変わっちゃってるけど。

佐々木は噛んで含めるような口調になって言う。

「初めのうちは、失踪して自由に遊ぶことを、彼らは《夏休みを取り戻す》と表現していたんだろう。取り戻すというくらいだから、彼らには夏休みを失った、奪われた感覚があるわけだ。今年、塾がよいを始めなければならなかったから」

週に三度も塾にかよっていれば、夏休みを奪われたように感じてもおかしくはない。

「では、そもそも彼らはなぜ塾に行かなければならないのか。それは、私立中学を受験せざるを得ないからだ。団地の子は公立の城野原中学に進むといじめられるという、悪《あ》しき習慣があるからだ。そこをどうにかしない限り、夏休みの塾がよいは避けられない」

実に理不尽な話だが、現状としてはそのとおりだ。

「どうすればいじめをなくせるか。彼らは、中学に上がってもいじめなんて起きようがないくらい、団地の子と傘外の子とで良好な関係を築いておけばいいと考えた。いままでは、それはほとんど絵空事だった。団地の子と傘外の子のあいだに溝があり、ことあるごとに張り合っていたから。いじめにまで発展していなくとも、中学校の雰囲気は小学校にも少なからず伝染していた」

その溝は子供たちだけのものではない。芝池も語っていたとおり、そもそも城野原団地の成立にまでさかのぼる、城野原の住民に深く根づいた価値観なのだ。

「花火に関する疑惑は、その溝をいっそう深めたのだろう……だが、今回の作戦がうまくいけば、彼らはその疑惑を晴らすことができ、さらに両者の溝を埋めることさえ期待できる。団地と傘外のリーダーどうしが、手を取り合って遂行する計画なんだからな」

その事実が四年一組の児童たちに、あるいは四年生全体に、どれだけの影響を及ぼすか。

「おれと忠が仲よくすれば、みんなもついてきてくれて、団地とか傘外とか関係なく仲よくできるんじゃないか。そしたらおれたちは塾に行かなくてもよくなって、来年からは楽しい夏休みが戻ってくるんじゃないか。そう思ったんだよ」

隼人は熱っぽく語る。

「それに、おれたち団地の子は、貧乏な家が多いんだ。なのに塾に行かなきゃいけなくて、そのうえ私立中学のお金もかかる。うちの母さん、いつも通帳見ながらため息ついてるよ」

以前にも、城野原団地にはねじれが生じていると感じた。やはり、団地の家庭にとっては深刻な問題なのだ。

「そういうのも全部、終わりにできるかもって思ったんだ。この作戦が成功して、傘外のみんなとも仲よくなれたら、おれたちは城野原中学にかよえるようになって、母さんたちも楽にしてやれるんじゃないかって。だからおれたち、健や美咲の親に心配させちゃったのもわかってて、それでも失踪を続けようって決めたんだよ」

力強く語っていた隼人が、そこでいきなりうつむいた。

「だけど、もうおしまいだ。隠れ家のこともバレちゃったから、作戦は続けられない。失踪していないメンバーも、あとは慎司だけだしね。おれたちは結局、スタッフの言葉を録音することはできなかった……」

佐々木は深く息を吐くと、毅然とした態度で言い放った。

「きみたちの考えはよくわかった。だが、やはりそのやり方は間違っている」

隼人が顔を上げる。

「問題は、いろんな人に心配をかけたことだけじゃない。きみたちのやっていることは完全に、スタッフに対する挑発だ。下手に刺激して、彼らを逆上させてしまえば、自分たちが危険な目に遭うかもしれないということを、少しは考えなかったのか」

隼人は言葉に詰まる。

「少しは他人を信用してほしかった。自分たちだけで何とかしようとするんじゃなく、な。もうおしまい？　そんなことはない。人に信じてもらおうとする前に、まずはきみが人を信じるべきなんだ。正しいやり方を、きみたちはまだ試していないはずじゃないのか」

そのとき隼人の瞳が、力強い光を取り戻した。

「おれ、みんなの前で本当のこと話すよ。花火のことも、いまの気持ちも、全部話してみんなにわかってもらいたい」

佐々木はうなずくと、いたずらっぽく笑った。

「だったら、話を聞いてもらう舞台を用意しなきゃな——連続失踪で集めた注目を利用して、な」

——いま、隼人は体育館にいるたくさんの人を前にして、夏休みを取り戻すという言葉の真意をあらかた語り終えた。キャンプの夜に何が起きていたのかということ、受験といじめのこと、初めは楽しみながらも花火に関する疑いを晴らそうとしていたこと、その目的はしだいに団地と傘外との融和へと移り変わっていったことなどを、彼は小学生なりの語彙《ごい》を駆使して、一所懸命に説明していった。

「何でみんな、もっと仲よくできないんだよ。団地とか傘外とか関係なく、みんなで仲よくすれば、いじめだって起きなくなるはずなのに」

隼人の切実な訴えが、スピーカーを通じて体育館にこだまする。四年一組の児童だけに聞かせたいのではないのだ。全校児童や、城野原に住む大人たちに向けて、隼人は心を込めて訴えていた。

ところが、だ。

体育館の中、わけても保護者たちのあいだに、どことなく白けた空気が漂っているのを僕は感じ取っていた。隼人もそれに気づいているのだろう、彼の訴えはますます必死さを増すが、必死になればなるほど彼の言葉は上滑りしていく。

隼人の言葉がついに途切れてしまったとき、待ちかまえていたように保護者のひとりが手を挙げた。高価そうな服装に身を包んだ女性だ。保護者席の近くに控えていた男性教師が、マイクを持って彼女のもとへ走る。

女性は立ち上がってマイクを受け取ると、六年二組誰それの母です、と名乗った。

「先生方にお訊ねしますが、これは何のための説明会なのでしょうか。私たちは、騒ぎを起こした子供たちの勝手な言い訳を聞きに来たのではありません」

その言葉に、隼人が固まるのがわかった。

「学校がどう再発防止に取り組み、子供たちにいかに反省をうながすのかをうかがいに来たのです。先生方のお考えを聞かせてください」

賛同を示す拍手が保護者席から起こり、会場の視線は校長に集まった。

「再発防止のためにも、まずは事情を明らかにするというのが、この説明会の趣旨と認識しております」

校長は、穏やかな口調で言う。

「これだけの騒ぎを起こしたのです。子供たちには、相当な不満や鬱屈《うっくつ》があったのかもしれない。われわれはそれを知るために、対話をしなければなりません。説明会を開かなければ何も話さないと言うのですから、彼らには聞いてほしいことがあるはずです。そのためにも、今日の機会を設けました」

「そんなことに付き合わされる筋合いはない、と言っているんです」

再び、女性が発言した。校長は穏やかな口調を崩さずに、

「しかし、なぜこのような騒ぎが起きたのか、それを知りにいらっしゃった方も多いと思うのですが」

一理あると思ったのかはわからないが、女性はマイクを教師に返して着座した。すぐに、別の保護者の手が挙がる。立ち上がった男性は、二年三組の児童の父親とのことだった。

「その子の言い分を信じる前提で話が進んでいるようですが、そもそも、事実を話していると

いう確証はあるんですか」

この発言に、前にいる六人の子供たちは愕然《がくぜん》とさせられたようだった。

「失踪を繰り返して、親御さんや先生方をあざむいてきた子供たちなんです。こんな説明会を開かせて、そこで一席ぶつというのも、いかにもまだ何か企んでいそうじゃありませんか。花火は没収されたというが、本当なんでしょうか？　叱られたり罰を受けたりするのが嫌だから、罪を隠蔽するためにこんなことをやっているとは考えられませんか」

「嘘なんてついてねえよ！　おれたち、花火はやってねえ！」

健が顔を真っ赤にして叫ぶ。

男性はそんな健を一顧《いっこ》だにせず、なおも校長に向かって続けた。

「四ヶ月ものあいだひた隠しにしておいて、いまさら信じろと言われても、虫がよすぎるのではないでしょうか。校長先生、もしも彼らが火事を起こしていながら、その罪から逃れようとしているのなら、これは大問題ですよ。ここでの対応が、彼らの一生を左右するかもしれないのです。何の証拠もなしに、彼らの話を真に受けてしまっていいんですか」

「ここは裁判の場ではありません。彼らの話を聞く場です」

校長はどこまでも穏やかな口調で返答した。ほかの教師たちは、ある者はほかの者と目を見合わせ、ある者は思い悩んだ様子でうつむいている。

会場のささやき声が徐々に大きくなり始める。前に立つ六人の子供たちは、悔しそうに下を向いていた。

結局、ここに行き着くのだ。証拠がないと、子供たちの疑いは晴れないのだ。

彼らの考えたとおりだった。危険を冒してでも、スタッフの決定的発言の録音を手に入れるべき、と慎司が主張したのは正しかった。いまこの体育館の中に充満する空気が、保護者たちの辛辣《しんらつ》な態度が、それを如実に物語っていた。

いまさらながら、僕は連続失踪を終わらせてしまってよかったのかと思い始めていた。むろん、計画を続けたところで証拠となる言葉の録音に成功したかはわからないし、危険でもある。だが、いまや彼らの仕掛けた罠は白日のもととなり、証拠を入手する望みは絶たれたに等しい。あるいは警察が火事のことを調べ直してくれるかもしれないが、すでに四ヶ月が過ぎ、子供たちが花火をやらなかったことを証明できるかどうかは心もとない。

暗澹《あんたん》たる思いで、僕は六人の子供たちをながめていた。

そのときだった。

「わたしは信じます」

ひとりの女の子が、耳を真っ赤にして立ち上がった。

「斎藤くんたちが花火をやってないってこと、信じます。忠くんもそう言うのなら、本当なんだと思うから」

彼女は四年一組の児童らしかった。それも、隼人や忠の呼び方から考えて、傘外に住んでいる子と思われた。おどおどしていて、語尾は消え入るようだが、それでも勇気を振りしぼって意見を表明したようだ。

さらに、彼女の隣に座っていた女の子が、立ち上がって寄り添うようにした。こちらは活発そうな子で、話し方もはきはきしている。

「忠くんは、ちゃんとした理由もないのに、みんなを困らせることに手を貸すような人じゃない。斎藤くんたちを本気で信じているから、協力したんだと思う。だったら、わたしも信じる。斎藤くんたちの言うことを信じます」

会場を、恐ろしいほどの沈黙が支配した。その沈黙に耐えられなくなりそうで、僕は校長に目をやった。彼はこの状況でも泰然としたまま黙っている。救いを求めるような気持ちで、僕は隣の佐々木に話しかけようとし——驚いた。

佐々木は、微笑んでいたのだ。

「ぼくも信じます」

突如沈黙を破って、別の男の子が立ち上がった。それが引き金となったように、

「あたしも信じます」

「おれも」

続けてひとり、またひとりと、次々に声を上げて立ち上がっていく。最初に発言した女児のまわりに座っていた子供たち——四年一組の児童たちだった。

その光景を、隼人たちは呆然とながめている。目の前で起きていることが現実だとは思えない、そんな顔をしていた。

共鳴するように、児童たちはどんどん立ち上がる。やがて、団地も傘外も関係ない、多くの

児童たちが起立した。全校生徒というわけにはいかないが、少なくとも四年一組の子供たちは全員が立ち上がったようだ。

――いや、違う。よく見るとたったひとり、座ったままの女児がいる。

マユだった。

クラスメイトの視線が、徐々に彼女に集まっていく。マユはぎゅっと抱え込んだひざに、額をつけてつぶやいた。そのつぶやきは、不思議なほどはっきりと響いた。

「……斎藤くんたちが、花火をやったんだもん。わたし、間違ってないもん」

周囲の子供たちが、はっとしたように身を硬くする。

彼女は隼人たちが花火を買うのを目撃し、彼らが火事を起こしたのではないかという疑いを広めた張本人なのだ。確かに少々の悪気はあったに違いない。が、嘘をついて隼人たちを貶《おとし》めようとしたわけではなかった。このような事態になったことに責任を感じ、その裏返しとして引っ込みがつかなくなってしまった彼女の心境は、僕でも痛いほどに理解できた。

どうする、と固唾《かたず》を呑んで状況を見つめていると、隼人がマイクを使わず、直接マユに話しかけた。

「無理に信じてくれなくてもいいよ。だけどさ」

マユが顔を上げる。

「たとえ信じてもらえなくても、おれは傘外のみんなと、仲よくなりたいと思ってるんだ。みんなとだよ。それがいまの一番の願いだ」

マユが目元をごしごしとこすった。彼女の友達らしき子が、あたふたし始める。しかしマユは直後、勢いよく床に手をついて立ち上がると、力強い声で告げた。

「わたしも、斎藤くんたちを信じます」

わあっと子供たちの歓声が上がる。今度こそ、四年一組が結束した瞬間だった。

隼人が立ち上がった子供たちを見ながら、うれしそうに笑った。しかしそのとき、水をさすような発言が体育館に響き渡った。まだマイクを握りっぱなしだった、先ほどの男性だ。

「ですから、その子たちが花火をやっていないという証拠はあるのか、と訊いているんです。裁判の場でなくとも、それがない限り、議論は進みませんよ。信じるか信じないかなんてのは、いまはどうでもいい――」

「大変失礼ながら」

今度は芝池が、マイクを通じて男性をさえぎった。

「どうでもいいのは、あなたの発言のほうではないでしょうか」

男性が絶句した。芝池は落ち着いた声で続ける。

「先ほどの斎藤くんの話、お聞きになったことと思います。彼らは、同じクラスの傘外の子が、自分たちを疑っているのが嫌で、その状況を何とかしたくて今回の失踪騒ぎを起こしたのです。そしてクラスのみんなが、斎藤くんたちの無実を信じました。そのような結果を迎えた以上、もはや証拠など必要ないのです。部外者の疑いなどに一切惑わされず、四年一組の児童たちは今後、全員で仲よくしますから」

そこで芝池はひと呼吸おいてから、もう一言つけ加えた。

「むろん、担任である私もこの子たちを信じています」

これは芝池による勝利宣言だった。少なくともこの場においては、男性の主張は無力化されたのだ。

男性は憤然たる面持《おもも》ちで、さらに何か言い募ろうとしたが、そこで校長がやんわりと語り出した。

「教員の失礼な発言、お詫び申し上げます。ただ、われわれ大人が子供を頭から疑う限り、子供も大人を信頼してくれないのではないでしょうか。子供が安心して本当のことを話せる関係を築けていたら、初めからこんな騒ぎは起きなかった。これはもちろん、私たち教師に対する自戒を込めて申し上げております」

その声は穏やかでありながら威厳に満ちていた。保護者の誰からも手が挙がらないのを確認すると、校長は隼人たち六人に向き直った。

「多くの人を心配させたことについて、きみたちはしっかり反省しなければなりません。その代わり、きみたちの疑いを晴らすため、先生はしかるべき方面にはたらきかけていきます」

隼人たちがうなずくのを待って、校長は続けた。

「そして、きみたちがみんなで仲よくなって、私立中学への進学を希望しない子も安心して同じ中学に行けるように、先生たちはできる限りのことをすると約束します。一緒にがんばりましょう」

校長が隼人と握手をし、次いでその手を忠に向ける。保護者たちから、拍手が起きた。それは、やはり万雷と言うにはほど遠かったし、まだ納得のいっていない表情を浮かべている保護者もいた。けれどその一方で、子供たちが何の心配もなく公立中学へかよえることを願う保護者も多くいるはずで、そうした人たちが校長の言葉を聞き届けたと言わんばかりに、その手を打ち鳴らしているように聞こえた。

そう言えば運動会の日、忠はマユに「そういうことは一番大事なときに言って、最大限の効果を発揮させるものなんだ」と説いていた。あれは、マユに対してあえて露悪的に見せていたともとれるが、もしかすると今日の説明会のような舞台を想定したうえでの発言だったのかもしれない。

説明会はまだ途中のはずだが、出席者のうち数人が、ちらほらと体育館を出ていく。その中に、見知った顔を見つけた。

石野和樹だ。

「和樹くん、来てたんですね」

僕は隣の佐々木に小声で話しかける。佐々木が体育館の入り口に目をやったときには、すでに和樹の姿はそこになかったようで、佐々木は「そうなんだな」とつぶやいたのみだった。

「慎司くんの兄として、あるいはキャンプのスタッフとして、説明会の模様が気になったんでしょうか。でも、今日の説明会で火事を起こした疑いの何割かが、スタッフに向けられたことは間違いありませんね」

「彼らはこれから苦労するだろうな。しかしいずれにしても、この先彼らを追いつめるのは警察の仕事だ」

「そうですね。僕たちにできることは、もう何もなさそうです」

隼人に目を移す。晴れがましく、誇らしげな表情を浮かべていた。

「あの子たち、よかったですね」

僕は佐々木に微笑みかけた。

こうして、城野原の住民を騒がせた連続失踪事件は、終わりを告げたのである。

*

「あーあ、終わっちまったんだなあ」

健が歩きながら、両手を頭の後ろで組んでつぶやいた。

九月二十七日金曜日、時刻は夜の七時を過ぎている。五人の子供たちは、学習塾の授業を終えて帰る途中だった。

「夢みたいだったね」

智子が口にする。彼らにとって、このひと月はあっという間だった。

「でも、夢じゃなかった。おれたちのやったことはクラスのみんなや先生、そのほかにもいろんな人の心を動かしたんだよ」

力強い隼人の言葉に、健が続く。

「それに、親子で話し合う、いいきっかけにもなったんじゃねえかなあ。おれ、あのあと父ちゃんから、『これからは困ったことがあったら何でも相談してほしい』って言われたよ。父ちゃんが目に涙を溜めてるとこ、初めて見た」

「ぼくもお母さんに怒られた。すっごく久しぶりだった」

むしろよかったことのように、慎司が言う。

二人の体験談にうなずいたあとで、智子が口を開いた。

「何と言ってもさ、楽しかったよね。憶えてる？　美咲が視聴覚室から消えたときの、芝池先生の慌てっぷり」

「あれ、すっげえおかしかったよなあ！」

「学校じゅうの子たちが謎を解こうとして、おれや智子のところに答え合わせに来るのも、有名人になったみたいでおもしろかったなあ。みんな、とんちんかんな推理ばっかりでさ！」

健がはしゃぐ。思い出話をしているだけで、沈んだ陽が再び昇るみたいに、彼らは自然と笑顔になった。

「でも、まだ続けたかったよね。録音も結局、成功しなかったし……隼人、何で全部しゃべっちゃったの」

慎司に言われ、隼人は唇をとがらせた。

「しょうがないだろ。あの記者さんたち、隠れ家のことも見抜いたうえでおれを捜し当てたんだ。おれがしゃべらなくたって、どっちみち続けられなかったよ。……でも、ごめんな。順番回せなくて」

「それはいいよ。部屋のことを考えるとどうせ、ぼくが失踪するのは難しかったし……」

団地がすぐそこに迫っていた。踏切に差しかかったとき、隼人が急に立ち止まった。ぶつかりそうになりながら、後ろに続く四人も止まる。隼人が初めて夏休みを取り戻す計画を切り出してきたときにも、こんなことがあった。

「おれ、母さんに相談してみようと思うんだ。塾をやめてもいいかって」

ほかの四人は驚いた。智子が正直な心情を白状する。

「あたしはまだ、やめる勇気ないよ。隼人も急がなくていいんじゃないの。もっとみんなが仲よくなって、受験しないって決まってからでも」

けれども隼人の決意は揺らがなかった。

「いま動かないと、何も変わらない気がするんだ。傘外のみんなと本気で仲よくなるつもりだってとこ、示したいんだよ」

そのあとで、自信なさそうに付け加えた。

「……やっぱりだめだと思ったら、また塾行くよ。受験まで、まだ二年以上あるし」

子供たちのあいだに、和《なご》やかな空気が広がった。

「そうだよね。いま決めたことを、絶対に変えちゃいけないわけじゃないんだもんね。あたしも塾、やめてみよっかな」

「智子がやめるなら、おれもやめるぞ」

「塾に行かなくてよくなったら、もっといっぱい遊べるね。放課後も、来年の夏休みも」

「またみんなで集まろうぜ。忠も誘ってさ」

「いいね。あたし今回のことで、傘外の女子が忠にキャーキャー言ってる理由が何となくわかったよ。大人っぽいし、ちょっとかっこいいかも」

「おっ。智子、ひょっとして忠のこと好きなのか？」

「んー、それはどうかなあ」

「ええ、嘘だろお！」

健が失恋の予感に焦り始めたので、ほかの子たちは笑った。その笑いが収まるかどうかというところで、隼人が言った。

「じゃあ、帰るか」

「そうだね。明日は休みだし、暇だったら電話するかも」

「おう。またな」

手を振り合い、子供たちが団地に向けて足を踏み出した、そのときだった。

「――待って！」

叫び声がしたので、子供たちはそちらを振り返った。

美咲だった。そう言えば彼女は塾から帰る途中、一言も発していなかった。

「何だよ、美咲」

美咲はひとりの子供に向き直る。そして、言った。

「ねえ——あの時間、いつもどこで何をしてたの？」

団地に生えた木々を揺らす、強い風が吹く。

「……何の話だ？」

第六章　冬が終わるまで

われわれ取材班が事件現場に駆けつけたとき、そこにはひとりの若者が倒れていた。若者は意識を失っており、右腕からは多量の出血が見られた。そばにはひとりの小学生が寄り添い、手にかみそりを持った女性が彼らを見下ろしていた。

ただちに救急車と警察が呼ばれ、若者は近くの病院へ搬送された。われわれは女性の身柄を警察にあずけると、小学生を引き連れ、タクシーで搬送先の病院へ向かった。

なぜ、新たな失踪が起きたのか。なぜ、彼らは事件現場にいたのか。女性はなぜ、若者に襲いかかったのか。

われわれは真相を知るべく、病院の待合室にて小学生から話を聞いたのだった。

【『月刊ウラガワ』一九九六年十二月号「城野原団地・児童連続失踪の真相」より】

1

「ふうん。それで、いい記事が書けるのかしらね」

仁科が言い、回転椅子の背もたれに身をあずけた。どうですかね、と僕は返す。

九月ももう末日なのに、夏が戻ったかのような暑い日だった。三十日月曜日、月刊ウラガワ編集部にて。僕は編集長の仁科に、城野原団地の連続失踪に関する取材の成果を報告していた。

先週水曜日の保護者説明会をもって取材は一段落し、僕は翌日には出社していたのだが、間の悪いことにその日から編集長の出張が入っていたため、直接会って話す機会がなかった。それで週明けの今日、それも帰社するころになってようやく、こうしてお目通りが叶ったのだ。

仁科は僕の報告を聞いて、渋面《じゅうめん》を作ってみせる。

「とどのつまり、すべては子供たちのいたずらに過ぎなかったわけでしょ。よっぽどおもしろおかしく書かないと、掲載は難しいと思うんだけど」

「編集長、そうは言いますが、子供たちの使ったトリックはいずれも手が込んでましたよ。それに、彼らには崇高な目的もあった」

「はいはい。みんなで仲よくしましょう、ってやつね」

「何と言っても、ひとりの意識不明者を出した火災の、隠された真相が明るみに出たんです。これは充分、記事になるでしょう」

すると、仁科は人差し指でデスクをトントンと叩いた。

「そこよ、問題は。結局のところ、スタッフは花火をやったことを認めておらず、証拠もつかめなかったんでしょう。それで本当に、スタッフが火事を起こしたと言いきっていいの」

痛いところを突かれた。僕は取材の間に溜まった仕事を片づける必要があり、あれから城野原へは行けていないのだが、引き続き城野原を訪れているらしい佐々木からは今日までに二度、電話で記事の進捗に関する報告を受けていた。彼によれば、子供たちがスタッフを告発した影響はいまのところ、ほとんど見られないとのことだ。

まだ、説明会から一週間と経っていない。火災の件で警察が動くとしても、もう少し時間がかかるのかもしれない。

「キャンプはもう五ヶ月近くも前なんでしょう。火災の証拠なんて、いまさら出てきやしないに決まってる。憶測で民間人を悪者に仕立て上げたあげく、誤報だったら記事を書いた人間は元より、うちの雑誌もタダじゃすまないわよ」

「それは……そうですね」

気勢をそがれた僕を見て、仁科は吐く息とともに肩を下ろした。

「書くなと言ってるわけではないの。時機を見ること、取捨選択をすることも大事だし、それで真っ当な記事にならなければ、つまらないネタとして切り捨てる勇気も必要だということよ。

まあ、佐々木くんは言われなくてもわかってるでしょうけど」

「はあ。おっしゃるとおりです」

「これだけ長いあいだ取材して、記事になりませんでした、じゃこっちも困るんだけどね。あとは、彼がどんな記事を書いてくるかを待つしかないわ」

ところで、と編集長はタイトスカートから伸びる脚を組み替えた。

「この取材、あなた自身にとってはどうだったの。ちょっとは勉強になった?」

「はい。それはもう」

「たとえば、どんなところが?」

少し悩んで、僕は答える。

「取材の前日にはお酒を飲みすぎない、とかですかね」

にらまれた。「何それ。あなた、下戸《げこ》だったわよね」

僕が入社して間もないころ、編集部で歓迎会を開いてもらったのだ。お酒を飲めないことを正直に申告して、仁科に痛罵《つうば》された。彼女は酒乱だから、と別の社員が耳打ちしてくれた。

「まったく、最近の若い子はいい度胸してるわ。次は、あなたひとりで取材に行かせるからね。覚悟しておきなさい」

喜んで、と返事したところで、電話が鳴った。

すでに日も暮れており、編集部に残っている社員は少なかった。ここは一番下っ端の僕が出るべきだろう。デスクに戻り、受話器を取った。

「はい、月刊ウラガワ編集部」

「――その声は、サルか」

こちらは誰何《すいか》する手間が省けた。僕は受話器を右手から左手へ持ち替える。

「佐々木さんですよね。どうかしたんですか」

「どうもしなければ電話しない」

焦りを含んだ声色だった。

「おまえ、いまから動けるか」

「いまからって、もう七時半ですけど……どこへ？」

佐々木の答えはある意味で予期したとおりだったが、それでも僕は驚いた。

「城野原だ」

「城野原に、いまさら何の用ですか。しかも、こんな時間に」

「たったいま、安田広子から電話があったんだ」

ためらうような間をおいて、佐々木は続けた。

「新たな失踪が発生した――石野慎司が、かいとうダビデスターライトの署名入りの走り書きを残して消えた。兄の和樹もいなくなっているそうだ」

「えっ？」

声が裏返った。仁科がいぶかるような目でこちらを見る。

「どういうことですか。失踪はもう終わったはずじゃ……」

「詳しいことは電車の中で話す。とりあえず――」

佐々木は待ち合わせ場所として、会社からも佐々木の自宅からも近いターミナル駅を指定した。僕は仁科に頭を下げ、急いで会社を出ると、ものの二十分後には佐々木と合流していた。城野原へ向かう電車に飛び乗る。これからの一時間は、どうあがいても短縮できない。吊革につかまって揺られながら、僕は佐々木から状況説明を受けた。

「慎司の母親が、隣人の福永智子が塾から帰ってきたところにたまたま居合わせたらしい。ひとりだったから、息子は一緒じゃないのかと訊ねたら、塾には来ていたけど授業が終わると同時にいなくなった、と」

母親は胸騒ぎを覚え、慎司の部屋をのぞいてみたそうだ。

「すると机の上に、走り書きをした画用紙があった」

だから、新たな失踪だと判明したわけか。「画用紙には何と?」

「安田広子が実物を見たようで、読み上げてくれた。至ってシンプルだ」

そこには、次のように記されていたという。

まだおわっていない　　　　　　　かいとうダビデスターライト✡

「母親はすぐに連続失踪のメンバーに連絡を取ったが、白ばっくれているのか、あるいは本当に知らないのか、彼らは何も教えてくれなかった。そこで母親は、家にいることの多い和樹の不在も関係しているのではないかと思い、和樹と親交のある広子に連絡したというわけだ」

　しかし、広子もまた何も知らなかった。彼女も困り果て、力になってくれそうな佐々木に電話してきたのだという。

　電車の窓の外を、夜の街並みが流れていく。そう言えば、陽が沈んでから城野原に向かうのはこれが初めてだ。都心から離れるごとに、街の明るさがだんだん減っていくのがわかる。

「……実は今日、記事をまとめていてな。ちょっと引っかかっていたことを思い出した」

　佐々木が低い声で語り出す。

「石野慎司が、部屋のドアに掛け金をかけるようになったことについてだ。福永智子の母親が寝入る夜の九時まで、失踪児童の居場所を確保するのに、慎司の部屋は重要な役割を果たしていた。失踪児童がほかの家にいる時間帯と違って家人がいるから、ドアに掛け金は欠かせない。ここまではわかる」

　だが、と目を細める。

「なぜ、八月の真ん中にそんなことを始めた？」

　八月のちょうど真ん中くらいと、和樹が話していた。

「今回の連続失踪の発端は飯塚忠と斎藤隼人が手を結んだことだが、失踪という発想に至ったのは、福永智子の家出を参考にしたからだ。智子の家出がなかったら、彼らは花火の疑いを晴らすにしても別の方法を考えたに違いない」

この点はうなずける。友達である健の部屋に、家人の不在を狙って智子が潜んだという経験が、その後の連続失踪計画のベースとなり、さらには実行へのハードルを下げたはずだ。実際、智子の家出を参考にしてどんな騒ぎを起こすかを考えた、という隼人の発言もあった。

「ところが、智子が家出したのは八月二十一日で、どう考えても八月の真ん中よりあとなんだ。これは何を意味する？　失踪のためではなかったのなら、石野慎司は何のために、部屋のドアに掛け金をかけていたんだ」

「うーん……もともとは、本当に勉強するためだった？」

その考えを、佐々木は即座に切って捨てた。

「いくら集中するためといっても、わざわざ自分で取りつけてまで掛け金をかける必要があるか？　しかも、雑音を遮断したいからテープレコーダーで音楽を聴いている、なんて白々しいことまで言っているんだぞ」

あらためて聞くと、室外からの呼びかけに反応できないことを、ごまかしているとしか思えない。

「石野和樹からこの話を聞いたときにも、疑問を持たなかったわけじゃない。言及だってしたはずだ」

憶えている。八月の真ん中からなら考えすぎか、といったことを佐々木は口にしていた。

「あのときはまだ、慎司がドアに掛け金をかけて部屋を抜け出しているという仮説を立ててみたに過ぎなかった。そして隠れ家の正体が判明すると、掛け金をかけていたわけは明白になり、部屋を抜け出した可能性については考える必要がなくなった。テープレコーダーも、家族からドアを開けろと迫られたときに反応できない理由として機能していた。すべてに説明がついたように感じて、慎司が掛け金をかけるようになった時期に対する疑問を忘れてしまったんだ」

「慎司くんは連続失踪のために掛け金をかけ始めたのだと思われたけれども、本当は別の目的で前もって掛け金を取りつけ、そのあとで失踪にも利用したとしか考えられないわけですね」

「ああ。では、当初の目的とはいったい何だ。そして、それは今日の失踪に関係があるのか」

誰かをかくまっていたわけでもないのなら、なぜ部屋のドアに掛け金をかけていたのか。僕の思考はおのずと、佐々木が以前立てた仮説に引き寄せられた。

「やっぱり、慎司くんはどこかへ出かけていたんでしょうか」

「ありえないとは言えない。夜の八時台に子供がこっそり自宅を抜け出すには、そのような手段を取るしかなかっただろうからな」

「だとしたら、一度きりではなかったんでしょうね。毎晩、掛け金をかけていたんだから」

そこで佐々木が、勢いよく顔を上げた。

「慎司が失踪児童を自分の部屋に招き入れていたのは、その夜の外出を継続するためだった、とは考えられないか」

「どういうことです？」

「いくら音楽を聴いていると説明したところで、何度も部屋を抜け出していたら、じきに家人が慎司の不在に勘づきそうなものだ。だが、掛け金をかけた部屋の中に慎司とは別の子供がいればどうだ。呼びかけなどには反応できなくても、物音で人がいるのを知らしめることはできる」

「ちょっと待ってください。ということは、慎司くんは掛け金を連続失踪にも利用したというより、むしろ自分の目的のために連続失踪のほうを利用したというわけですか」

頭がくらくらしてきた。僕のイメージでは、気弱そうな慎司が失踪児童をかくまうことを周囲に押しつけられた、と見るほうがよほど自然だった。

佐々木は慎重に受け答えする。

「彼らがどのようにして失踪計画を練り上げたのか、そこまで詳しくは聞けていないからな。慎司が進んで失踪児童を自分の部屋にかくまえると主張した可能性はある」

「そうなると、健くんや美咲ちゃんの失踪中にも、慎司くんは部屋を抜け出していたことになりますね」

健や美咲に留守番をさせ、自分はどこかへ出かけていたのではないか。窓を開け、ベランダから垂らしたあの縄ばしごを伝って。

電車が減速を始める。傾いた体を立て直しながら、佐々木が言った。

「確かめてみるべきだな。健や美咲は、慎司が部屋を抜け出していた事実を把握しているのみならず、もしかすると彼の行き先も知っているかもしれん」

ほどなく、電車は城野原駅に到着した。まもなく九時になろうかという時刻である。

改札を出て、小走りで城野原団地へと急ぐ。日はとっぷり暮れているのに暑い。久々に、寝苦しい夜になりそうだ。

団地の入り口の踏切の近くに、広子が立っていた。佐々木が来るのを待っていたのか、僕らを見つけてせわしなく手を振る。

「安田さん、久しぶり……なんて言ってる場合じゃないね」

僕が広子と会うのは、サークルの合宿に行くと聞かされて別れた十六日以来、二週間ぶりだ。

「今日、バイトは？」

「休み。家にいたから、和樹くんのお母さんからの連絡を受けることができたんです」

「よく俺に電話してきたな。きみたちスタッフに、俺はいまや敵視されてるもんだと思っていたが」

佐々木は足を止めずに言う。子供たちの連続失踪を終わらせた結果、スタッフへの疑惑が表面化したことを指しているのだろう。そのあたりのいきさつをすでに承知しているのか、広子は下唇を噛んで、

「……慎司くんの居場所を突き止められるのは、佐々木さんしかいないと思ったから。わたし、和樹くんが心配で」

「和樹くん？　慎司くんじゃなくて？」

「うん。何だか、ものすごく嫌な予感がするんです。杞憂《きゆう》だったらいいんだけど……」

その発言も気になったが、問いただしている余裕はない。

目的地へと、佐々木は突き進む。あとに続きながら、広子が訊いた。

「佐々木さん、どこに向かってるんですか」

「中井美咲の自宅だ」

「美咲ちゃん？　でも彼女、慎司くんの居場所は知らないって……」

「説明はあとだ」

中井美咲の自宅に着いてチャイムを鳴らすと、美咲の母親が出てきた。彼女はとまどっている様子だったが、事情をざっと説明したところ、美咲を玄関口に連れてきてくれた。風呂上がりらしく、ショートカットの髪が湿っている。

「石野慎司が失踪している件で、きみに訊きたいことがあるんだ。きみが失踪しているとき、慎司の部屋にいた時間があったな。そのあいだ、慎司が部屋を抜け出したことがなかったか」

美咲は驚きの表情を浮かべ、

「どうして知ってるの。慎司くん、わたしのときも健くんのときも、毎晩どこかへ出かけてたんだよ。部屋に二人もいたら、家族に気配でバレるからって」

僕と佐々木は目を見合わせた。ビンゴだ。慎司が健や美咲の不審の念を軽減するために、気配のことを持ち出していたとは、なかなかうまい口実である。

「彼がどこへ行っていたのか、聞いていないか」

「わたしもそれが気になって、三日前に訊いてみたの。慎司くん、適当に散歩してたって言ってた」

「夜の八時から九時のことだろう。そんな時間に子供が外をうろついていたら、目立つと思うんだが」

「お兄ちゃんの服に着替えてたんだよ。帽子も被ってた」

その手があったか。石野兄弟は背恰好が似ているから、服のサイズなどはさして問題にならなかっただろう。帽子で顔を隠していれば、小学生の慎司でも兄の和樹になりすますことができたかもしれない。しかも和樹は、夜に家を出てウォーキングをすることがあると話していたから、なおさらなりすますのには都合がよかったはずだ。

「わかった、ありがとう。こんな時間に悪かったな」

「慎司くん、大丈夫かな。塾でいなくなったとき、ちゃんと捜してあげればよかった」

美咲が声を細くする。彼女なりに、責任を感じているらしい。

「心配しないで。僕たちが、すぐに見つけて連れ戻すから」

安請け合いだったけれど、僕は美咲に約束した。しかし中井宅を離れ、三十号棟を出たところで途方に暮れる。

「とは言ったものの……慎司くんが部屋を抜け出していたことがわかっても、行き先がわからないんじゃ捜しようがないですね」

「おいおい。美咲との約束はどこにいったんだよ」

佐々木は一瞬だけ苦笑して、真顔に戻った。

「慎司はなぜ、毎晩八時から九時のあいだに外出しなければならなかったんだろう」

「その時間でないと行けない、あるいはその時間に行かないと意味がない場所に行っていた、ということでしょうか」

「夜の八時台、となると……」

つかの間考え込むと、佐々木は出てきたばかりの三十号棟を見上げた。

「さっき、中井美咲は風呂上がりだったたな。この時間に風呂に入るというのは、一般的な習慣だと思うか」

「まあ、そういう人はめずらしくないと思います」

「トイレや風呂の時間を除けばつきっきり、か……」

佐々木は半ば独り言のように言う。どこかで聞いた台詞だ。だが何のことだったか、とっさには思い出せない。

「サル。今日、暑いよな」

ずいぶん話が飛ぶ。「ええ。暑いです」

「窓を閉めきった部屋にいたら、汗かいちまいそうだな」

「できれば窓は開けておきたいですね」

さらに十秒ほど沈黙をはさんで、佐々木はまた口を開く。

「慎司が部屋のドアに掛け金をかけ始めたのは、八月の半ばだった。八月に、何があった」

「と、言われても――」

直後、佐々木が突然、走り出した。僕と広子は慌てて追いかける。僕らは踏切を渡り、あっという間に団地の外に出た。

「どうしたんです、佐々木さん」

大声で問う。佐々木は脇目も振らずに突っ走る。

「八月に入ってからのことなんだ。川原七海が、自宅に帰ってきたのは」

キャンプがあったのは五月初旬だ。そこから三ヶ月の入院を経て自宅療養に切り替えられた、と芝池が話していた。

「そのころは夏の盛りで暑かった。七海が寝ている部屋にはエアコンがないから、窓は開けっぱなしだっただろう。つまりあのアパートへ行けば、玄関を通らなくても窓から七海に会えた。彼女に声をかけることができた」

アパートのカーテン越しに見えていた、七海の足が脳裡によみがえる。窓が開いていたとしたら、彼女の息さえ聞こえてきたかもしれない。

「ただし、母親の久仁子がそばにいてはまずい。彼女は団地の子を、問答無用で追い返していたから」

美咲と智子が肩を落として帰っていくところを、僕は見た。

「だから母親が七海のそばを離れるときを狙った。母親が入浴しているときだ」

思い出した。トイレや風呂の時間を除けばつきっきり、とは川原七海に付き添う母親の生活を表した佐々木の台詞だった。

「となると母親が風呂に入るおおよその時間帯を知りたい。そこで七海の自宅に繰り返し電話をかけ、母親が出るかどうかを調べた」

そういや久仁子が、美咲たちに怒鳴っていた。

——さては先月、何度もいたずら電話をかけてきたのもあなたたちね。

「結果、母親は夜の八時台に風呂に入ることが多いとわかった。その時間にならば、母親に邪魔されず七海に会い、声をかけられる。だから、ドアに掛け金をかけて部屋を抜け出すことにした」

手がかりなんてまるでないように思えた。けれども佐々木は、散らばった情報を寄せ集めて、ひとつの答えを形成していく。

「慎司くんは今夜の気温の高さを受け、七海ちゃんの部屋の窓が久々に開いているかもしれないと期待して、あのアパートに向かった。佐々木さんはそう考えてるんですね」

「大外れかもしれない。だが、行ってみる価値はある」

城野原東公園の近くのアパートまではまだ距離がある。僕らは懸命に足を動かした。

「でも、なぜそこまでして七海ちゃんに会う必要が？　単なる友情じゃ、説明がつかないように感じます」

「石野慎司は運動会の日、七海が意識不明になったことに対して責任を感じている様子だったんだろう」

「そうか。一緒に避難してあげなかったことを悔やんで……」

「あるいはそれも、事実ではないのかもしれない」

その言葉は意想外で、僕は危うく転びそうになった。

「どういうことですか」

「考えてもみろ。火災発生時、七海がロッジにいたとされる根拠は、彼女を見かけたという慎司の発言だけなんだぞ。それがなければ、七海は初めからキャンプ場にいて、火災に気づいたときにはすでに火の手が回っており、逃げられなかったのだと考えることもできる。むしろそのほうが、パニックになって避難先を間違えたなんて話よりはよほど信じられる」

「そうかもしれませんけど……」

「それに、慎司は花火に誘われていなかったということもわかっている。なのになぜ彼が花火を持参し、ロッジを抜け出そうとしたのか。実はこれが、七海がキャンプ場にいた理由とつながっていたんじゃないか」

走る足は若い僕のほうが速いとしても、佐々木の思考にはなかなか追いつけない。佐々木自身も、それが臆測に過ぎないことはわかっているはずだ。だが、息を弾ませて語り続ける佐々木からは迷いが感じられない。

「きわめつけが、慎司の残した走り書きだ」

ようやく城野原東公園が見えてきた。ここを突っ切れば、七海の住むアパートだ。

「連続失踪は終結した。傘外の子供たちが団地の子たちに対して抱いていた疑いは霧散し、みんなで仲よくなって公立中学へ進めるようにがんばりましょうということになり、団地の子たちの目的は果たされた。それでも、《まだおわっていない》こととは何だ――」

そのときだ。

絶叫が近くから聞こえてきて、僕らは反射的に足を止めた。

「何だ、いまのは」

「七海ちゃんのアパートのほうから聞こえましたね」

「聞いたことのある声だったようだが……」

広子は無言で青ざめている。

「とにかく、行ってみましょう」

再び駆け出し、公園を抜ける。目的地にたどり着き、アパートの裏手に広がる光景を見て、僕は絶句した。

川原七海のいる部屋のすぐ外で、男性がうつぶせに倒れていた。部屋から洩れる明かりに照らされ、半袖シャツから伸びる腕が、赤く染まっているのが見えた。

「ねえ、大丈夫？　ねえ！」

石野慎司がうずくまり、倒れた男性を揺すりながら泣き叫んでいる。彼はやはり、ここにいたのだ。

掃き出し窓のすぐ近くには、寝巻きのような服に身を包み、髪を濡らした女性が立っていた。川原久仁子だ。茫然自失の体で、両腕をだらりと垂らしている。

その右手には、血まみれのかみそりが握られていた。

「……何が起こったんだ」

佐々木がつぶやき、久仁子に近づいて肩を揺さぶった。

「どういうことだ！　おまえ、いったい何をした！」

僕は倒れている男性に駆け寄り、顔をのぞき込む。

男性は、石野和樹だった――頬は青白く、右腕から大量の血を流し、ぴくりとも動かなかった。

「いやあああああ！」

広子が悲鳴を上げ、その場にぺたりと座り込む。

とにかく救急車を呼ばないと――僕は電話機を求め、ふらつきながら佐々木と久仁子を押しのけ、窓から室内に入った。

ベッドの上には、外の騒ぎなんてどこ吹く風というように、安らかな顔をした川原七海が横たわっていた。

2

「……よかった。お兄ちゃんのケガ、あんまりひどくないみたいで」

長椅子に腰かけ、両手を太ももの下に敷いて、慎司がつぶやいた。あまり小学生らしくない服装で、兄のものであろうことは察しがつく。足元には、着替えが入っているのか、パンパンに膨らんだ手提げカバンが置いてあった。

「すごく怖かった。お兄ちゃん、死んじゃうのかと思った」

そう続けた慎司の隣に、佐々木が腰を下ろして言った。

「ケガをしたのが腕だったから、命に別状はなかったようだな。意識を失っていたのも、急な出血からくる脳貧血だったらしい。あとは傷痕さえ残らなければいいんだが」

石野和樹が救急搬送された、総合病院の待合室である。一般外来はとうに終わっている時間で、薄暗く、がらんとしていて不気味なくらいだった。淡い桃色の長椅子が平行にずらりと並び、壁際にはマガジンラックや観葉植物が置かれ、緑の公衆電話も設置されている。

佐々木と慎司が座っている長椅子から少し離れた位置に、僕は立っていた。何となく落ち着かないので座りたくなかったからだが、大人たちで子供を囲んで怖がらせてはいけないと思ったのもある。広子は佐々木と慎司の斜め後ろで、長椅子に腰を下ろしていた。

「お母さん、何か言ってたか」

佐々木が訊ねる。先ほど慎司に小銭を渡し、公衆電話から自宅に電話をかけさせたのだ。

「すぐこっちに来るって。ぼくたちの居場所がわかって安心したって言ってた。まだ、何があったのかまでは話せてなくて」

息子二人が刃傷沙汰《にんじょうざた》に巻き込まれたと聞けば、母親は気が気でなくなるだろう。気の毒だがいまの安心は、嵐の前の静けさみたいなものだ。

「七海、ひとりにして大丈夫なのかな。七海のお母さん、警察に捕まっちゃったんじゃないかと思うけど」

「まさか警察も、意識不明の子供をほったらかしにはしないさ」

「七海のお母さん、牢屋に入るのかな。七海はこれからどうなっちゃうんだろう」

「それはわからん。俺はまだ、何があったのかも教えてもらってないからな」

そして、佐々木はあらたまって問いただした。

「きみはあそこで何をしていた？　どうして、お兄さんと一緒だったんだ」

消え入るような声で、慎司は答えた。

「……お兄ちゃんに、七海の前で謝ってもらおうと思って」

「謝ってもらう？」

「お兄ちゃんは、七海に謝らなきゃいけなかったんだ。お兄ちゃんたちスタッフのせいで、あの火事は起きたんだから」

「しかし、お兄さんもそう簡単に謝ろうとはしなかったはずだ」

それはそうだ。謝ることは、火災を起こしたのを認めることなのだから。

慎司は足元のカバンを探る。ほどなくして取り出したのは、テープレコーダーだった。連続失踪の終結を受け、持ち主のもとに返されていたのだろう。片手に収まるサイズといい、明るいグレーの本体といい、僕がゲームボーイと見間違えたのもやむなしと思えるような代物《しろもの》だった。

「これを使って、お兄ちゃんを七海のところに連れていったんだよ」

慎司が再生ボタンを押す。すぐに、スピーカーから和樹の声が聞こえてきた。ドアや壁を隔てているのか、音声は不明瞭だったが、それでも僕は、和樹の発言を聞き取った。

「ぼくがあのとき、花火をやろうなんて言い出さなければ……」

広子が息を呑んだ。彼女の顔には、絶望の色が濃く表れていた。

佐々木は落ち着いた口調で、

「きみはいつ、この録音に成功したんだ？」

「おととい、土曜日の夜だよ。お兄ちゃん、誰かと電話してた。うまく録音できたのはこの部分だけだったけど、ぼく、やっと証拠を手に入れたんだ」

しかもその録音が証明するのは、スタッフが花火をやったという事実だけではなかった。花火で遊ぶことを最初に提案したのは、よりによって和樹だったのだ。

「そもそもぼくは、まったく考えもしなかったんだ。キャンプのスタッフが、ぼくたちから没収した花火で遊んでいただなんて。あの火事は放火だったって、本気で信じてた」

「だが、飯塚忠がスタッフの隠しごとを見破った。きみは斎藤隼人から連続失踪の計画を持ちかけられたときに、そのことを知らされたんだったな」

「スタッフが火事を起こしたっていうのが本当だとしたら、絶対許せないって思った。だけど、本当かどうかは証拠をつかむまでわからない。逆に言うと、もし本当なら何としても証拠をつかむ必要があるよね。だからぼく、テープレコーダーを使うこととか、美咲ちゃんが視聴覚室から消えるトリックとか、一所懸命考えたんだよ」

慎司の家にかかっていた遮光カーテンを見て、ここからトリックが生まれたのかもしれないと僕らが考えたのは、おそらく当たっていたのだろう。

「なのに、この前の説明会でみんな喜んじゃってさ……そんなのおかしいよ。だってぼくたち結局、証拠を手に入れられなかったんだから」

「だから今日、きみは《まだおわっていない》と書いたんだな」

「そう。スタッフは火事を起こしたことを認めてないし、七海の意識だって戻っていない。まだ終わってなんかいない、ぼくは何も満足してないってこと、みんなに知らせたかったんだ」

慎司が力を込めて語る。佐々木は腕組みをした。

「お兄さんに謝らせるには、今日が絶好のチャンスだったんだろう。なぜなら、今日は暑かったから」

「うん。今日なら七海の部屋の窓が、開いてるんじゃないかと思ったんだ」

「これまでにも、そうやって窓が開いている日に、七海に会いに行ってたんだな」

「どうしてわかるの」

慎司の驚きぶりを見て、佐々木は控えめに笑った。

「推理したからだよ。それで今夜、きみが七海のアパートにいることも想像がついたんだ。窓が開いていれば、声が届くと思ったんだな？」

慎司はうなずいて、訥々《とつとつ》と話し始めた。

「八月の初め、七海が退院して家に戻ってきたとき、ぼくは長いあいだ意識不明の人がどうやったら治るのかを調べたんだ。図書館で新聞記事を探したり、いろんな大人に訊いてみたりして。そしたら、何かの音に反応して目を覚ました、って人がけっこういるみたいだった」

聞いたことがある。昏睡状態が何年も続いていた患者が、好きだった音楽や家族の呼びかけなどを耳にして、意識を取り戻したという事例を。ただし、音に反応して目を覚ましたことにはっきりした医学的根拠があるわけではなく、それらの事例を取り上げたメディアも奇跡のような扱いをしていたはずだ。だが、それでも小学生の慎司にとっては、すがりたくなる情報だったのだろう。

「ぼくは、できるだけ七海に話しかけてあげようと思った。でも、何度お見舞いに行っても、七海のお母さんはぼくを七海に会わせてくれなかった。団地の子は帰れ、って言うばっかりで。それで、ぼくはどうすればいいか考えた。そのころはすごく暑かったから、たぶん窓は開いているだろう、そしたら網戸越しに話しかけられるんじゃないかって思ったんだ」

とはいえ、七海には母親がつきっきりとのことだから、声をかけようものなら、すぐに見つかってしまう。

「七海のお母さんが長い時間、七海のそばを離れるのは、お風呂に入るときくらいしかなさそうだった。だからぼくは、夜になったら電話をかけてみるっていうのを一週間くらい続けたんだ」

電話に応答がなければ、すぐには出られない状態なのだとわかる。慎司は家族の目を盗んで何度も電話をかけ、七海の母親が風呂に入る時間帯を絞り込んでいった。電話番号は、クラスの連絡網を使って調べたのだという。子供なりによく考えられた方法だ。

「すると七海のお母さんはだいたい毎日、夜の八時から九時のあいだにお風呂に入ってるみたいだってことがわかった。その時間に七海の家に行くには、こっそり部屋を抜け出すしかなかった。お母さんやお兄ちゃんに話しても、たぶんだめって言われるし、そしたらますます家から出にくくなると思ったから」

そこで慎司は自分で掛け金を買ってきて、部屋のドアを外から開けられないようにしたのだという。さらにテープレコーダーを買ってもらって、室外からの呼びかけに反応できない理由を用意した。子供だと思われないために兄の服や帽子を無断で借り、縄ばしごをホームセンターで購入して、七海の住むアパートへと向かう準備を調《ととの》えた。

「最初のうちは、それでうまくいってたんだ。七海のところへ行って、短い時間だったけど、学校であった出来事や最近話題になってることなんかを、ベッドの上の七海に話して聞かせた。反応はなかったけど、毎日続けてたらいつかは目を覚ましてくれるような気がしてた」

しかし、すぐに同居する慎司の家族が、本当に勉強をしているのかと慎司を疑うようになったらしい。慎司の部屋からは、まったく気配が感じられなかったからだ。

「窓は開けっぱなしで行くしかなかったから、ベランダから調べられたら、ぼくが部屋にいないことはすぐバレちゃう。だから怪しまれないようにするしかなくて、部屋を抜け出しづらくなって困ってた」

そんなときだった。隼人が、夏休みを取り戻そうと言い出したのは。

「どんな騒ぎを起こすのかは智子ちゃんの家出を参考にする、って隼人が言ってた。それを聞いたとき、ぼくは真っ先に、夜の八時から九時のあいだならぼくの部屋にいられるよって話したんだ。そしたら智子ちゃんのお母さんが早く寝ることとか、昼間はほかの誰かの家が留守ってこととか、いろんなことがうまく合わさって失踪の計画ができ上がった」

大げさに言えば、僕はそこに神の思《おぼ》し召しのようなものを感じた。慎司の部屋に一時間いられたところで、普通なら大した意味をなさない。ところがその他の条件が奇跡的に噛み合い、子供たちは団地の中に、誰にも見つからない《隠れ家》を捻出することができたのだ。

「ぼくが部屋を抜け出してるあいだ、別の子が部屋にいて物音を立ててくれたら、お母さんもお兄ちゃんもぼくを怪しまなくなるでしょう。だから健と美咲ちゃんの失踪中は、月曜から木曜まで毎晩、安心して七海に会いにいけたんだ」

「月曜から、と言ったな。里崎健や中井美咲が失踪した当日も、会いに行ったのか」

佐々木が質問を差しはさんだ。

「うん。行ったよ」

「よく行けたな。団地は失踪した児童を捜す人で、あふれていたんじゃないかと思うんだが」

「いつもよりは人が多かったけど、みんな背の低い子供を捜してたからね。ぼくは二人よりだいぶ大きいし、全然気づかれなかったよ」

「そうか。わかった、続けてくれ」

佐々木は先をうながした。

「失踪がおこなわれているあいだは毎晩会いにいけたけど、その週末は行ったり行かなかったりした。家族に怪しまれたくなかったから。ぼくは、慎重だったんだ」

《慎重》の部分が、いかにも言い慣れていない感じの発音だった。

そうして慎司は、あのアパートに行ってはいろいろな話を七海にささやき続けた。たった数十分間の、ひそかな面会は繰り返された。

「だけど、それも美咲ちゃんの失踪が終わるまでだった。十四日の土曜日に、雨が降って涼しくなって……その日は行くのをあきらめたんだけど、次の日からは七海の部屋の窓が開かなくなった」

無情にも、季節は過ぎつつあった。まだ九月だから、暑さがぶり返すこともあるかもしれない。が、だとしても残された時間が少ないことは、慎司にもよくわかっていたのだ。

「なかなか暑くならなくて、もう窓が開くことはないかもしれないって焦り出して……そのうちに隼人が失踪する日が来たけど、次の日にはもう見つかって、失踪はおしまいってことになっちゃった」

だが、慎司にとってはまだ何も終わっていなかったのだ。そうしたところに一昨日、慎司はとうとうスタッフが花火をやったことの証拠となる発言の録音に成功した。

「だからぼくは、お兄ちゃんに七海の前で謝ってもらおうと思ったんだ」

窓を開けたくなるくらい暑い日でないと実行できなかったので、慎司はその機会が訪れるのを待った——そして今日、ついに気温が真夏並みに上がった。

「今朝、天気予報で『真夏の暑さが戻る』って言ってるのを聞いて、今日やることに決めたんだ。まず、お兄ちゃんの前でさっきの録音を流して、『ぼくの言うことを聞いてくれないと、この録音をいろんな人に聞かせるよ』って言った」

「その録音の存在は、今日まで秘密にしてあったんだな」

「前もって知らせたら、テープを壊されたりして、なかったことにされちゃうかもしれなかったからね。暑い日が来るまで待って、聞かせたんだ。そうすれば、あとはテープレコーダーをずっと自分で持っておけばいいだけだから」

慎司が兄に、七海に謝罪することを要求すると、和樹は答えたそうだ。

――わかった。そのとおりにする。

「抵抗されるかと思ってたけど、意外とすんなり言うことを聞いてくれた」

慎司は兄に、謝罪は夜の八時から九時のあいだでないとできないことを伝え、八時に七海の住むアパートの近く、城野原東公園で兄と待ち合わせることにした。

「お兄さんと一緒に自宅から向かうのではだめだったのか？」

「ぼくがそんな時間に出かけるのを、お母さんが許してくれると思う？　ただでさえ、連続失踪のことで怒られたばかりなのに」

「しかし、ドアに掛け金をかけて抜け出せば……」

「掛け金はもうないよ。失踪に役立てていたことがバレて、外されちゃったんだ。お母さん、急に口うるさくなっちゃって、ぼくが部屋のドアを閉めるのさえ禁止するようになったから、家から抜け出すのは無理だったよ。だから、ぼくは塾から直接向かうことにしたんだ」

午後七時ごろに塾の授業が終わると、慎司はわざと仲間とはぐれて城野原東公園に向かい、兄が来るのをひたすら待った。カバンの中に兄の服を入れておいて、トイレで着替えることも忘れなかったという。

「では、あの走り書きは塾へ行く際に置いていったんだな。塾にいるうちに母親に見つかって、計画が台なしになるかもしれないとは思わなかったのか」

佐々木が確認すると、慎司は平然として、

「たぶん大丈夫だろうって思ってた。そんなにしょっちゅう部屋に入られるわけじゃないから」

慎司の狙いどおり、彼の母親は塾から帰ってきた智子と会ったことでようやく、走り書きの存在に気がついた。それから母親は二人の息子を捜し、広子に連絡し、その結果、僕と佐々木が城野原へ来ることになった。それが、午後七時半のことだ。

一方、慎司は八時半を過ぎても兄を待ち続けていたらしい。

「お兄ちゃん、公園にはなかなか来なかった。七海のお母さんが早めにお風呂に入る可能性もあるから八時には来てって言ってあったのに、結局お兄ちゃんが公園に来たのは九時近くなってからだった」

和樹は遅刻を詫びることもなく、慎司が歩き出すと黙ってついてきたそうだ。なかなか勇気が出なかったんだと思う、と慎司は印象を語る。和樹にとって、現在の川原七海の姿を目のあたりにすることは、自身の犯した罪と向き合うことと同義だったのだ。

「七海の家に着いたら、思ったとおり窓が開いてて、七海のお母さんの姿は見えなかった。だけど、お兄ちゃんはぼうっと立ってるだけで、すぐには謝ろうとしなかった。何て言ったらいいかわからない、みたいな顔してた」

その瞬間、和樹の胸のうちを、どんな嵐が吹き荒れていたのだろう。

「ぼくはだんだん焦ってきた。いつ、七海のお母さんがお風呂から上がってくるかわからなかったから。それで、お兄ちゃんの肩を叩いて急《せ》かしたんだ。早く謝ってよって。そしたらお兄ちゃん、いきなり網戸に張りついて、叫ぶみたいにして言ったんだ」

——ごめんなさい！　ぼくが花火をやろうって言ったせいで、火事になってしまって。

部屋の奥から七海の母親の久仁子が姿を現したのは、そのときだったという。

「ぼくたちは気づいていなかったけど、七海のお母さん、もうお風呂から上がってたんだ。髪が濡れてて、手にかみそりを持ってた」

久仁子は和樹を見つめ、静かに訊いたそうだ。

——いまの話、本当？

「お兄ちゃんが言ったこと、七海のお母さんは聞いてたみたいなんだ」

スタッフが花火をやって火事を起こしたのではないかという疑惑は、二十五日の説明会を経て、城野原の住民に広く知れ渡ったはずだ。それを、最大の被害者である七海の母親が、まさか知らなかったということはあるまい。ただ、彼女は確信していたわけではなかったのだろう
——和樹の発言を耳にするまでは。

「お兄ちゃんもぼくも、何も言えずに固まってた。そしたら——」

久仁子が窓のところまで来て、かみそりで和樹を切りつけたのだという。

「一瞬、何が起こったのかわからなかった。気がつくと、お兄ちゃんが隣に倒れてた」

その場面を思い出したからか、慎司の顔からは血の気が引いている。

和樹の絶叫を、僕は耳にしている。よってそこからの展開は、すでに知るとおりだ。僕は放心状態の久仁子を避けて川原宅に上がり込み、電話を借りて救急車を呼んだ。パトカーも一緒に来て、久仁子は警察に身柄を拘束された。そして僕らは慎司を連れ、病院までやってきたというわけだ。僕らは間違いなく、警察からあとであらためて事情を聞かれるだろう。

何もかも話し終えたというように、慎司が黙り込む。佐々木はふうと息を吐き出して言った。

「久仁子は……七海の母親はおそらく、大した罪には問われんだろう。お兄さんのケガも重くはないようだしな。娘のもとを離れることになるとしても、そう長くはかかるまい」

その判断には、僕も賛成だった。慎司はほっとしたように見えた。

「まだ、肝心なことを聞いていないな」

慎司は顔を佐々木に向ける。「何?」

「どうしてそこまで、川原七海に入れ込む？　きみはもしかして、彼女があんな風になってしまったことに、責任を感じているんじゃないのか」

僕は数時間前、川原母子の住むアパートへ向かう道中で、佐々木が話していたことを思い出した。キャンプの日、隼人たちに誘われていなかった慎司が、花火を持っていたのはどういうわけか。避難の際、七海がロッジにいたというのは嘘で、本当は初めからキャンプ場にいたのではないか――。

慎司はうつむき、両手を太もものあいだにはさんで口を開いた。

「そうだよ。だって――」

次の瞬間、慎司が体を震わせ始めたのを見て、僕はまだ小学四年生の子供が抱えてしまった後悔の深さを知った。

「あの夜、七海がキャンプ場でずっと待っていたのは、ぼくだったんだから」

＊

石野慎司が川原七海とクラスメイトになったのは、小学三年生の二学期が始まった日のことだった。

「今日はみなさんに、新しいお友達を紹介します」

担任の芝池純子にうながされて教室に入ってきた少女は、教壇の前に立つと小さくお辞儀して、か細い声で名乗った。

「初めまして。川原七海です」

落ち着きなくあたりを見回す少女を見て、慎司はかわいらしい子だな、と思った。その緊張が、気の小さい自分には手に取るように伝わった。けれどもそのときの彼は、まさか彼女と自分が仲よくなるなんて想像すらしていなかった。

七海は父親を病気で亡くした影響で、一九九五年の八月に城野原市へ引っ越してきた。二学期が始まって数ヶ月にわたり、慎司と七海とのあいだには何の交流もなかった。七海の住まいが傘外にあったから、そして慎司の交友関係は隼人や智子といった団地の仲間に左右されることが多く、彼らが七海には取り立てて興味を示さなかったからだ。七海もまたクラスではおとなしくしており、慎司に話しかけてくることはなかった。

そんな状況が一変したのは十二月、本格的な冬が到来しつつあったある日のことだった。

慎司はひとり、家路を急いでいた。冬至が近く、日が暮れるのがもっとも早い季節だ。母親に言い渡されている門限を守っていても、帰るころにはあたりは暗くなってしまう。

隼人たちと、探検と称して城野原駅付近を歩き回った帰りだった。駅のトイレにちょっと寄っているあいだに、慎司はほかの仲間に置いていかれてしまった。そのころ隼人たちが暗闇を怖がる慎司を、修行などと称してわざとひとりぼっちにすることが、しばしばあったのだ。慎司はいつも半べそをかきながら、夜道を走って帰る羽目になった。

駅方面から団地に向かっていると、城野原東公園に突き当たった。迂回するよりは通り抜けたほうが早いので、慎司は公園に足を踏み入れた。と、ブランコに少女が座っているのが見えた。

少女は肩を丸め、赤いスカートから伸びる自分の脚の、交差させた足首のあたりを見つめている。二つ結びにした髪が、もう何日も水を替えていない花瓶の花のように、萎《しお》れてしまっている感じがした。

距離があるうちは、暗くて誰だかわからなかった。けれども公園を突っ切ろうとして近づくにつれ、その姿に見覚えがあるように思えてきた。慎司はいったん足を止め、ブランコのほうへとゆっくり歩み寄った。

「川原さん」

ブランコの柵の外で立ち止まり、彼女の名前を呼びながら慎司は、彼女はぼくの名前を知っているのかな、と思った。だから、彼女に名前を呼び返されたときはうれしかった。

「石野くん」

「何やってるの、こんなところで」

ブランコ、と七海は見ればわかることを言った。

「石野くんは、家に帰るとこ?」

「うん。隼人たちと遊んでたんだけど、置いていかれちゃって」

見下ろす視線が落ち着かなくて、慎司は隣のブランコに腰を下ろした。爪先で地面を蹴って小さく揺らすと、キコキコと音がした。

「川原さんは、もう夜になるのに、ひとりでこんなところにいていいの? 親、心配しない?」

「石野くんだってひとりじゃん」

七海は笑った。慎司も合わせて笑みを作った。

「心配しないで。わたしのうち、すぐそこだから」

そう言うと、七海は公園の外に見えているアパートの屋根を指差した。確かに近い。が、だからと言って暗くなった公園で、小学生が遊んでいていいことにはならない。

「でも、そろそろ帰ったほうがいいんじゃない？　寒いし」

慎司は気遣いのつもりで言った。七海はまた足元に視線を落とした。

「お母さんがね、ちょっと荒れてるの……だから、家にいたくなくて」

「荒れてる、って？」

「お父さんが死んじゃってから、お母さん、たまにものすごく怖くなるんだ。ひどいときはものを投げつけたり、ぶったりもする。だけど、すぐ収まるんだよね。だからお母さんが荒れたら、わたしはこの公園に来て、落ち着くのを待つことにしてるの」

「へえ……大変だね」

小学生の語彙では、そのくらいのことしか言えなかった。再び顔を上げた七海の表情は、慎司が予想したほど暗くはなかった。

「大丈夫。もう慣れたから」

慎司は何となく、慣れるというのは悲しいことだな、と感じた。

「川原さんのお父さん、死んじゃったんだね」

「うん。と言っても、本当のお父さんじゃないんだけどね」

「そうなの？」

「お父さんが死んだときに、お母さんから聞いたんだ。お父さんとわたし、血がつながってなかったんだって。それまで全然知らなかったし、知ったからってお父さんがいなくなった寂しさは軽くなったりしないけどね」

「うちもお父さんいないよ。離婚だから、生きてはいるけど」

七海は目をしばたたいた。「本当?」

「そういう家、うちの団地には多いよ。隼人と美咲ちゃんと智子ちゃんのところも、お父さんがいない。健の家はお母さんがいないし」

「そうなんだ、知らなかった。お父さんがいなくて寂しいの、わたしだけかと思ってた」

「そんなことないよ。川原さんと違って、みんな片親になったのは何年も前だから、寂しいとかはあんまりないと思うけど」

七海とのあいだに共通点を見つけた。それだけで慎司は、ブランコの間隔は変わらないのに、七海との距離が縮まったような気がした。

七海は何も言わずにブランコを揺らし続けている。沈黙は、意外と心地よかった。しばらくしてから慎司は近くに立っている、背の高いもやしのような形の時計を見上げ、ブランコから降りた。

「ぼく、そろそろ帰らないと」

「わたしも帰ろうかな。たぶんもう、お母さんも落ち着いてるころだろうし」

七海もブランコを降り、スカートの尻をはたく。

「じゃあまた明日、学校で」

慎司が手を上げると、七海ははにかみながら言った。

「たまにはここで、二人でお話ししようよ。学校じゃ、団地の子と傘外の子は仲よくできないから」

その日、家に帰ってからも慎司は、七海の顔や声を何度も思い出し、胸の中にむずがゆいような温もりを感じた。それは、彼がいままでに味わったことのない感情だった。

それから慎司はときおり、城野原東公園へ足を運ぶようになった。七海はいたりいなかったりして、いればブランコに並んで座ったし、いないときには団地と公園のあいだを何往復もしながら七海が来るのを待つこともあった——七海が家にいられるのならそれはいいことだから、家まで行きはしなかったが。

二人は公園でいろいろな話をした。慎司は自分が、健や隼人のようにおもしろい冗談を言えないことを自覚していたけれど、それでも七海は慎司の話を聞きながら、楽しそうに笑ってくれた。

城野原小学校では、三年生から四年生への進級時にクラス替えがない。四年生になっても慎司と七海はクラスメイトのままだったが、相変わらず学校ではほとんど口を利かなかった。団地の子と傘外の子は仲よくしてはいけないという暗黙の了解があったし、二人は自分たちの関係を秘密にすることを楽しんでもいたからだ。彼らは春を迎えても、公園でだけおしゃべりを続けた。

公園の桜も散った四月のある日、七海がブランコを揺らしながら、こんなことを訊いてきた。

「もうすぐゴールデンウィークだね。慎司くん、予定あるの」

だいぶ前から、二人は下の名前で呼び合うようになっていた。

「キャンプに行くよ。今年はお兄ちゃんも一緒なんだ」

「そっか、参加者募集してたね。いいなあ」

心底うらやんでいる様子の七海を見て、慎司はひらめいた。

「七海も来ればいいじゃん！」

その提案に、七海は目を丸くした。

「あれって団地の子しか行けないって聞いたよ」

「そんなことないよ。傘外の子が参加した年もあったし」

「そうなんだ」七海の心が、ちょっと揺れ動いたようだった。「でも、団地の子ばっかりなんだよね。わたし、団地には慎司くん以外に友達いないから……」

「なら、キャンプで仲よくなればいいんだよ。キャンプに傘外の子は来ない。七海がぼくやほかの団地の子と仲よくしてたって、傘外の子にはわからないんだから」

「確かに！」

七海が手を打った。その瞳は、黄昏時《たそがれどき》の薄暗がりの中でも輝いて見えた。

「わたし、本当は行ってみたかったんだ。キャンプって、行ったことないから」

「じゃあ、ちょうどいいじゃん。七海が来てくれたら、ぼくもうれしいし」

「申し込み、いまからでも間に合う？」

「一応締め切りは過ぎてるけど、たぶんお兄ちゃんにお願いすれば何とかなるよ」

「お母さんに頼んでみないと。いいって言ってくれるかなあ」

「きっと大丈夫だよ。お金もそんなにかからないし」

そこで慎司は舞い上がって、いつもならとても勇気が出なくて言えないようなことを、すんなり口にしてしまった。

「もしキャンプに行けたら、夜は抜け出して、こうやって話をしようよ」

「いいね。わくわくする」

断られなかったことにほっとしていたら、七海が歌うように言った。

「わたし、花火がしたいなあ」

「花火?」

「うん。花火、大好きなんだ。でも去年の夏は引っ越しでバタバタしてたから、一回もできなくて。次の夏が待ちきれないなって、ずっと思ってたの」

わかった、と慎司は胸を叩いた。

「花火、ぼくが持っていくよ」

「本当? 慎司くん、ありがとう!」

一点の曇りもない七海の笑顔を見て、慎司の胸は高鳴る。

「だけど花火、この時期にも買えるかなあ。慎司くん、売ってるお店どこか知ってる?」

「知らない……けど、探せば見つかるよ」

「そうだよね。あー、楽しみだなあ!」

二人で笑い合いながら、慎司はまたむずがゆい温もりを覚えた。誰にも話したことはないけど、自分は七海のことが好きなんだな、と思った。

七海は母親を説得するのに、少々手こずったようだった。けれども母親は団地に住みたがっているという事情もあり、最終的には七海がキャンプに行くのを了承した。慎司は隼人たちが花火の話をしていたのを盗み聞きして得た情報をもとに、ひとり自転車を漕いでナイスデイへ行き、そこで花火のセットを買った。手持ちのお小遣いが少なくて小さいものしか買えなかったけれど、二人でやるには充分だと思えた。着火具については、使われずに古びたマッチの小箱が自宅にあるのを知っていた。

その後の数週間はまたたく間に過ぎた。五月三日、城野原ゴールデンキャンプ当日は、絵に描いたような晴天となった。

七海は傘外からの唯一の参加者となったものの、慎司の期待以上に美咲や智子ら団地の子と仲よくしていた。女子どうしうまくやっている様子を遠巻きに見て、慎司は安心した。

キャンプはさまざまな催しが用意され、とても楽しかった。やがてそれらも一段落し、夜がすっかり深まった午後十一時、慎司は二段ベッドの下の段から起き出して、行動を開始した。七海とはこの時間に、キャンプ場で落ち合う約束をしていた。子供たちがだいぶ寝静まり、スタッフの警戒も薄れるだろうと考えたからだ。もっとも慎司と同じ部屋に泊まっていた隼人や健は十一時になっても起きていたが、トイレが部屋の外にあることもあり、花火とマッチを持って部屋を出ていく慎司を引き止めたりはしなかった。

真っ暗な廊下には誰もいなかった。少し前まではスタッフが見張っている気配があったが、すでにやめてしまったようだった。小走りにロッジの裏口へと向かいながら、慎司はいつにもまして特別な七海との待ち合わせを間近に控え、心躍らせていた。

ロッジの外に出る。あたりに人影はない。ここまで来ればもう大丈夫——そう思った瞬間、慎司の中に油断が生まれた。

キャンプ場へ駆け出そうとした足が、勢い余って土を強く蹴った。静まり返ったロッジの周辺に、その音はことのほか大きく鳴った。

ぎくりとした慎司が動きを止めるのと、ロッジの角から人が現れたのは同時だった。

「あれ、慎司くん。こんな時間にどこ行くの」

安田広子だった。一瞬にして、慎司は今夜の計画が失敗に終わったことを悟った。

広子は腰を屈め、指にはさんでいた火のついたタバコをロッジの端から延びたコンクリートの土台で押し潰すと、慎司に近づいてきた。

「だめだよ、寝てないと。それ、何持ってるの」

彼女は白いビニール袋に入れた、花火のセットを指差す。

「これは……」

「花火だよね。夜中に子供だけでやろうって魂胆《こんたん》だったのね。気持ちはわかるけど、火は危ないし、見逃すわけにはいかないな」

叱るようではない。広子は苦笑していた。

「持ってたらやりたくなっちゃうだろうから、これ没収ね。帰りに返します」

抵抗できず、広子に花火の入った袋を奪われてしまう。そのときロッジのほうから、今度は複数の足音が聞こえてきた。

「はいはい、ストップ」

駆け出してきた子供たちを、広子は両手を広げて止めた。隼人、健、美咲、智子の四人が、きまり悪そうに立っていた。

「きみたちも、一緒に花火するつもりだったんだ。悪いけど行かせられないよ。没収没収」

やはり彼らも逆らえず、しぶしぶ花火のセットを差し出す。健が慎司のそばにやってきて、慎司も一緒に花火やるつもりだったのかよ、とささやいた。違ったけれど、釈明するには七海のことを明かさなければならなくなるので黙っておいた。

隼人たちとともに引き上げながら、慎司はまずいことになったと思った。七海とは、ロッジを抜け出すのに失敗した場合のことを打ち合わせていなかったからだ。しかし、いまさらどうしようもない。自分が失敗したのだから、きっと七海も抜け出すことはできなかっただろう。しまいにはそう思うことにして、部屋に戻ってベッドに入ると、慎司はすぐさま眠ってしまった。

——そして、深夜。

ロッジの裏、ゴミ置き場から火の手が上がった。

避難の際、慎司は起き抜けで七海のことを完全に失念していた。ふもとの駐車場でスタッフが子供たちの点呼を取り、七海がいないと判明して現場が騒然となったところで、慎司はようやく七海が約束を守ってキャンプ場にいたのではないかと思い至った。

燃え盛る炎の中へ、慎司は七海を捜しに行こうとした。しかしそのときは、近くにいた兄の和樹に引き止められた。似たような行動を取って止められた者はほかにも複数いたため、慎司だけが目立って誰かの印象に残るということはなかった。

七海がキャンプ場で意識不明の状態で発見されたとき、慎司は心の底から自分を責めた。

火災が発生したとき、真っ先にキャンプ場へ向かっていたら。花火を没収されたとき、七海との約束を正直に話していたら。花火がしたいという七海の提案に、賛同しなかったら。七海をキャンプに誘わなかったら。あの日、公園で七海と出会わなかったら——。

どんなに悔やみ、彼女の名前を呼び続けても、七海は名前を呼び返してはくれない。

3

すべては数時間前に、佐々木が推理したとおりだった。

七海はパニックに陥って避難する方向を間違えたのではなく、初めからキャンプ場にいて、火災に巻き込まれたのだった。待ち合わせから火災の発生まで、二時間以上も彼女がキャンプ場にいたのは、慎司が来てくれると信じ続けたからか、あるいは待ちくたびれてその場で眠ってしまったのだろうか。

七海が避難経路を間違えたとされていたことについて、僕が違和感を覚えたのは正しかった。ただし、その前の段階において僕は完全なる過ちを犯していた。七海は火災を起こした犯人ではなかった。ロッジのゴミ置き場で火の手が上がったころ、彼女はキャンプ場にいたはずなのだから。七海はキャンプ参加者の中で、火災の容疑からもっとも遠い人物だった。

ひとつ、気づいたことがある。初めて出会ったとき、慎司は智子のことを《智子ちゃん》と呼んでいたのに、七海のことは運動会の日に呼び捨てにしていた。呼び方の違いは、そのまま距離感を表していたのだ。それにもっと早く気づいていれば、慎司と七海の関係を察することができたのかもしれない。

夜の病院の待合室は、耳が痛いほどの静寂に包まれている。ややあって口を開いた佐々木の横顔は、ひどくくたびれているように見えた。

「ひとつ、訊きたいことがある」

「何？」

「きみは以前、避難中にロッジのトイレから出てくる七海の姿を目撃した、と言ったな」

運動会の日、僕が慎司の口から聞いたことだ。警察にも言った、と話していた。

「どうして嘘の証言をした？」

慎司はうつむいた。

「……ぼくのせいで七海があんなことになっちゃったと知られたら、ぼくたちはもう、二度と会えなくなると思ったから」

火災発生時に七海がロッジにいたことにすれば、自分との待ち合わせは誰にも悟られずに済む。そう、慎司は考えたのだ。

「本当のことを話したって、それで七海が目を覚ましてくれるわけじゃない。だったらぼくは、なるべく七海のそばにいて、できることをやるべきだと思ったんだ」

「罪滅ぼしのつもりだったのか。七海に声をかけ続けたのは」

罪滅ぼしの意味がすぐにはわからなかったのだろう、慎司は視線を泳がせてから、彼なりの解釈で答えた。

「ぼくは七海に謝らなきゃいけなくて、謝るだけじゃ全然足りなくて、だから一所懸命考えたけど、それしかできなかったんだよ」

その声は、震えを帯びていた。

「隼人は夏休みを取り戻そうって何回も言ってたけど、そんなのぼくはどうでもよかった。ぼくはただ、七海に声をかけ続けたかっただけなんだ。連続失踪が長引けば長引くほど、部屋を抜け出しやすい日が増える。そう思ったから、連続失踪に協力してただけなんだよ」

小学生が考えたとは思えないほど込み入った方法に比して、声を聞かせることで意識を取り戻してほしいという、願いの単純さがあまりにも悲しかった。

「お兄ちゃんに謝らせたのだってそうだよ。スタッフが花火をやったのを隠してるんだとしたら絶対許せないし、証拠をつかみたいって思ってた。だけど、七海が目を覚ましてくれるのなら、それすらどうでもよかったんだ。七海がどうしてあんな目に遭ったのか、誰のせいで火事が起きたのかをちゃんと説明して、火事を起こした人の口から謝ってもらったら、それを聞いた七海は納得して目を覚ますんじゃないか。そう思ったから、お兄ちゃんに謝らせたんだ……なのに、こんなことになってしまって」

慎司は大粒の涙をこぼし始める。

「本当は、夜に自分の部屋を抜け出すのだって、すごく怖かったんだ。真っ暗だし、誰かに見つかって怒られるかもしれないし、いつも泣きそうになってた。それでも、七海のためだからってずっと我慢してきたんだ。だけど、何もかもうまくいかなかった……お兄ちゃんにケガさせて、七海のお母さんは警察に捕まっちゃった。七海も目を覚ましてくれないし……」

子供なりに、精いっぱい考えて今日の行動を起こしたのだろう。けれども迎えた結末は、最悪と言っていいものだった。

「ぼく、どうすればよかったのかな。ぼくなんて、いないほうがよかったのかな」

どんな言葉をかけたらいいのか、僕にはわからなかった。正直に言えば、慎司の隣に座っているのが自分じゃなくてよかった、とさえ思っていた。卑怯だけれどそんな心持ちで、僕は佐々木の対応を、固唾を呑んで見守っていた。

ところが、佐々木が次に発した言葉は、彼にしてはめずらしく不用意なように、僕には聞こえた。

「わかるよ。きみの気持ちが」

案の定、慎司は反発の眼差しを佐々木に向けた。

「どうして。記者さんには、関係ないじゃん」

だが、佐々木は繰り返した。

「わかるんだよ。俺には」

「嘘だよ。取材しに来ただけの記者さんに、何がわかるの。適当なこと言わないでよ！」

慎司が声を荒らげる。すると佐々木は長椅子から立ち上がり、慎司の正面に移動した。そのまま片ひざをつき、慎司と視線の高さを合わせると、言った。

「俺は、川原七海の父親なんだ」

慎司は硬直した。

「俺と七海の母親は、かつて夫婦だったんだ。ところが、俺が仕事で忙しくて家庭を顧みないあいだに、母親が別の男の人を好きになっちまってな……それが元で俺たちは離婚、七海は母親が引き取り、以降はごく最近まで一度も会わせてもらえなかった。離婚から間もなく、七海の母親は別れる原因となった男と再婚したんだ。それが、七海の死んだ父親だ」

僕は城野原に初めて取材に来た日、佐々木に離婚の原因を訊ねたことを思い出した。佐々木は人の暗部に踏み込む僕を天然ボケと揶揄《やゆ》したあとで、不倫だよ、と教えてくれた。それで嫁さんが娘連れて出ていっちまった、と。

佐々木に対して、おかしな先入観を抱いていた自分のせいかもしれない。けれども僕はあの答えを聞いて、佐々木が不倫をしたものと思い込んでしまった。真実は、逆だった。不倫をしたのは、佐々木の別れた妻のほうだったのだ。

「悪いのは七海のお母さんなのに、七海に会わせてもらえなくなったの?」

慎司が問う。子供の抱く疑問は無邪気だ。

「世の中には、そういう場合もあるんだよ。娘が混乱するからって言われてな。新しい父親を、実の父親だと娘に信じ込ませたかったんだろう。俺にはときどき娘の写真を送ってくるだけだった」

いつか見せてもらった写真も、そうして受け取ったものだったのだろう。

慎司は見るからに混乱していた。それを察したからだろう、佐々木はバッグから小さなノートを取り出すと、そこにボールペンで文字を書きつけ始めた。

「七海という名前は、七つの海と書く。知ってるな」

ノートには、《七海》と記されていた。

「俺の名前、佐々木大悟っていうんだ。大悟はこう書く」

ペンを動かす。《七海》の下に、《大悟》が並んだ。

「そして七海の母親は久仁子だ。何か、気づかないか」

さらに《久仁子》を書き加えると、佐々木はノートを慎司に向けた。慎司は並んだ三つの名前に見入ったのち、「あっ」と声を上げた。

「数字が入ってる……大悟の《五》、久仁子の《二》、七海の《七》」

佐々木は優しく微笑んだ。

「そうだ。そして、五足す二は七だ」

言われるまで、まったく気づかなかった。まさかそんなところに、三者のつながりが示されていたとは。慎司がすぐに三つの名前の共通点を見出したのは、子供らしい柔軟な発想があればこそだ、と思う。

「七海の名前は、そうやって決まったんだよ。俺が名づけたんだ」

「じゃあ……本当に、七海のお父さんなんだね」

慎司はようやく、佐々木の言うことを信じたようだった。

僕はこれまで、佐々木が僕に何か隠しごとをしていると感じていた。彼がかつて城野原で取材をしていたことについて話したときや、僕に黙って七海の見舞いに行こうとしていたときに。いまになって、やっとわかった。彼の隠しごととは、七海との親子関係だった。判明してみれば、娘が巻き込まれたから火事の取材をしたし、娘だから見舞いに行こうとしていたのだ。彼への信用が揺らぐようなことではまったくなかった。

佐々木が芝池の前などで四年一組の児童の父親だと名乗っていたことを思い出す。あれは、嘘ではなかったのだ。

佐々木は複雑そうな表情を浮かべ、慎司の言葉に答えて言う。

「血のつながりで言えば、な。離婚後は娘に会えなくなることも受け入れ、自暴自棄になって仕事さえ失った、俺はろくでもない人間だよ。父親を名乗る資格なんてないのはわかっている」

だけど、と佐々木は続ける。

「それでも、娘のことを忘れたわけじゃない。会えなくても、ずっと気にかけてきた」

だから七海が意識不明になったときは、胸も張り裂けんばかりだったという。

「久仁子から連絡があってな。病院に、見舞いに行ったんだよ。七海と会うのはもう、かれこれ九年ぶりくらいだった。それが、あんな姿でなあ……」

佐々木は言葉に詰まる。

「目の前の現実を認めたくなかった。七海がどうしてこんな目に遭わなきゃいけなかったのか、知るまでは決して納得しないつもりだった。だって、パニックになって山頂方面に逃げただなんて、まるで七海が悪いみたいじゃないか。そんなの受け入れられない、俺が本当のことを突き止めてやる、と思ったんだ——だが、最初の取材では何の情報も得られなかった」

広子によれば、佐々木は二ヶ月以上にわたって城野原団地で取材を続けていたそうだ。それでも求める情報をつかめなかったときの、彼の悔しさはいかばかりだったろうか。

「一度はあきらめざるを得なかったが、七海の見舞いで城野原を訪れたとき、団地で子供の失踪騒ぎが起きていることを知った。しかも失踪しているのは、七海と一緒にキャンプに行ったクラスメイトだという。キャンプと関係があるかどうかはわからなかったが、調べてみなけりゃ気が済まなかった。それで、俺は城野原での取材を再開したんだ」

そして取材を進めていくうちに、キャンプと連続失踪のつながりを突き止めた。しかもそれは、火災にも関わりのあることだった。しかし肝心の、七海の行動については何ひとつ明らかにならないまま、説明会を経て連続失踪は決着がついてしまった。

「何というか……宙ぶらりんになってしまった気がしてなあ。ここまで来たのに結局、俺は娘のことを何もわかってやれないし、娘に何もしてやれないんだと思うとなあ」

佐々木はあらためて、慎司の目をじっと見つめる。

「だから俺には、きみの気持ちがわかるんだよ。説明会がめでたしめでたしで終わって、置いてきぼりを食らったきみの気持ちが、な。きみが七海のために連続失踪に協力していたように、俺もまた娘のために、ここまで取材を続けてきたのだから」

再び、待合室は静寂で満たされた。

僕はいますぐここを立ち去るべきだと思った。悲しみを共有する彼らにのみ、いることを許された空間だと感じたからだ。取材を手伝っただけの僕に、彼らの気持ちはわからない。悲しい、と感じることさえ、冒瀆《ぼうとく》になってしまう気がした。

待合室を出ていこうとして、僕は何気なく彼らの背後に視線を移し——そこで初めて、安田広子がいつの間にか立ち上がっていたことに気づいた。

彼女はゆらゆら揺れていて、まるで亡霊のように見えた。

佐々木と慎司の会話に聞き入るあまり、彼女の存在を完全に忘れていた。彼女はおぼつかない足取りで、佐々木のすぐそばまで近づく。そして、

「——すみませんでした！」

佐々木に向かって、土下座をした。

「七海ちゃんをあんな目に遭わせてしまって、本当にすみませんでした。スタッフが花火をや

って仕方がない、とでも言いたげだった。

床に頭をこすりつける広子に、佐々木は醒めた目を向けていた。いまさら謝罪なんか聞いたって仕方がない、とでも言いたげだった。

だが、続く広子の言葉は意表を衝くものだった。

「わたしはどうしても、和樹くんをかばいたかったんです」

「……この期に及んで、人のせいにするつもりか」佐々木の声は怒気をはらんでいる。「花火をやったことを隠していたのは、自分の保身のためだろうが――」

「違います。わたしは、誓って花火をやっていないんです」

佐々木が沈黙した。広子は下を向いたままでまくし立てる。

「わたし、没収した花火を宴会場に置いたあと、疲れと酔いで眠くなってきて、別室でしばらく眠ってしまいました。目を覚ますと、深夜一時でした。わたしは寝起きの一服をしようと思って、ロッジの裏口から外に出て――そのとき、火災を発見したんです」

彼女の話を信用する根拠など、いまはどこにもない。それでも佐々木は、彼女の話を聞くつもりのようだった。

「わたしが寝ているあいだにほかのスタッフ全員で花火をやって、燃え殻をゴミ置き場に捨てたことはあとで聞きました。火の始末は充分におこなったはずだ、と彼らは主張しましたが、酔ってたはずだし、信じていいかわからなくて。わたしは正直に事実を話すべきだと言おうとした――だけど、真っ先に花火をやろうと言い出したのが和樹くんだったことがわかって」

——ぼくがあのとき、花火をやろうなんて言い出さなければ……。

「和樹くん、学校に行けなくなったあと、友達と一緒に何かをやるなんて経験、たぶんほとんどなくて。キャンプがすごく楽しかったんだと思います。それでつい、そんなことを提案してしまったんだと」

宴会の途中で、和樹は言ったそうだ。この花火、ぼくたちでやってしまおう。大丈夫だよ、あとで買って返せば。だってこれ、ぼくの弟が持ってきた花火だよ。

「それを知ったとき、わたしはほかのスタッフと結託して、スタッフが花火をやった事実を隠すことに決めました。だって和樹くん、いじめを受けて苦しんだあと、とても長い時間をかけて、ようやくここまで立ち直ってきたんです。そんな彼をキャンプに誘ったのは、このわたしなんですよ」

広子の悲痛な叫びが、待合室にこだまする。

「わたし、和樹くんがいじめられたおかげで自分がいじめられずに済んだという思いが、中学生のころからずっと拭えませんでした。だから罪滅ぼしのつもりで、自分なりに彼の力になろうとしてきました」

罪滅ぼしだなんて言い方はそぐわない。いじめに関して、広子には何の罪もないのだから。きみは悪くない、という台詞が、僕の頭の中をめぐる。

「なのに、いま和樹くんがそんな大きな罪を背負ってしまったら、せっかく時間をかけて立ち直ってきたことが全部水の泡になるんじゃないか——また元の、ろくに外出もできなかったころの和樹くんに戻ってしまうんじゃないか。そう思ったから、わたしは隠蔽に手を貸すことにしました。隼人くんたちに口止めをし、取材に協力するふりをして佐々木さんたちがつかんでいる情報を把握しようとし、放火と強調することで猿渡さんを真実から遠ざけたんです」

でもそれは間違いでした、と広子は間髪を容れずに言いきった。必要以上に、和樹を苦しめることにしかつながらなかった、と。

「和樹くん、城野原小で開かれた説明会に、自分の意思で出席したんです。たぶん花火をやったのを隠していたことをずっと気に病んでいて、花火との関連をにおわせる犯行声明文の意図を知りたがっていたんだと思います」

説明会の終わりに、和樹の姿を見かけたことを思い出す。これから苦労するだろう、と佐々木は話していた。

「彼は弟たちが起こした連続失踪の目的を知って、心から悔やんだようでした。そして弟たちや警察に本当のことを話すべきじゃないかと、わたしに電話で相談してきたんです。慎司くんが録音したのは、おそらくそのときの会話です。わたしは、真実を告白すること自体は止めませんでしたが、そうするにもふさわしいやり方やタイミングがあるはず、まずはいったん冷静になったほうがいい、と彼を諭しました」

「だからお兄ちゃん、七海に謝りに行こうって言ったときも、抵抗しなかったんだ……」

慎司がつぶやく。和樹は本当のことを話す覚悟を決めていたから、録音の存在とは関係なしに、七海に謝罪をしたいと考えた。録音の際はドアで隔てられていたため一部の言葉しか聞き取れなかったことで、慎司は兄にその覚悟があることまではわからなかったのだろう。

「あのときの電話でそんな風に言ってしまったことを、いまでは後悔しています。もっと早く和樹くんが子供たちに本当のことを話していれば、彼はケガを負わずに済んだし、七海ちゃんのお母さんが罪を犯すこともなかった。わたしがやるべきだったのは、和樹くんをかばうことなんかじゃなくて、彼が罪と向き合うのを支えることだった。本当に、本当にすみませんでした……」

うずくまったまま、広子は肩を震わせる。それでわれに返ったように、慎司も七海を苦しめてごめんなさい、と言って頭を下げた。二人のむせび泣く声だけが、待合室を満たしていた。

真実は、とうとう何もかも明かされた。取材を続けてきた僕らにとって、それは歓迎すべき事態であるはずだった。

なのに——何なのだ、このやりきれなさは。

ただ、タバコを吸いに外に出た。

ただ、キャンプで花火をしようと言った。

ただ、少女を幸せにしたいと思った。

悪意なんて、どこにもなかった。だが、三つの原色が重なると黒になるように、いくつもの要素が重なり合った結果、取り返しのつかない悲劇が発生してしまった。

彼らにも、過失はあった。けれど、それを責めたところで何になるだろう。たとえ彼らがどんなに苦しんだとしても、それで七海が目を覚ますわけではないのだ。

突如、佐々木が立ち上がる。彼の態度や表情からは一切の感情が読み取れず、僕には彼が抜け殻になってしまったとしか思えなかった。

「謝りたいのなら――」

その声は、かすれていた。

「俺じゃなくて七海に謝ってくれ」

佐々木が足早に待合室を出ていく。追いすがるように伸ばした広子の右腕は、凍えているみたいに震えていた。そしてそのさまを見つめる慎司もまた、雪山の遭難者のように頬を青ざめさせていた。

わからない。僕にはわからない。まだ幼い慎司と若い広子が、あるいは和樹がこの先、どれだけ心の凍るような時間を生きていかなければならないのか。いつか彼らは許されるのか、そうする権利を持つ少女は、口を利くことさえできないというのに。

夏の太陽のように彼らを温めてくれる何かが、彼らの頭上に取り戻されることはあるのか。

僕は、天を仰いだ。

4

こうして、城野原の住民たちを騒がせた連続失踪は幕を閉じた。

人々を翻弄した児童たちの知恵、さらにその陰に隠された男の子の思惑などが交錯した、複雑怪奇な事件であった。なお、連続失踪に関わった団地の子供たちはその後、いっせいに塾をやめ、彼らの掲げた《夏休みを取り戻す》という目標に向かって着実に前進しており……

「――うん、いいんじゃないですか」

ワープロで印刷された原稿の束にひととおり目を通し、僕は顔を上げる。佐々木はダイニングテーブルの向かいで、椅子の背もたれに寄りかかった。

「この程度の長さの記事を書くのに、ここまで疲れたのは初めてだ。編集長様のお眼鏡にかなうといいんだが」

「大丈夫ですよ。すごくおもしろかったですから」

原稿が書き上がったから取りに来てほしい、と佐々木から連絡を受けたのは、慎司が失踪した夜から三日後、十月三日のことだった。佐々木がみずから編集部に原稿を持ってこられないのには、わけがあった。

あの事件の夜、川原久仁子は傷害の容疑で現行犯逮捕され、現在も取り調べを受けているという。七十二時間の拘束の期限は今晩までで、勾留されるかどうかはまだわからず、その間は七海の面倒を見られるのが父親である佐々木しかいなかった。それでいま、佐々木は久仁子と七海が二人暮らしをしている城野原のアパートにいるのだ。

「これからどうするんです。佐々木さんも、ずっとここにいるわけにはいかないでしょう」

そう訊ねると、佐々木は七海の寝ている部屋を一瞥した。

「まあ、久仁子もじきに戻ってくるさ。実刑を食らうことはないだろうしな。とにかくいまは、久々に娘との時間を満喫するとするよ」

佐々木は冗談めかして笑ったが、僕はうまく笑い返すことができなかった。

「とはいえ、何もかも元どおりというわけにはいかないだろうなあ。今回のことで、久仁子が限界だったのはよくわかったし」

「刃物を振るってしまうくらい、追い込まれてたってことですもんね……」

「そもそもあの山火事以前から、娘に手を上げることもあるほど荒れていたみたいだからな。それだけ旦那を亡くしたショックが大きかったんだろうが……とにかく、久仁子ひとりにはまかせられない。今後は俺も、最大限娘の面倒を見るよ」

「それは経済的な面だけでなく、という意味ですか」

「ああ。二人を都内に呼び寄せて、頻繁に会えるようにする。もちろん、久仁子が了承すればの話だがな」

まだ、あれから三日しか経っていない。それなのにここまで建設的な話をするところに、僕は佐々木の覚悟を感じた。彼には彼の生活がある。この先、再婚することだってあるかもしれない。何より、七海とは九年にもわたって他人同然の日々を過ごしてきたのだ。それでも彼は今後の人生を、娘に捧げることに決めたようだった。

僕はまだ結婚していないし子供もいない。社会人になって数年経つけれど、いまのところ自分以外の誰かに対して責任を負うことは少ない。そんな僕に、佐々木の心情を理解するのは難しい。いつかはわかる日が来るのかもしれない、と思うしかない。

ところで、まだ三日しか経っていないが、もう三日も経ったとも言える。この三日のあいだに、きわめて重大な出来事が起きた。

「それにしても――まさか、このタイミングで放火犯が捕まるとは思いませんでしたね」

僕が言うと、佐々木は苦笑いを浮かべた。

「聞いたときは、俺も目が点になったよ」

昨晩のことだ。S県警は、本年五月三日に王子山山中にて発生した火災について、S県在住の無職の男を放火の容疑で再逮捕したと発表した。いわゆる放火魔で、別件で逮捕し余罪を追及していくうちに、王子山での火災との関連が明らかになったそうだ。

「放火の疑いが強い、と報道されていたのは正しかったんですねえ」

佐々木は首の後ろを揉む。

「おかしいとは思っていたんだ。斎藤隼人たちが火災を起こしたという疑いが傘外の子に広まっていたのなら、大人の耳にも入らないはずがない。なのにどうして、警察が捜査している様子がないんだろうってな」

「警察ははなから失火の可能性なんて考えてなくて、放火犯を追っていたんですね」

そういえば広子は、キャンプ当日にロッジの近くで不審な人影を見たスタッフがいる、と話していた。あれも放火犯をでっち上げるための嘘だったのだろうと思っていたが、そうではなかったのかもしれない。

「幽霊の正体見たり枯れ尾花じゃないが、後ろめたいことがあると、人はありもしない罪におびえるようになっちまうんだな。放火だと報じられていたにもかかわらず、スタッフたちはそろいもそろって、自分たちが火災を起こしてしまったと思い込んでいたのだから」

「やるせないですね。むろん、それに振り回された僕たちも含めて」

「もっと早くに放火犯が捕まっていたらと思うと、何とも言えない気分になるよ。このひと月ほどのあいだに見てきた多くのことが、いまではほぼ無意味になってしまった」

「それはそうですけど……スタッフの濡れ衣が晴れただけでも、よかったんじゃないでしょうか」

「まあな。誤報を出さずに済んで、こっちも助かったよ」

仁科が火災の原因に関して、誤報を出してしまうことを危惧していたのを思い出す。やはり、あの編集長はやり手だ。

僕は原稿の束をカバンに収め、わざと明るい声で言った。

「これだけ長期間に及んだ、僕にとって初めての取材の成果が、このカバンの重みなんですねえ。何だか感慨深いです」

「大げさだな。しかしまあ、そういう気持ちを憶えておくといい。これからもあの雑誌の編集者としてやっていくつもりなら、な」

「今回のことで、本当に多くのことを学びました。佐々木さんのおかげです」

礼を言おうとしたら、佐々木がうるさそうに手を振った。

「しゃらくさい真似はよせ。どうせ、今後も仕事で付き合うことになるんだ」

それもそうか。僕は原稿の詰まったカバンを撫でた。

「佐々木さんにもだけど、情報提供があったことにも感謝しないとな……あのファックスがきっかけで、これだけの体験ができたのだから」

すると佐々木はいきなり首を突き出して、僕の顔をまじまじと見た。

「もしかして、まだ気づいてないのか？　サル、おまえやっぱり天然ボケか」

「と言われましても、何のことやら……」

「あのファックスを送ったのは、俺だぞ」

開いた口がふさがらなかった。

「な、何を言ってるんですか。あれは安田さんが――」

「考えてもみろ。安田広子は、スタッフが花火をやったことを知られるのを恐れていたんだぞ。かつて火事に関する取材をしていた俺を、城野原団地に呼び寄せるような真似をするわけがないだろう」

言われてみれば、である。

「だいいち、変だと思わなかったのか。機械に弱いと言った彼女が、手書きではなくワープロで作った文書をファックスで送ってくるなんて」

――ああ、だめだめ。わたし、機械弱くて。

「その矛盾に気がついていれば、彼女は真の情報提供者ではないことが、はやばやと見抜けたわけですね……」

広子が匿名の情報提供者になりすました理由は、すでに彼女自身の口から語られている。花火の真相が明るみに出ないよう、取材に協力するふりをして、僕らがつかんでいる情報を把握しようとしていたのだ。

そういや佐々木は広子のことを、情報提供者ではなく協力者と称していた。自分が送ったものを、赤の他人が「わたしが送った」と言い出したのだから笑い話である。情報提供者が名乗り出ることはない、と佐々木が言いきっていたのも、いまとなっては説明するまでもない。

「どうして彼女の嘘を指摘しなかったんですか」

「彼女の目的を知りたかったからな。それに、せっかく協力してくれるというのに、わざわざ嘘を暴いて嫌われることもなかろう」

「はあ。そもそも、佐々木さんはなぜ匿名の情報提供なんかしたんです?」

「七海と同じクラスの児童が失踪したという情報が入ってきたときに、これは失踪を取材するふりをしてキャンプのことをまた調べられるかもしれない、と思ったんだ。そのときはまだ、失踪とキャンプがつながるかどうかはわからなかったけどな」

そこで佐々木はファックスを送ると、ただちに月刊ウラガワ編集部へ向かい、情報提供をまとめておく箱から自分の送ったファックスを拾い上げたのだという。そうしないと、無益な情報として処分されてしまうおそれがあったからだ。その後、彼はさもファックスの中身に興味を抱いた風を装って編集長に直訴し、思惑どおり取材の許しを得た。あくまでもウラガワの取材という体にしたのは、かかる費用や時間を考慮すると、取材費と原稿料を受け取らないと苦しい、と判断したからだそうだ。

僕は手元のカバンに目をやる。さっき受け取った原稿はワープロで書かれたものだ。あのファックスもまた、ワープロで作成されたものだった。直筆では佐々木の自作自演だとバレてしまうおそれがあったから、そうしたのだろう。

「どうしてそう、秘密主義なんですか」

「とっくに気づいてるもんと思ってたんだ、こっちは」

「七海ちゃんが娘だってことも、もっと早くに教えてくれてもよかったのに」

佐々木は下唇を突き出す。

「……その辺は微妙なんだよ。察しろ」

この天然ボケが、と罵られた。

「あーあ、こんなに近くにいた人の隠しごとも見抜けないなんて。せっかく初取材を終えたところだけど、僕、記者には向いてなさそうだなあ」

僕はダイニングテーブルに身を投げ出す。すると突如、佐々木がまじめくさった顔になった。

「それ、本気で言ってるのか」

「えっと……」僕は居住まいを正す。「怖い仕事だな、と思いました。初めは子供たちが楽しそうなことしてるな、くらいに思ってたのに、最終的に行き着いた真相はとても悲しくて。しかも、僕たちが連続失踪を終わらせたことが、最後の事件を招いてしまった側面は否定できません。そんな風に、人の運命を揺るがしてしまうかもしれないことを思うと、怖いです」

だから、自分には向いていない気がします。そう思いの丈《たけ》を吐き出してしまうと、佐々木は僕の目をまっすぐ見すえて告げた。

「俺は、おまえは記者に向いていなくもないと思うがな」

「……どうしてですか」

「怖さを知ったからだよ。怖いことだって、ちゃんと思える人間だからだよ」

佐々木の言葉を、僕はおそらく一切の思い上がりなしに、素直に聞くことができた。

かつて、花火の真相を暴くことが和樹を追いつめるかもしれない、と心配した僕に、佐々木は言った。

――そんなことといちいち気にしてたら、ウラガワみたいな雑誌は作れないぞ。

あの発言を聞いたとき、僕はそのとおりだな、とは思えなかった。「おまえが悪いんじゃない」と言われても、納得しかねる自分がいた。

たぶん、佐々木もそれを察していたのだろう。僕がそういう人間だと知っていて、だからこそ記者に向いている、と言ってくれたのだ。ならば、僕はその言葉を信じたい。本当に向いているかどうかはわからないけれど、佐々木がそう言ってくれたことは、大事にしたい。

「ま、そうは言ってもおまえは記者というより編集者だけどな。しかしいずれまた、取材しなきゃならん日が来るだろう。それも、今度は一から十まで単独で、な」

佐々木は再び背もたれに身をあずけ、にっと笑った。

「がんばれよ。猿渡」

初めてちゃんと名前を呼ばれた。返事にも、おのずと力が入った。

「はい！」

チャイムが鳴った。

「入っていいぞ」

窓から西日が射し込み始める時間帯である。佐々木が玄関に向け、声を張り上げた。

鍵はかけていなかったらしく、ドアがきしみながら開いた。

入ってきた二人を見て、僕は目を丸くした。

「安田さん！　それに、慎司くんも」

「猿渡さん。来てたんですね」

広子が言う。笑みを浮かべているが、晴れやかとは言いがたい。その隣に慎司が並んでいた。

「学校帰り？」

「そう。大学の夏休み、終わっちゃった。もちろん慎司くんも学校帰りです」

二人は慣れた様子で上がり込む。佐々木が片手を軽く上げただけで挨拶に代えた。

「慎司くん、お兄さんのケガはもう大丈夫？」

慎司はこくんとうなずいた。

「まだ家から出ないようにしてるみたいだけど、元気そうにしてる」

兄の回復を喜んでいることが、ちゃんと伝わってくる口調だった。

二人が七海のいる部屋に入っていく。

「この三日間、毎日お見舞いに来てくれているんだ」

佐々木の口調は穏やかだった。

「そうだったんですね」

「久仁子は拒絶していたが、それでは何も変わらないから、俺はあいつらの好きにさせている。七海にとって、いい刺激になる可能性もあるしな」

佐々木が彼らに対して複雑な感情を抱いていることは、言葉の端々ににじんでいる。当然だろう。見舞いを認めただけで何もかも許したと思うほど、僕も浅はかではない。

だが、それでも娘のためだけではないと思うのだ。彼らの見舞いを許すのは、彼ら自身のためでもあるのだ。それがきっと、下の世代すべてに向けられた、親心というものなのだろう。

まだ若い二人に、これから正しい道を歩んでもらいたいという気持ちの表れなのだろう。

初めのころ、ダメ人間だなんて評したことを撤回したい。佐々木大悟という人は間違いなく、立派な大人なのだ——まあ、ちょっとはダメなところもあるんだけど。

広子がひとり、七海の部屋から出てきてドアを閉めた。僕の隣の椅子に腰を下ろす。

「猿渡さん、今日はどうしてここに？」

原稿を取りに来た旨を話すと、彼女の表情に影が差した。

「そっか……記事、載るんですよね」

「もちろん、放火犯が捕まったことはすでに書き加えてあるよ。きみたちが今後、失火の冤罪を被せられることはない」

「それでも、わたしたちの責任が皆無になるわけじゃありません。わたしたちは飲酒をしたし、花火をやったことを隠していたし、何よりも七海ちゃんを避難させられなかった」

ウラガワに記事が出れば、それらについては多少なりとも批判が湧き起こるだろう。特に花火をやろうと言い出した和樹は、七海が逃げ遅れる原因を作った慎司とともに、きわめて厳しい立場に置かれるに違いない。

「掲載、してほしくない？」

思わず僕の口から出た問いかけに、佐々木が何を言うんだという顔をした。だが、広子はかぶりを振った。

「わたし、決めたんです。もう、何も隠さないって。ちゃんと向き合っていこうって。あんな恐ろしいこと、二度と繰り返してはいけないから」

和樹をかばったあげくの刃傷沙汰にも、彼女は責任を感じているようだった。

「わたしはまだ未熟で、無力かもしれないけど、それでも自分にできることを精いっぱいやっていこうと思います。和樹くんや慎司くんともしっかり話をして、みんなでそう誓い合ったんです。誰かに許してほしいなんて言うよりも先に、まず自分で自分を許せるようになるために」

広子は僕ではなく、佐々木のほうを向いてそう言った。

きみは悪くない、という言葉を人の心に届かせるのが難しいのは、その人が自分を許せないからだ。しかし自分を許すことをあきらめたら、何をやってもやらなくても一緒になってしまう。それでは何もかもを許し、自分を甘やかしているのと変わらない。いまの広子の言葉は、そんな生暖かい世界に身を沈める気はない、と宣言しているようにも聞こえた。

佐々木は何も答えなかった。いかにも若者らしい広子の純粋な言葉を、どれだけ信用したのかはわからない。ただ、彼はもう抜け殻のようではなかった。その態度が、表情が、答えの代わりになるだろうと僕は思った。

僕たち三人が無言になると、奥の部屋から慎司の声が聞こえてきた。ドア越しなのでくぐもっている。

――本当にごめん、あの日はどうしても抜け出せなくて。

自分の声がいつか七海の目を覚ますと信じて、慎司は語りかけることをやめないのだ。ここからその姿は見えないが、想像するだけで哀れみをもよおす。

――待ちくたびれて、寝ちゃってたんだね。

これまでにも彼は何度もこうして、窓の外から声を聞かせ続けた。いまでは日が暮れる前に、近くで好きなだけしゃべれるようになった。しかしそのことを喜べるほど、彼が能天気だとは思えない。

――実はもう、夏は終わっちゃったんだ。

彼の途切れ途切れの言葉は、ひとりでしゃべっているというよりも、いかにも会話めいていて――。

「……佐々木さん」

広子がにわかに慌てたような声を発した。

何だろうと思いつつ、僕は佐々木のほうを向く。

僕は二人のあいだに視線を行ったり来たりさせる。彼は固まって微動だにしなかった。なぜか、どちらも黙りこくっていた。その空気が異様で、ついへらへらしてしまった。

「ちょっと、二人ともどうしちゃったんです――」

「黙れ」

佐々木に一喝されてたじろぐ。いったい、何だというのだ。

そのときドアの向こうから、またしても慎司の声が聞こえてきた。

――いまからでも間に合うよ。一緒に、夏を取り戻そう。

はっとした。

「佐々木さん！」

もう一度、広子が名前を呼ぶ。

佐々木は椅子を蹴り、ドアを乱暴に開けると、奥の部屋へと飛び込んでいった。

エピローグ

二〇一六年八月十四日。

約束の午後三時を、五分ほど回っていた。石野慎司が急ぎ足で城野原駅の改札を抜けると、ロータリーにあるバス停の屋根の下に、懐かしい顔ぶれがそろっていた。

「遅いぞ、慎司」

すらりと背の高い男性が言う。隼人だ。スーツのジャケットを肩にかけ、ワイシャツの袖をまくっている。

「ごめん。電車を一本、逃しちゃって」

「置いていこうかと思ったよ」

健が目をすがめる。こちらは背が低いが、子供のころの面影がないほどがっしりしている。高校、大学と、ずっとラグビーをやっていた影響だろう。

「昔は冗談でなく本当に、よく置いていかれたもんだよ」

「そうだっけ。子供ってのは、ひどいことをやるよな」

健の苦笑に合わせて笑いながら、慎司は集まった顔ぶれを見回す。そして、美咲に声をかけた。

「美咲ちゃん、お腹――」

「そうなの。再来月が予定日なんだ」

美咲は丸くふくらんだ腹部をさすった。ネイビーのワンピースはフォーマルなものだが、妊婦でも無理なく着られるゆったりとしたデザインだ。

「ひとりめ？」

「うん。結婚して、やっと一年だから。智子ちゃんのとこは二人いるんだよね」

「うちは、男の子と女の子。上はもう小学生だよ」

智子がにこりとする。茶髪をひっつめにし、目のまわりには細かいしわが寄る。ベージュのパーティードレスは、母親らしく落ち着いた装いだった。

「智子が結婚するって聞いたときは、ショックだったなあ」

健がぼやく。彼の智子に対する恋心は、とうとう実ることがなかったのだ。

「智子ちゃん、結婚早かったもんね」

「そうなんだよ。おれ、よっぽど式場に乗り込んでやろうかと思ったぜ」

「いいじゃない。健もいまでは幸せなんだから」

智子が呆れたように言い、健がまあな、と頭をかく。彼は今年、入籍したばかりだった。

ジャケットを持つ左手の薬指の指輪に触れながら、隼人が慎司を見る。

「それじゃ、この中で独身は慎司だけか」

「そうみたいだね。もう、ぼくらも三十路《みそじ》だから」

「二十年前からずっと同じ人が好き——だったりするのか」

健にからかわれ、慎司は慌てて手を振った。

「そんなわけないよ。彼女の家庭はあのあとすぐ、東京に引っ越していったから……それ以来、顔を見てもいない」

「そっか。電車で一時間の距離でも、子供には今生《こんじょう》の別れみたいに感じられたもんなあ。残念だったな、おい」

健が慎司の肩を叩いたところで、隼人が腕時計を見た。

「五人そろったし、行こうか」

ロータリーを歩いて出発する。日向《ひなた》に出ると、真夏の暑気が一気に襲いかかってきた。

城野原駅前は、ロータリーがきれいに整備されたほかは、彼らが子供だったころと比べてもそれほど代わり映えがしなかった。いくつかテナントが入れ替わり、昔はなかったコンビニが出店した程度だ。かつては城野原に住む誰もが、この町はこれからどんどん発展していくに違いないと、いくらかの期待も込めて考えていた。その予想はいまのところ、大して当たっていない。

「クラス会、何人くらい来るの」

智子が訊ねると、隼人は指を折って数えた。

「クラスの半分くらいかな。消息不明のやつもいたから」

「よく集まったほうだよ。この時期、旦那さんや奥さんの実家に帰省してて自由が利かない人も多いだろうし。それに、団地の子はみんな散っちゃってるわけだからね」

どことなく周囲を気遣うようなのは、智子がいまでも隣町に住んでいて、城野原へはいつでも来やすいからだ。そういうクラスメイトは決して多くない。現に智子以外の四人は全員、いまは県外で暮らしている。

「小学四年生のときのクラス会だって言ったら、妻がびっくりしてたよ。そういうのは普通、六年生のときのクラスか、学年全体でやるもんじゃないかって」

健の発言に、智子が同調した。

「あたしも夫に同じこと言われた。『あのクラスは特別なの！』って力説したけど、わかってくれたんだかどうか」

「特別だよな。あのときいろいろあったおかげで、おれたちみんな城野原中学校にかよえたんだから」

隼人は誇らしそうにしている。慎司が付け加えた。

「うちの兄のときみたいないじめも、全然起きなかったしね」

「そうそう。小四のおれたち、ほんとよくやったよ」

「あのときが十歳で、それから二十年経って今年で三十歳。クラス会をやるにも、いろんな意味でいいタイミングだったのかもね」

智子が言い、ほかの四人はしみじみ感じ入る。そうか。あれからもう、二十年も経ったのか。

「そう考えると、クラス会が実現できて本当によかったよな」

「忠くんがいなかったら、たぶん開けてなかったね」

「あいつ、いまでもあのでっかい家に住んでるからな。家督を継いだんだとか言ってた」

「子供のころは、金持ちの子はうらやましいなと思うばっかりだったけど、名家のおぼっちゃんもそれはそれで気苦労があるんだろうなあ」

「隼人くんは、忠くんとはずっと連絡を取り合ってたんだっけ」

美咲の質問に、隼人はうなずいた。

「もう二十年だから、腐れ縁だよ。今回のクラス会も、言い出しっぺはあいつのほうだったんだ。地元にいる自分が幹事やるからって。おれはそれを手伝っただけ」

「みんなの連絡先を調べるの、大変だったんじゃない？」

「そうでもないよ。いまはフェイスブックとかもあるから」

時代は変わった。SNSが普及し、離れて暮らす者どうしでも近況が容易にうかがい知れるようになった。ここに集まっている五人も、組み合わせによっては十年以上、顔を合わせていない。それでも、写真などをSNSで共有していたおかげで、久々の再会という実感はそこまで大きくなかった。

「楽しみだなあ、クラス会。開会は五時だっけ？」

「そう。会場は、駅のロータリーとは反対側に新しくできたホテルなんだ。おれは一応幹事だし、一時間前には会場に到着しておこうと思う。だから、あんまりあそこでゆっくりする時間はないかも。悪いな」

「大丈夫だろ。そんなに長居することもないって」

健は、あえて感傷を押し隠した口調で言った。

「話は変わるけど、わたし最近、久しぶりに月刊ウラガワを手に取ったんだよね」

美咲が口を開く。彼女は昔から、ゴシップ好きなところがあった。

「まだあったんだな。月刊ウラガワ」

「うん。でね、最後のページに編集長の名前が出てたんだけど。そこに、猿渡守って」

「猿渡さん、編集長になったのか！」

あの日の頼りなさそうな青年の姿を思い出し、五人は笑った。いまではもう、自分たちも当時の猿渡の年齢を上回っている。

「佐々木さんはあの記事が話題になったのを機に、ノンフィクション作家に転向したみたいだしなあ。いまでもときどき、書店で本が平積みされてるのを見かけるよ」

「猿渡さんが四十代で、佐々木さんはもう還暦でしょう。それは、偉くもなるよね」

「みんな、それだけ歳を取ったってことだよ。人間だけじゃなくて団地も、な」

隼人が話をまとめたところで、彼らは目的地にたどり着いた。

目の前には、かつて毎日渡った踏切がある。その向こうに、城野原団地が広がっていた。

けれどもそのながめは、彼らがここに住んでいたころと同じではない。クリーム色の住居棟は半分ほどに減り、まるでそれらを食い尽くす怪獣のような重機が、敷地内のそこここで休んでいた。人けはまるでなく、地面に散ったがれきは何だか痛々しい。風が吹いて彼らの鼻腔《びこう》を、ほこりっぽいにおいが駆け抜けた。

「……本当に、なくなっちまうんだな」

隼人がつぶやく。それでほかの四人はこの光景が、現実であるとあらためて実感させられた。

完成から四十年が過ぎた現在、城野原団地は取り壊しのさなかにあった。最大の理由は建物の老朽化だ。特に五年前の東日本大震災以降、住居棟のあちこちでひびが見つかり、また現行の耐震基準を満たしていないことなどが露呈した結果、近年では住民離れが進んで空室が目立つようになっていた。そのような状況を踏まえ、日本住宅公団から業務を引き継いだ都市再生機構は二年前に城野原団地の取り壊しを決定、全住民に通達したのである。

解体は今年じゅうの完了を予定し、跡地には大型商業施設の建設が決まっている。団地住民が夢見てきた城野原の発展と活性化は、皮肉にも団地がなくなることにより、達成されるのかもしれない。

ここにいる五人の家庭が団地を出た時期はまちまちである。一番早いところでは智子が、高校生のころに母親の再婚をきっかけに隣町の新居へと移り住んだ。子供が独り立ちするのを待って、という家庭もあったし、取り壊しが決まるまで団地に住み続けた家庭もあった。

しかしいずれにしても、彼ら自身がここを離れて、すでに一年や二年ではない月日が過ぎていた。仕事に就き、家庭を持ち、さまざまな人生の節目となる出来事をこの団地の外側で経験してきた。そして彼らは今日、この世から消えてなくなる寸前の姿をひと目見ておこうと、こうして城野原団地へ帰ってきたのだ。

「不思議だね。もう二度と、ここに帰ってくることはないなんて」

美咲がスマートフォンのカメラで写真を撮る。

「そこの公園で、日が暮れるまで遊んだよな」

健が首を回す。

「熊田酒店にも、数えきれないくらい行ったね」

智子は遠くを見つめるように、目の上に手をかざす。

「思い出がある、なんてもんじゃないよね。あんなに長いこと住んでたんだから」

慎司は深呼吸をしている。

「でも、なくなっちまうんだ」

隼人が繰り返したとき、踏切の警報音が鳴り出して、遮断機がゆっくり下りた。

それから彼らは電車を何本か見送った。団地の入り口にはチェーンが張り渡されており、立ち入りが禁じられていた。もっとも今日が日曜のせいか、あるいは八月のこの時期だからか、作業員の姿はないのでその気になれば入ることは容易だ。けれども彼らはチェーンを乗り越えようとせず、半壊の故郷を外からながめていた。

隼人が再び腕時計を見ると、名残惜《なごり》しそうに言った。

「おれはそろそろ行くよ。みんなはもうちょっといればいい」

「いや、おれたちも行くよ」

健の発言に異を唱える者はいなかった。隼人はうなずいて、

「じゃあ……」

五人はあらためて団地のほうを向く。じゃあ、の先は気恥ずかしくて口には出さなかったけれど、心の中では誰もが同じ言葉をつぶやいていた。

——さようなら、城野原団地。

団地に背を向け、来た道を引き返す。アブラゼミの鳴き声が、自分たちを呼び止めるように団地の敷地内から響いていた。

五人は言葉少なに歩く。冷房にすっかり慣れた暮らしで、屋外にわずかな時間いるだけで汗が止まらなかった。美咲も智子も、化粧が崩れるのを気にしつつ、しきりにハンドタオルを顔に押し当てている。

そのまま五分ほど過ぎたところで、慎司は唐突に切り出した。

「ごめん、ちょっと寄っていきたい場所があるから、先に行っててくれるかな」

ほかの四人は目を見交わす。

「それならわたしたちも一緒に……」

言いかけた美咲を制し、隼人があごをしゃくった。

「行ってこい。ホテルの場所、わかるよな」

「うん。大丈夫」

「なら、またあとでな」

去っていく四人を見送ったあとで、慎司はそばの角を曲がった。

すぐそこが、城野原東公園だった。慎司の記憶にある景色と変わらない。桜の木、バックネット、滑り台と順に見回していく。近年では安全性の問題から、公園の遊具の撤去が全国的に進んでいるというが、ここはオーソドックスなものしかなかったことが幸いしてか、当時のままだった。

最後、公園の端にあるブランコにまで視線が行き着く。そこで、慎司は予期せぬ光景に息を呑んだ。

ブランコに、人がいた。

ブランコが似合うほど幼くはない。うつむき加減で、深い赤のワンピースを着て、ハイヒールの爪先で地面を蹴ってブランコを小さく揺らしていた。

デジャヴのような感覚を、慎司は味わう。かつてこのような光景を、彼は一度も見たことがない。なのにブランコに腰かけた女性は、昔そこにいた少女と、いささかのずれもなく重なるのだった。

慎司はブランコへ歩み寄る。気配に気づいた女性が、顔を上げた。

ブランコを囲む柵の前で立ち止まり、慎司は彼女の名前を――。

二十年前のちょうどいまごろ、祈るような思いで何度も何度も口にした、その名前を。

慎司は呼んだ。

彼女が名前を呼び返す。
それだけで、泣いてしまいそうだった。
彼の頭上で、真夏の太陽があかあかと輝いていた。

単行本版あとがき

いまから八年前、二〇一〇年のある日のことです。かつて三十年以上にわたって日本のお昼を彩《いろど》ってきたバラエティ番組〈森田一義アワー 笑っていいとも！〉の中で、司会のタモリさんがゲストに向かってこんなことを言いました。

「ここに来たら（筆者注：それに見合う実力をつけたら）やりたいって思っていた仕事は、必ずそこにたどり着くよりも前にやってきて、それを乗り越えなきゃいけなくなるんだよ」

一言一句正確に、とはいきませんが、おおむねこのような主旨の発言だったかと思います。

当時、僕は身内の手伝いでお給料をもらっており、実質フリーターという身分でした。そんな生活だったからお昼のテレビ番組を観られたわけですが、まだ実力を試されるような職に就いたことのなかった僕にとっても、その言葉は妙に印象的でした。人生とはそういうものなのだな、憶えておこう、と思ったのです。

そのころの文学新人賞へ投稿を続ける生活が報われて、二年後の二〇一二年、僕は作家として本を刊行することができました。そして、確か二〇一五年のことだったと思いますが、デビュー前からＳＮＳを介してお世話になっていた東京創元社の担当編集者さんに、このような言葉をかけていただいたのです。

「小社のミステリ叢書《ミステリ・フロンティア》が、間もなく百冊に到達します。そこで百冊めの記念となる作品を、岡崎さんにお願いしたいと思っています。お引き受けくださいますか？」

それを聞いた僕が、反射的に何を思ったか。

——荷が重い。

それでもこう返事するまでに、時間はかかりませんでした。

「やりたいです。やらせてください」

僕は冒頭のタモリさんの言葉を思い出し、ああ、これのことか、と感じ入っていたのでした。本当に見合う実力がつくよりも前にやってきたぞ、と。人生とはそういうものなのだ、と心得ていなかったら、あるいはもっと歯切れの悪い返事をしていたかもしれません。

実はそのとき、僕のほかに二人の候補者がいることもあわせて聞かされたのです。けれども僕は、「その中なら僕がやるべきでしょう」と言いきりました。自分がもっとも優れた作品を書ける、などと見得《みえ》を切ったわけではありません。ミステリ・フロンティア初登場なのが僕だけだからとか、わりと客観的な理由を持ち出したはずです。でも実は、本音は別のところにありました——こんな仕事、ほかの誰かに譲《ゆず》ってしまったら、きっと一生後悔するぞ！

そういうわけで、恐れ多くもミステリ・フロンティア百冊めの作品を、僕が担当することに相成りました。そして荷が重い、とてもそんな器《うつわ》ではないという不安に幾度となくくじけそうになりながらも、ここで力作をものしなくてどうするのかと自分を鼓舞《こぶ》し続け、こうして刊行にまで漕ぎつけたのです。

読者のみなさまにとっては完成した作品がすべてですから、執筆に際しての苦労話をここに書き綴《つづ》るつもりはありません。ただ、非常に難航したとだけ断っておけば充分でしょう。初のノンシリーズ長編ということもあって迷走する僕に、長編小説やミステリの何たるかを基礎から教えてくださっただけでなく、行き詰まったときにはヒントを示し、最後まで根気強く伴走してくださった担当編集者さんには感謝の気持ちでいっぱいです。険しい旅路の果てに僕が目の当たりにした景色は、ひとりでは決して見ることのできないものでした。

さて、見合う実力がつく前にやってきた、今回の大仕事もついに一段落しました。僕は指名してくださった担当編集者さんの期待に応え、あまたの傑作を世に送り出してきたミステリ・フロンティアの記念すべき百冊めにふさわしい作品を書き上げることができたでしょうか。その判断は、読者のみなさまに委《ゆだ》ねたいと思います。

本書をお手に取ってくださったすべての方に感謝を込めて。あなたの読書が、どうか素敵な時間になりますように。

台風の日に　　　　岡崎琢磨

清新という言葉

辻 真先

※物語後半の展開に触れています。未読の方はご注意ください。

この作品を一言で纏《まと》めるには、どういえばいいのだろう。

ぼくは「清新」という言葉を思いついた。


プロローグに登場する五人の少年少女が、みんな小学校四年生だった。

ああ、この子たちが主役か。少年探偵団っぽい話でもはじまるのか。

読者のあなたがそう思ったなら、違うことがすぐわかって面食らうだろう。これではまるで倒叙ミステリではないか。それも小学四年生の集団の。

小学生たちが出るが、児童読み物ではない。

つづけざまに、すれっからしの大人のマスコミ屋も登場する。

『月刊ウラガワ』の誌名でナンパのゴシップでページを埋める、少しばかりいかがわしい雑誌の新人編集者猿渡と、うらぶれてやる気がなさそうに見えるフリーの記者佐々木がコンビを組み、城野原団地で起きた連続児童失踪事件を取材する――というのが物語の縦軸をなす。

ああ、このふたりが探偵を務めるんだ。うらぶれた方がホームズ役で、新人がワトスンを演じるのか。

慣れた読者はそう推察するかも知れない。事実、物語は予想に沿って進んでゆく。そんなミステリ好きの読者なら、岡崎琢磨の名をご存じのはずである。ロングヒットしている『珈琲店《コーヒー》タレーランの事件簿』の若手作家だからだ。

ああ、なるほど、するとこの話は小学生の子どもたちと、マスコミの第一線で働く大人たちを勝負させる趣向なのか。

読者がそう思ってもふしぎではなく、正直なところ初読のぼくがそうだった。『タレーラン』シリーズをすべて読んでいたせいもあって、作者が提供した勝負の土俵の大きさを予測したつもりでいた。

随時挟まれる『ウラガワ』誌の記事を見ても、まだ大した誤差を覚えていなかった。で……。

読後つくづくと思い知った。ぼくの想像力のなんと非力だったことか。いくつもの伏線をあっさり見過ごしていた。

いや、伏線なぞというページの裏に埋もれた手がかりではない。話の中で、みんなの会話で、繰り返し話題にされていた事象――城野原団地ができた由来。そこにどんな家族が住んでいるのか。団地の内外でつづく摩擦の不協和音。そして子どもたちにとってなにより重大な「いじめ」の現実。

作者と同業というだけではない、ぼくも人並みにミステリのファンのつもりだ。団地という言葉が生まれたころの、最初の居住者のひとりであったし、ふたりの子を持つ親でもあった。なのに隠された主題に、気づけなかった。

物語も後半に至り、ぬっと全容をあらわす黒ずんだ主題。

子どもも大人も区別なく登場人物すべての上に、大きな翼の影を拡げる物語の構造は、ぼくを慄然《りつぜん》とさせた。

作者がしつらえた土俵の大きさを見切ったつもりでいたぼくが、実はまるで目を塞がれていた。子どもたちが智恵をしぼった擬装誘拐の謎、そいつを解きあかそうとする大人たちとの駆け引きの隙間から、小出しにされるトリックの面白さに瞞着《まんちゃく》された。

ミステリを読む楽しさには、騙《だま》される快感が含まれるには違いないけれど、子どもと大人の騙しあいが、いつの間にやら作者と読者の騙しあいに変質していたことに、目を見開かされた。ぼくが瞥見《べつけん》したより、土俵ははるかに大きかったのだ。大きいというより深かったというべきか。

白状すると、(おかしいな)と思ったのは、作品に残されたページ数である。

子どもたちが「降参」といい、全校の児童や保護者を集めて事件の実態を告白する場面は、一般のミステリにたとえるなら、クライマックスの謎解きシーンだ。そこを過ぎれば、後は一《いっ》気呵成《きかせい》にラストシーンのはずであった。

だがそれにしては？

まだまるまる一章分が残されている。

ウーム。首を傾げて目次を見直した。

現在読んでいる第五章には、ちゃんと〝夏を取り戻す〟と章題がつけられており、それは全体の書名でもある。

だからはじめにチラ見したとき、この章がキモだと思った。後につづく第六章はいわばつけたしだ。そう思いこんだのだ。末尾に〝エピローグ〟が独立していることを考えにもいれず。

お恥ずかしい話だけれど、みんなを集めて子どもたちが粛々と擬装誘拐の真の狙いを語る場面で、作者に都合よく話の運びが盛り上がり、不明瞭であった火災の原因まで明らかとなって、ミステリらしく完結する。そんな風に能天気な閉幕を予想していた。

そうではなかった。

不明を自白しながら解説をつづけるのは、自分でも図々しいと思うが、役割だからご勘弁いただくとして、長編が紙数に見合う真価を発揮するのはこのあたり――たとえば全体の七割から九割くらいを過ぎたあたりかと、ぼくは勝手に考えている。

楽曲のサビが高らかに歌い上げられて強い印象を残すように、土俵際まで追い詰められた関取が二枚腰で相手を投げ捨てるように。勝負を作品と呼ぶのは無理筋かも知れないが、終盤で奇跡的に相手を屠《ほふ》ってみせる棋譜などは、やはり作品と称されていいのではあるまいか。

第五章〝夏を取り戻す〟を、ぼくはこの局面こそ〝寄せ〟と信じて疑わなかった。

少年少女が演じた冒険が集会の中で称賛され、めでたく幕を下ろすものと思いつつ読み進んで、なんだか勝手が違うぞと腰がひけてきたのは、保護者たちが白けた目を子どもたちにむけたあたりである。

さいわい校長の穏当な気配りで、報告の集まりはまず恙《つつが》なく終わっていた。子どもたち自身も「終わってしまったなあ」と漏らしている。

それでもリアリストの保護者の目から見れば、中途半端な落としどころでしかなく、読者にとっても居心地のわるい幕切れだったような気がしていた。

こんな読後感を、最後の章でどう纏めて見せるつもりだろう。見当もつかないまま第六章冒頭の〈『月刊ウラガワ』城野原団地・児童連続失踪の真相〉を読み、茫然とした。

ミステリの長編にもかかわらず、それまで血の一滴も流れなかった穏やかな場面がつづいたのに、最終章にいたって「ひとりの若者が倒れていた。（中略）右腕からは多量の出血が見られた」というシーンが描写されていたのだ。

衝撃につづいて読者は、隠されてきたある事実を突きつけられる。

ぼくは解説の冒頭で、子どもと大人を対置して書いた。だが対置すべきではなかったのだ。反転が明らかとなるにつれ、偶然と思われていたいくつもの事柄が、数珠玉のようにつながって必然の姿を露呈する。

これぞミステリの醍醐味《だいごみ》であり、高らかに吹鳴されるサビの魅力であった。

予想を超えた広がりと深みは、プロローグとエピローグの対比からも明らかになる。物語の世界は最初に明記された一九九六年八月だが、終幕の時点は二〇一六年八月だ。あのときの少年少女はとうに成人して、早い者はふたりの子持ちとなっていた。そして彼や彼女がクラス会のため集合したのは、城野原団地最寄りの駅前広場であった。

だが懐かしい団地は、取り壊しの日を迎えていた。

時は流れ人はうつろう。

ホロ苦い郷愁の日々を噛みしめながら往年の小学四年生は会場へ向かうが、ひとりだけ、中ではいちばん頼りなかった男の子が別行動をとる。

追憶の小公園で、あのとき目覚めた女の子に逢うために。

六章のラストからエピローグへ跳ぶ鮮やかな省筆《しょうひつ》が、ふたりを結んだ美しい余白を読者に十二分に想像させて――終わる。

〝清〟にすがすがしいの意味があることを思い出し、ぼくはこのミステリに「清新」の言葉を贈りたい。

（二〇二一・五・二）

本書は二〇一八年、小社より刊行された作品の文庫化です。

著者紹介　1986年福岡県生まれ、京都大学法学部卒。2012年、第10回『このミステリーがすごい！』大賞“隠し玉”作品に選出された『珈琲店タレーランの事件簿　また会えたなら、あなたの淹れた珈琲を』でデビュー。他の著作に『下北沢インディーズ』『貴方のために綴る18の物語』など多数。

検印
廃止

夏を取り戻す

2021年6月30日　初版

著者　岡《おか》崎《ざき》琢《たく》磨《ま》

発行所　（株）東京創元社
代表者　渋谷健太郎

162-0814/東京都新宿区新小川町1-5
電　話　03・3268・8231-営業部
　　　　03・3268・8204-編集部
URL　http://www.tsogen.co.jp
モリモト印刷・本間製本

乱丁・落丁本は、ご面倒ですが小社までご送付ください。送料小社負担にてお取替えいたします。

ISBN978-4-488-40921-0　C0193

〈昭和ミステリ〉シリーズ第二弾

ISN'T IT ONLY MURDER?◆Masaki Tsuji

たかが殺人じゃないか

昭和24年の推理小説

辻 真先

四六判上製

◆

昭和24年、ミステリ作家を目指しているカツ丼こと風早勝利は、名古屋市内の新制高校３年生になった。たった一年だけの男女共学の高校生活を送ることに——。そんな高校生活最後の夏休みに、二つの殺人事件に巻き込まれる！　著者自らが経験した戦後日本の混乱期と、青春の日々をみずみずしく描き出す。『深夜の博覧会　昭和12年の探偵小説』に続く、長編ミステリ。

＊第１位『このミステリーがすごい！ 2021年版』国内編
＊第１位〈週刊文春〉2020ミステリーベスト10　国内部門
＊第１位〈ハヤカワ・ミステリマガジン〉ミステリが読みたい！ 国内篇
＊第４位『2021本格ミステリ・ベスト10』国内篇

第三回鮎川哲也賞受賞作

NANATSU NO KO◆Tomoko Kanou

ななつのこ

加納朋子

創元推理文庫

◆

短大に通う十九歳の入江駒子は『ななつのこ』という
本に出逢い、ファンレターを書こうと思い立つ。
先ごろ身辺を騒がせた〈スイカジュース事件〉をまじえて
長い手紙を綴ったところ、意外にも作家本人から返事が。
しかも例の事件に対する“解決編”が添えられていた！
駒子が語る折節の出来事に
打てば響くような絵解きを披露する作家、
二人の文通めいたやりとりは次第に回を重ねて……。
伸びやかな筆致で描かれた、フレッシュな連作長編。

◆

堅固な連作という構成の中に、宝石のような魂の輝き、
永遠の郷愁をうかがわせ、詩的イメージで染め上げた
比類のない作品である。　——**齋藤愼爾**（解説より）